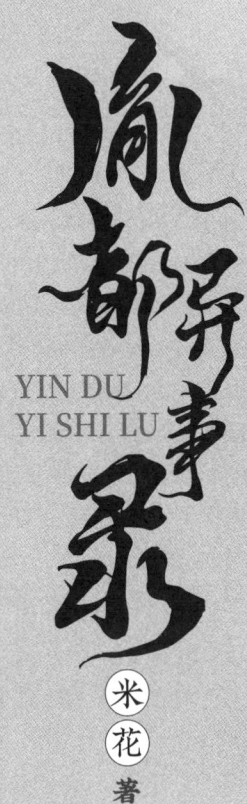

YIN DU
YI SHI LU

米花 著

目录

章节	标题	页码
第一章	蛇妖虯襹	001
第二章	飞头将军	018
第三章	十里杏花	034
第四章	花城胤都	048
第五章	河妖连姜	066
第六章	矧秋殡葬	081

第七章 花开有期	第八章 缘起缘灭	第九章 山魈鬼怪	第十章 轮回之路	第十一章 酆都帝君	第十二章 秦时胤都	第十三章 番外 羁绊流转	全新番外 天宝物华慕容昭篇	后记
095	113	137	155	170	185	197	214	257

◆

两千年前,
大秦天官申柳公将我从尸水池捞了出来。
他说:"孩子,大秦气数将尽,你走吧。"

◆

两千年后,城市灯火通明,我在街口开了一家殡葬店,
对我的小侄孙说:"你不能依赖我,总有一天我是要回去的。"

◆

"姑奶奶要回哪儿?"
"胤都。"
"胤都在哪儿?"
"秦时西南。"

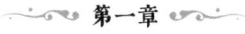

第一章

蛇妖虬裾

01

我叫王知秋,在永城开了一家殡葬店。店开在三甲医院后面的一条巷口,平时生意不错。人生在世,来来往往,最常见的就是生老病死。当然我也做点别的生意。

这天,店里进来两位顾客。一个地中海大叔,印堂发黑,五万块买了个骨灰盒儿。另一个年轻男人,脸还挺白,挑了套女款寿衣。

男人错愕地看着地中海大叔价都不讲,一口一个"谢谢王小姐",然后匆匆付钱,抱着盒儿逃生似的离开。他又抬头看了我一眼,抿着唇,神情有些凝重。

我嗑着瓜子,好心提醒他:"你这个,五百。"

"他那个怎么那么贵?"

"他是熟人介绍过来的,杀熟懂不懂?"

我看着他笑,果然,他皱起了眉头,神情更凝重了。真无趣,我勾了勾唇,故意压低声音对他道:"其实他背了个邪祟在身上,刚才离开的时候,那玩意儿还转头看了你一眼。"

其实,我说的都是真的。但男人大概觉得我不太正常,没再说话,掏了五百块钱放柜子上,准备走人。

我叫住了他:"寿衣买给谁的?"

他脚步停顿了下:"我妹妹。"

"哦,快死了?"

"先备着。"他面露不悦。

我点了点头,好心道:"有问题记得来找我,只要价格到位,我这里什么都能搞定。"他看了我一眼,抿唇离开了。

第二天一早,我买了包子和南瓜粥,刚到店门口,就看到他已经在等我了。清晨街道安静,他蹲在店门口抽烟,模样颓废,也不知道等了多久看到我,他直奔主题:"王小姐,你真能帮我妹妹?"

"说说吧。"

"上个月有没有看新闻,苗山溶洞驴友团出事那个?"

"……失联八个,救出来一个?"我在脑子里搜刮了下前段时间的热点新闻。

江大九名大学生,组团去黔地探险旅游,苗山以溶洞地质奇观出名,且有一些未被开发的复杂地形。这一行人撬锁勘探了未开发溶洞,失联了近一个星期,救援队才搜救出一个。果不其然,他抿了抿唇,道:"我妹妹就是被救出来的那个,如今正躺在医院,她疯了。"

"什么症状?"

"醒来就笑,笑完又哭,半个月了不吃也不喝,全靠营养针吊着,现在完全是皮包骨头,瘦得像个骷髅,医生说这样下去坚持不了多久了。"

他说着,看了我一眼,神情隐忍:"昨天晚上我在病房陪她,半夜醒来没看到人,最后在楼下花坛找到了她,三更半夜,她披头散发,浑身都是泥,像是刚从土里钻出来,嘴里还叼着个活蹦乱跳的老鼠,我没来得及制止,她就一口给吞了,而且当时看我的眼神特别怪,瞳孔在收缩,我感觉不太正常……"

我一把抓住他的手腕,有些兴奋:"这个,这个,得加钱。"

"钱不是问题,只要能治好我妹妹。"

我随他去了医院,终于明白他说的钱不是问题真不是在装。他妹妹住在三甲医院旁边的一家民营私人医院,VIP 病房。而且医院是他们家开的,他叫池骋，是个富三代。

他那瘦骨嶙峋的妹妹被护工看着，神情呆滞，不时牵扯嘴角发出几声阴森的惨笑，面容凹陷像个骷髅怪。但当她看到我的第一眼，突然脸色变了变。怪异的眼珠子滴溜溜地盯着我，充满了警惕。我也盯着她，露出耐人寻味的笑。

"哥，让她走，我不喜欢她。"她舔了舔干裂的嘴唇，声音沙哑难听。池骋还算有些脑子，面无表情地看着她，低声对我说："她不是我妹妹。"

我说："对，她不是你妹妹。"顿了下，又说："让我跟她单独谈谈。"

两个护工不约而同地出去了，池骋没有迟疑，也出去了。

女孩眼神阴毒："你想干吗？"

我笑了下："你猜！"

话音刚落，我嗖地一下冲向她，伸手去抓她的脚踝。她反应也很快，腾地翻身下床。病房空间挺大，她跑我追，速度都很快，却没碰到任何东西。眼看伸手就能抓到她的衣服了，这个时候她突然回头，诡异的红眼珠转动，咧开血盆大口，从嘴里吐出一条一米多长的芯子！

芯子缠住了我的胳膊，我索性在半空翻了个圈儿，缠得更紧了。我举起胳膊："不行啊兄弟，你退化了。"说着另一只手起了个咒引，指向那条黏糊糊的芯子，却不料芯子触及咒语就突然消失了。

与此同时，那女孩如一摊烂泥倒在了地上。我上前看了一眼："乖乖，蜕皮了。"

走出病房时，池骋正守在门外，往里张望了下，开口道："我妹呢？"

我把手中那张卷起来的皮给了他："你妹的。"

殡葬店二楼，我在杂货间翻出一面镜子。镜面蒙了一层灰，我使劲用袖子擦了擦。可惜的是，镜面还是黑的，什么也照不出来。

"闹什么脾气呢小甜甜，快开机。"

晃了它两下，眼看还是没动静，我没好气地把它扔在地上，准备用脚踹。镜子赶忙哆嗦了下，黑雾消散，露出清澈如水的镜面，以及隐约浮现的几个字——"你滚一边玩去，别乱来！"

我呵呵一声，一脚踩下去，整个人陷入镜中。

镜里是另一个世界，里面白茫茫，阴冷无比。脚底有台阶，顺着台阶一路上行，尽头是一座黑雾缥缈、阴气缭绕的石镜台。台高一丈，镜大十围，可映世间百态。

我说："池婷，二十二岁，家住海定区融信公馆。"

于是镜子就开始播放池骋的妹妹——池婷的人生轨迹。前面的没多大看头，大致就是富三代千金吃喝玩乐、顺风顺水的一生。后面这丫头在大学期间谈了个男朋友。男朋友是校篮球队的，长得帅，性格好，不仅她喜欢，同宿舍一个叫何朵的女孩也喜欢。

何朵长得不好看，塌鼻梁小眼睛，还有点胖，因为是山区读出来的学生，穿得也土气……但这些不影响她偷偷地暗恋别人男朋友。暗恋就暗恋吧，她还写了日记，藏在枕头下被发现了。

白富美池婷觉得恶心，"呵呵"冷笑两声。无须她授意，同宿舍其余四个女生开始了一场长时间的校园霸凌事件。她们孤立何朵，喜欢往她保温杯里放蚯蚓，看她喝完水，瞳孔骤然放大的样子。何朵失声尖叫，她们哈哈大笑。辱骂、威胁、恐吓……长时间的担惊受怕，本就胆小怕事的何朵崩溃了，精神出现了异常。

后来她退学了，被父母接回了家，渐渐被人遗忘。很快到了大学毕业，池婷她们计划来一场不一样的毕业旅行，组团探险。冥冥之中似乎有东西指引，她们去的地方是苗山，大山连绵起伏，何朵的家就在那附近，而且她就死在苗山的溶洞里。

她那时已经精神不正常了，父母是普通山区农民，好不容易供出个大学生，结果落得这种惨景。没人知道她是怎么进了山，到了溶洞，割了手腕，溺死在岩洞暗河。她的血顺着水流，汇入千溪万脉，融入大山深处。

池婷她们兴奋地来到壮观漂亮的溶洞，洞里别有洞天，钟乳石巨大，千姿百态。越往里走，洞里就越暗，甬道很深，水流潺潺。

她们发了照片到朋友圈，感叹大自然的鬼斧神工，还不忘配上了美美的自拍——饮一口清甜水，虔诚许愿，余生也要做个温暖善良且坚定的人，岁月静好，清澈生活……

旅行攻略里有人说过，溶洞里的水很干净，当地人称为圣水，喝了可以净化心灵。一行九人，四男五女，都喝了溶洞水。原计划傍晚返回民宿，可她们谁都没有走出去。

镜台里有黑雾缭绕,阴气阵阵。

他们撬了锁,去了未开发的溶洞,出去后在林子里转了一圈又一圈,迷失了方向。

最后天完全黑了,月亮被乌云遮住,乌鸦怪叫。树木沙沙作响,漫山遍野,一道道黑影在枝头晃啊晃,然后一条人头蛇身的怪物在林中一闪而过。

我眯起眼睛,神情变得微妙。果不其然,那条人蛇绕着林子转,爬来爬去,最后停在早已吓瘫的池婷她们面前。浑身雪白的蟒,立起来足有三丈高,长着人的脑袋,披头散发,脸色乌青,全身布满了可怕的鳞。

人蛇猩红的眼睛淬着毒,正阴森森地笑,张开血盆大口,吐出一条粘腻的双头红芯子。蛇芯倏地卷出,当众生吞了一个女孩。从头到脚,女孩蠕动挣扎,蛇的身子伸展、扭曲,将人完全吞下……接着是第二个。

我想我知道怎么回事了。

离开镜台后,回到楼下店内,我看到门外蹲了个人,定睛一看,是池骋。他在抽烟,头发凌乱,身影消沉。我喊他进来,他看着我说:"最近发生的事,超出我的认知太多了。"

"要相信自己的潜力,人有无限可能,你还会有更多认知。"我积极地鼓励了他,然后拿了本书放桌子上。那本有些年头的书字迹已经泛黄,书名是《袾子笔记》。

池骋在一旁看我翻书,其中一页上面记载——

"晋,永康元年,朱提太守葬女朱牧,半池人口殉葬,吊于苗岭。"

"尸满林,看来朱牧被唤醒了。"我若有所思。

池骋不明所以:"什么意思?"

我勾唇一笑,神秘地说道:"意思就是,有点麻烦,还得加钱。"

02

我给池骋讲了一个故事。

故事发生在晋朝末年,那是一个皇帝政事怠惰,红紫乱朱的年代。话说当时的宁州朱提郡,有位太守名叫朱顺,年逾四十方得一女,取名朱牧,

府内大摆宴席三日，家中甚宠之。

朱牧从小乖巧可爱，粉嫩白胖，娇憨率真。三岁时，家里给订了娃娃亲，是年长她三岁的表哥冬郎。二人一同长大，是彼此的青梅竹马，表哥眉清目秀，聪明伶俐。

朱牧喜欢糖画，冬郎学了画给她看。

朱牧贪吃桂圆，冬郎颗颗剥给她吃。

朱牧温病昏迷，冬郎连家都不肯回，门外守了一夜。

……

朱牧犯错被太守夫人打手心，抽抽搭搭哭红了鼻子，冬郎心疼得眼圈都红了，伸手跪地道："姨母莫要打妹妹，我替妹妹受罚。"

冬郎从小就护着朱牧，心里眼里都是这个妹妹。朱牧抱着他，笑得眉目弯弯，天真烂漫："哥哥最最好了，牧儿最喜欢哥哥。"

"将来长大了，我要嫁给哥哥做小妾。"

满堂大人，纷纷哄笑打趣。朱牧瞪着眼睛，不明所以。

后来，冬郎去春山学院读书，数年不曾归家。待他回来，已是眉目清俊，气质出尘的翩翩公子。朱牧也已经褪去娇憨，长成亭亭玉立，出水芙蓉的少女。

少女见到公子，粉面通红，唤了一声"冬郎"。

冬郎目光含情，笑得温柔似水："牧儿，好久不见。"

感情升温，他带她去逛庙会、买脂粉、吃甑糕……她唇边沾了一粒米，冬郎手指抚过她的唇，俯身轻吻了下。

朱牧呆愣愣，一阵心慌："冬郎在做什么？"

他眸光戏谑，笑道："自然是夫君该对妻子做的事。"

朱牧想了想，踮起脚尖也亲了他："这样啊，那我也要做妻子该为夫君做的事。"

公子染红了眼梢，红了耳朵，将她抱在怀里，视若珍宝。傻姑娘还在惊疑："冬郎，你的心跳得好快，可是生病了？"

公子失笑，以额相抵。吾妻年幼，稚子心肠，风月旖旎，待日后，可慢慢教。

婚期定下后，朱牧被限制自由，整日在家中被母亲教导大婚事宜。冬郎差人送书信寄情，朱牧高兴，也唤蕙娘送去回信。蕙娘是她的婢女，年长她三岁,是个哑巴,每次送信回来,都会比画着手势告诉她,公子很开心。朱牧脸红,迫不及待地想要嫁给冬郎。

三月阳春,冬郎入府看她。

彼时朱牧正被母亲看着绣花,闻言心中喜悦,待到母亲笑着应允,迫不及待地跑去见他。前堂不见人,她四下寻去,终于在庭院拐角处的廊子里,看到了她的冬郎。

不起眼的角落,她的冬郎正拥着蕙娘,缠绵深吻,浓情蜜意。她呆愣,不知所措,第一反应是吓得躲了起来。然后悄悄探出头去偷看。冬郎不是说过,这种事是夫君该对妻子做的吗?为什么对蕙娘也可以做?

长廊寂静,冬郎亲吻蕙娘,面颊染了绯色,他用额头抵着蕙娘,手指风流地抚摸她的唇:"蕙娘,多日不见,如隔三秋。"他声音喑哑,眼神含笑。蕙娘环着他的腰,安静乖巧地将头埋在他的胸膛,嘴角含着温柔的笑。

朱牧失魂落魄地走了,茫然无措,用手按住了胸口,不知为何,那里酸涩疼痛。她站在前堂院落,呆愣愣地将花盆里长势甚好的兰花揪掉。不知过了多久,冬郎终于过来了。

他从背后拥着她,抵在她的鬓间,含笑逗她:"牧儿,怎么把花都揪掉了?"

见她呆愣,又扳过她的身子,关怀道:"牧儿不开心?是因为刺绣做得不好?"

她想起来了,她是写过信给他,抱怨说母亲最近在督促她学刺绣,她总是绣不好那朵兰花。那信,还是托蕙娘送去给他的。

朱牧迷茫地抬头,看到不远处站着的蕙娘,低眉顺眼,如往昔一样安静温柔。心里的酸涩蔓延至全身,突然令她落了泪。

冬郎皱眉,拥她入怀,心疼道:"妹妹莫哭,刺绣不好学,咱们不学就是了。"看呀,她的冬郎还是如从前一样,疼她护她,可是为什么又不一样了呢?朱牧不知,只觉心痛难言。

婚事已至,她还是如愿以偿地嫁给了冬郎。

新婚那夜,冬郎待她视若珍宝,疼爱万分。他们做了夫妻该做的事,朱牧茫然无措,紧紧抱着他,低声呢喃:"冬郎,你会永远喜欢我,对吗?"

冬郎笑她,俯在她耳边,深情回应:"傻瓜。"是啊,她是个傻瓜,所以才会被他糊弄，以为她看不到他与蕙娘之间的那些明潮暗涌。

新婚之夜，半夜醒来，床畔是空的。朱牧披头散发地坐在床边，赤着脚。她知道他在哪儿。她悄无声息地走在地上，今晚是她的新婚之夜，作为她的陪嫁丫鬟，蕙娘就宿在新房的侧室。

她光着脚站在他们屋外，隔着帘布听到他们发出的声响。屋内灯光昏暗，他们做着她与冬郎做过的事儿，同样地亲密无间。他们在缠绵，蕙娘是个哑巴，嘤咛也是无声的。朱牧只听到冬郎熟悉的声音。

他在呢喃："蕙娘，蕙娘……"

朱牧回到自己房内，蜷缩在床上，蒙上被子，止不住颤抖。终究是想不通，怎么会这样呢？一个人的心，怎么可以掰成两半，分给两个人呢。

新婚三个月后，冬郎提出要纳蕙娘为妾。

是的，他与蕙娘的关系逐渐从暗中转到了面上，因为有一次朱牧亲眼看到蕙娘从他的书房出来，整理了衣衫，面色潮红。蕙娘看到她，眼神躲闪，低下头去。朱牧没有再忍，上前推开了书房的门。

冬郎惊讶了下，很快又一如既往地冲她笑，但他眼神坦荡，没有丝毫愧疚。他说："牧儿，我想纳蕙娘为妾。"大户人家三妻四妾多么平常，他说得多么理所当然。朱牧不语，转身离开了。

次日冬郎从背后环着她，又柔声跟她商量："蕙娘身世可怜，留她在府中给个名分不算什么，你才是我的妻，无人可比。"

他顿了顿，又说道："当然了，你若不愿，那就作罢。"

朱牧说："我不愿。"

冬郎怔了下。朱牧转过身，从前娇憨动人的表妹，不知何时瘦了那么多，神情悲凉。心道：我自幼年，韶华倾付，终是弦断颜悴，不知曲终。

又过一月，太守夫人突然病逝，朱牧与冬郎回家奔丧，哭成泪人。丧礼过后，冬郎回府，朱牧留在家中陪了父亲一段时间。从前她做朱家小姐时，备受宠爱，如今嫁做妇人，父亲仍视她为掌上明珠。

白发苍苍的太守问："牧儿，你怎么瘦了那么多，冬郎对你不好吗？"

朱牧摇头："冬郎很好，父亲莫要担心。"

可是到了晚上，她就绷不住了，丧母之痛，如同剜心。她一个人跑到后院水井哭，如同小时候一样，受了委屈就趴在井沿落泪。只是这一次，哭得尤其伤心。

"为什么，为什么要这么对我……"

蕙娘是她十岁那年从街上捡回来的乞丐。朝局混乱，那时节很多地方都不太平，难民逃窜，流离失所，蕙娘便是逃难到西南的流民。当时蕙娘又脏又臭，奄奄一息地倒在路边，是自己将她带回了府里，养了一段时间。蕙娘眉眼温柔，会做很多好吃的糕点，手也很巧，会剪漂亮的窗花，朱牧很喜欢她。朱牧对蕙娘那样好，给了她安稳踏实的生活，可她辜负了她。

冬郎也辜负了她，都是骗子，她泣不成声。

夜空中，乌云遮住了月亮，朱牧绝望地站在了井边。

"娘，女儿来陪你了。"

"扑通"一声，她跳进了井里。

次日，在井里泡了一夜的她被打捞出来，太守痛不欲生，几近昏厥。但令人诧异的是，她的身体像裹了一层胶，胶状物迅速收敛，将她恢复原样。她猛地睁开了眼睛，狠狈咳嗽的同时，一瞬间眼珠闪过诡异的红。

太守不管这些，抱着她喜极而泣："孩子，你还活着，菩萨显灵了，定是菩萨显灵了！"

朱牧回去了，她在家里住了那么长时间，她想，冬郎一定很想她。

可是回府之后，她看到的是她的婆母、冬郎以及蕙娘，三人坐在一起，谈笑风生，其乐融融。桌上有桂花糕点，那样式她很熟悉，是蕙娘做的，她的婆母在称赞蕙娘贤惠乖巧。

看到她回来，三人都愣了下，仿佛她是打破安宁的不速之客。蕙娘一贯低眉顺眼，此刻竟然目光平静地与她对视。

冬郎笑道："牧儿你回来了，怎么不说一声，我好去接你。"

婆母也站起来，眉开眼笑地告诉她："牧儿，告诉你个好消息，蕙娘有身孕了，真是太好了，我与冬郎商议了下，挑个良辰吉日纳她为妾。"

他们都在看她，冬郎神情自然，眼神坦荡。蕙娘要起身，他去扶她，

手轻轻放在她腹部，小心谨慎。

朱牧勾起唇角："好呀，这是好事。"

蕙娘三日后就有了名分，分了自己的院子。这样也好，冬郎可以名正言顺地去找她了，再也不用背着她偷偷摸摸。

朱牧坐在镜前梳妆，画眉，涂唇脂，面颊红润，如少女含春。那晚，冬郎宿在她房内，共赴巫山云雨，深情浓厚。

"牧儿，放心，我们很快也会有孩子的。"

朱牧笑了，搂着他的脖子，媚眼含春："夫君，专心些。"

那晚，乌云遮月。后半夜，蕙娘的院子里传来一阵惨叫，惊得树上乌鸦乱叫，让人心颤。冬郎与她匆匆赶去，看到的是丫鬟惨白的脸，屁滚尿流地往外跑，撕心裂肺地喊——

"蛇，有蛇，姨娘被吃了……"

屋内，盘踞床上的大蛇通身雪白，蛇身圆滚，似有东西在蠕动。白蛇一路爬出了屋，来到院中，竖起身子，诡谲瞳仁泛着幽幽红光，吐着危险的芯子。那是一条粗壮如树木的蟒，立起来足有屋顶那般高。

闻讯赶来的冬郎和婆母吓得瘫在地上，连连后退。朱牧一袭白衣，长发流泻，赤着脚，一步步地上前。

冬郎在背后撕心裂肺地喊："牧儿！快回来！你快回来！"

朱牧回头冲他嫣然一笑，扬手摸了那蛇的身子，白蛇眯着眼瞳，竟然立刻低下头来，方便她将手放在它的头上。

朱牧轻笑，对它道："阿花，你吃饱了吗？没吃饱的话，那边，还有两个。"

白蛇阿花扭动身子，眼神阴毒又贪婪。冬郎和婆母半晌回不过神来，吓得尿了裤子。冬郎做梦一般，喃喃自语："牧儿，牧儿，你疯了……"

朱牧指着他，笑得前仰后合，眼泪都出来了："哈哈哈，你看你那尿样，你与蕙娘翻云覆雨，春宵得意的样子呢？你还吓得尿了裤子，哈哈哈……"

笑着笑着，她突然目光凌厉，愤怒地瞪着他们："你们怎么不笑了，你们不是笑得很开心吗？我娘丧期刚过，你们在府里笑得多开心！"

说着，怨恨又转移到了她的婆母身上："姨母，我娘死了啊，你们不是亲姐妹吗？你为什么要笑？不就是蕙娘怀孕了吗？你笑那么开心，我很不高兴。"

"你们不是喜欢蕙娘吗？下去陪她吧！"

朱牧转身，阿花上前。

身后冬郎母子嘶声惨叫："朱牧，朱牧！"

她没有回头，但她知道阿花在吞食他们，他们撕心裂肺的声音越来越小，最后只剩冬郎的诅咒。

"朱牧，我要杀了你，你不得好死，你不得好死……"

心死泪干，回首魂牵，梦醒情了，往事成烟。

叶落无声花自残，只道是，凄凄惨惨。

03

故事就讲到朱牧让白蛇阿花吃了她夫君和婆婆。

池骋微微蹙眉，面色有些凝重。

我知道，口说无凭，他一定又觉得我在编故事忽悠他。所以我对他道："想不想来一次奇幻之旅？但是要额外收费哟。"

他看了我一眼："你能别这么庸俗吗？开口闭口都是钱。"

我立刻一本正经："你不庸俗是因为你有钱，我庸俗是因为我没钱。"

他难得地笑了："那……加钱吧。"

然后他再次被打破了新的认知——我拉着他一脚陷进镜中。四面雾茫茫，阴风阵阵，可视范围只有脚下。他很错愕，脸很白，但总体还算镇定，跟着我一步步踏上台阶，站在了黑雾缭绕的镜台前。丈高的镜台，四方白气与黑雾漾洄，互相碰撞、相融，却又泾渭分明、判若鸿沟。我向他介绍，这是孽镜台，它还有个名字叫小甜甜。

他沉默了一下，说道："孽镜台不是阴曹地府的东西吗？"

"嘻，从前是，自从被我偷来就不是了。"

"……"

"怎么样，姐吹牛的样子酷不酷？"

"……"

这个略显深沉的男人没有回答，我也没好意思追问，和他一起盯着那清澈如水的镜面。过了很长时间，镜子一点反应也没有，我觉得很丢面子，

扬起手就要锤它。

"是不是别人不发火就把别人当傻子啊！我要生气了！啊！"

话音刚落，镜子就哆嗦了下，开机播放了朱提太守之女——朱牧的人生轨迹。但因年代久远，总是提示系统正在卡顿，需要加载。

我知道它是故意的。

自白蛇阿花出现，朱提郡的街道变得尤为干净，一个乞讨者也没有。因为朱牧每日都让人去街上带乞丐回来，洗干净投喂阿花。阿花吃了她的夫君和婆婆，又吃光了街上的乞丐。接着是府里的下人，最后是所有人。

后来起风了，朱牧坐在廊下，阿花与她紧紧相偎，一人一蛇，有些寂寞。院里桂树飘香，她将脸贴在阿花身上，孤单地说："这里一个人也没有了，我们回家吧，有我在不会饿着你的。"

她们回了朱提太守家。太守家的仆人隔三岔五的就要少几个，太守熬不住了，苦苦哀求她："让阿花走吧，别造孽了。"

朱牧不高兴了，阿花也不高兴，竖起身子吐着芯子，危险地盯着太守。太守吓得不敢说话。

后来，每到晚上，朱牧就将府门打开，让阿花自己出去觅食。朱提郡那么大，人口众多，有的是食物。从此以后，家家户户紧锁大门，晚上有婴儿啼哭，母亲竟然活活捂死了孩子。

"别哭了，妖怪来了，妖怪就要来了。"

民怨滔天，关于朱牧妖魔附体的传闻愈演愈烈。有道士、术士前来斩蛇，但无一例外都被阿花吃了。吃啊吃啊，时间久了总要吃出问题，有个眉清目秀的和尚站在街上，被阿花吃了。和尚长得好，朱牧还有些舍不得，但架不住阿花是个不解风情的，直接给吞了。

结果吃了和尚的当晚，阿花就死了。阿花死后，朱牧也垮了，她躺在床上熬了十日，容颜枯憔，面色发青。她干裂着嘴唇，仿佛一下成了可怖的老妪。

她对太守说："爹，我要死了。"

太守老泪纵横，紧紧握着她的手："牧儿，爹给你请大夫，你坚持住。"

"不会有人来的，他们都巴不得我死，他们想要我的命。"

朱牧说着，骨瘦如柴的手突然握住太守，瞪着干枯的眼睛，充满恐惧：

"爹，我看到冬郎了，他要吃了我！我好怕……"

太守的手被她握出一道痕迹，但他不在乎："我的儿，我的儿啊，爹还能为你做什么？"

"给我建个墓穴，在深山里，把我和阿花都葬在里面，朱提郡的人想害我，把他们吊死在树上给我陪葬！全都吊死在树上！他们想害我，别让他们下来！"

朱牧说着，喉头一哽，死死抓住太守的手腕，身子像蛇一样扭曲挣扎。最后她面目可骇，张开的嘴咧至耳根，瞪着不甘的眼睛，死在了床上。

……

池骋半晌回不过神："太荒唐了。"

我知道他说的是殉葬一事，解释道："朱牧出生在晋朝，历史上八王之乱，五胡乱华，都是发生在那个时期，本就是天下大乱的年代，一城太守官职很大了，让半城人给女儿殉葬不是难事。"

镜面定格在朱牧死前那一幕，给了个特写镜头，那是一张狰狞的脸，正直勾勾地盯着我们看。突然，那双阴毒的眼睛眨巴了下，活灵活现，咧着嘴诡异地笑。

那场景别提多惊悚了，池骋吓了一跳，我也吓了一跳，一脚踢在镜台上——

"故意的是吧，信不信我拆了你！"

没错，是这台睚眦必报的镜子在打击报复我。

近几日，池骋来店里来得很勤。这是应该的，他妹妹如今下落不明，自然是要多来探探情况的。

这日张大头也来了，进店就冲我嚷嚷："不是说那头虺蜺早死了吗，怎么又出现了？"

我说："是呀，我也没想到，一开始看它吐出芯子，还以为是那只该死的魃，用显灵咒一试，才知道是这头作恶的妖兽。"

白蛇阿花，实为上古妖兽虺蜺，其生性狡猾，性格阴毒。春秋时期，它曾因作乱被擒，投于胤都尸水河，后侥幸逃脱，也不知在朱牧家的井里藏了多久，碰上自杀的朱牧，一个有怨气一个有妖气，直接组团上岸了。

这就是传说中的孽缘吧。

晋朝时,那位送上门被它吃的和尚也不是普通和尚,是位当时很有名的得道高僧。大师舍身饲蛇,舍生取义,那时我们都以为阿花真的死翘翘了。现在想来,它是在诈死。

这头狡猾的蛇妖在朱提郡吃了那么多人,也知道自己曝光后,将会有更厉害的人来擒它,干脆假死脱身,藏匿了起来。它藏在朱牧的墓穴里,想来是把朱牧的尸身也给吃了,与她的怨灵融为一体,相互拉扯,成了名副其实的异妖。深山老林里,本来它们没那么容易再出来作恶。直到女大学生何朵在溶洞自杀,血流至千溪万脉,融入大山,她的怨气唤出了墓穴里的人蛇。人蛇爬出墓穴,漫山遍野的吊死鬼便出来了。

我说:"得赶紧找到它。"

张大头抱怨:"人家刚出差回来,才在家歇了几天啊,又要忙,烦死了。"

他说着,余光一瞥看到了一旁心事重重的池骋,顿时跳了起来:"好啊,王知秋,你什么时候藏的小白脸,老牛吃嫩草啊你!"

我一巴掌拍在他的大头上:"这是咱们的金主爸爸。"

张大头嘴一咧,热情洋溢地冲上前握他的手:"爸爸,钱不钱的真无所谓,主要我们是好人哪。"

我和大头一起坐上了去黔地的飞机。

登机时大头问我:"为啥那么麻烦,直接从镜子里穿过去不就行了吗?"

"不成,那面镜子太小心眼了,我怕它整我,万一给我穿到不周山,又不送我回来,我咋整?"

"……你真活该,用得到人家的时候叫人家小甜甜,每天擦得锃亮,用不到了扔仓库吃灰,一放就是好几年,'夺笋哪'。"

"哼。"

朱牧的墓穴藏在深山潭底。水中壁石下,有个很隐蔽的石洞。从石洞爬进去,里面别有洞天。我和张大头浑身湿漉地爬上岸,还没来得及拧干衣服,映入眼帘的便是满室金银珠宝,玉器陶罐,它们堆满了洞穴各个角落。

只因年代久远，陪葬物破败，金银蒙尘，陶罐有不少碎成片的。大头两眼放光，头顶照明灯，露出两排整洁的大白牙。

我一巴掌拍在他后脑勺："干啥呢，你是奥特曼啊，先干正事。"

石洞往里走，我们在尽头内室找到了朱牧的棺椁。令人诧异的是，堆砌的高台上，八根断开的粗铁链按照五行八卦的方位摆着，看来曾经锁着中间的巨大檀香木棺。原以为他们没那么容易出来，是因为墓在深山老林的缘故，没想到是他们在下葬之时便被锁死在了墓穴之中。

朱提太守真是个怪人。吊死那么多人给女儿陪葬，也按照女儿所说，将她和白蛇葬在了一处，转而又将他们封锁在棺椁之中，使其无法再出来害人。看来他早就知道，朱牧跳井之后，捞上来的就已经是邪物了。

张大头不由得感慨，"老家伙助纣为虐，罔顾人命，临了竟然做了件人事。"

我道："做什么都晚了，死后注定要下十八层地狱，每个人都要为自己的行为负责，到了阴曹地府谁管你因为什么造孽，大家都挺忙的，忏悔就不必了，做都做了，该承担的得承担，幡然醒悟这件事儿吧，迟了就跟个屁一样，放不放的无所谓，也就听个响。"

"这话说的不对，不是所有的屁都有响，放得好才有响，放得不好连响都没有。"

"……拆台是吧，张大头？"

"哎哟不是，这不就感慨一下嘛。"

"感慨什么，赶紧动手。"

我白了张大头一眼，指挥他放火烧了那具檀木棺椁。烈火熊熊，映得内室尽明，空气中弥漫着难闻的腐朽味道。

我们俩躲在一旁，静静地等待人蛇出现。

"它会来的吧？"张大头问。

"会来，这里是它的老巢，它还没完全走出去，不会不来。"

果然，不知等了多久，洞穴内的腐朽味中开始夹杂着隐隐的腥气，由远及近，上方岩壁传来窸窸窣窣的响动。借着隐约光亮，能看到攀爬在岩壁上的是个披头散发的人形怪物。怪物穿着空荡荡的病号服，细如干柴的四肢紧贴着岩壁，头扭曲着朝下，微微抬起，与身子呈诡异的反方向。

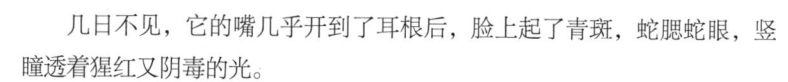

几日不见，它的嘴几乎开到了耳根后，脸上起了青斑，蛇腮蛇眼，竖瞳透着猩红又阴毒的光。

它四下寻觅，眼珠转动，然后定格在我们所在的方向，死死地盯着，边吐着芯子边说话："放过我，我保证以后再也不走出这片山林。"声调奇怪又模糊，呕哑嘲哳，是很难听的男腔，使人不由得激出一身鸡皮疙瘩。

大头有些讶然，在我身后低声道："是公的？"

我站了出来，与那妖物对视，笑眯眯道："这片山林有什么好，我送你去个更好的地方。"

"你是什么人？"

"故人。"

没想到刚开始谈，就崩了。它扯着嗓子尖叫，狰狞扭曲："尸水河！胤都尸水河！冰寒刺骨，炼狱一般，这就是你说的好地方？我不会上当的！"

人蛇发了疯，瞬间地动山摇，洞穴摇晃，它一阵怪笑："去死吧，你们这些该死的胤都人。"说罢，它转身就想溜，飞檐走壁，人形四肢无比敏捷。

洞穴要塌了，我盯准了它的身子，飞快地甩出了一柄金刚杵，将它牢牢地钉在了岩壁上。震耳欲聋的怪叫声瞬间响起，令人毛骨悚然。

我和大头灰头土脸地钻出来时，还拖了个半死不活的妖物。大头呸呸吐了两口灰，缓过劲来，又惊奇道："这头虺褪竟然是公的？"

"谁告诉你是母的了？"我没好气道。

没错，这头虺褪是公的，此刻正借着人身，被金刚杵所伤，一动不动。它奄奄一息，眼角有泪。其实在春秋以前，它不叫虺褪。那时它是上古神兽，有个好听又威风的名字——蛟龙。

它在云层翻云覆雨，快乐自由。后来它看上一位求雨的姑娘，姑娘是个村姑，不知道长啥样，反正是它喜欢的类型。

蛟龙化作人身，与村姑相识相爱，最后还留在村子里成了家。它是相貌普通，五大三粗的杀猪匠，夫妻二人生活贫寒，但它很知足很快乐。过日子无非是柴米油盐酱醋茶，蛟龙喜欢这种充满烟火气的人间生活。但好景不长，在一次回天布雨后，蛟龙赶回家中，看到家门紧闭。原来村姑趁他外出，在屋里与别的男人私会，衣衫不整，晃得床吱呀呀地响。

蛟龙当场杀了二人，后来，还是气不过，又布云雨淹了那山村，导致几十户人家丧命。犯了错就要接受惩罚，它被抽了龙角，剥了仙筋，现形妖兽虮褦，投入尸水河，再也没了神力。

它其实很可怜，我也很同情，但我还是骂了它："傻缺。"

大头问我为啥骂它，我说："颈有白婴，胸前赭飞，那么帅一条龙，化作什么不好，非要化个杀猪匠，还那么丑，你说是不是傻缺？"

大头想了想："它可能是对美有什么误解吧。"

虮褦被封进了异妖册。

我在山里念了四段甘露咒，吊满林子的干尸逐渐消失不见。

后来，我们带着昏迷不醒的池婷回去了。没过多久，池骋付了我们一笔钱。

张大头本来还很痛惜洞穴里的东西一样也没拿出来，唉声叹气好几天，见到钱后，总算是贱兮兮地笑了。高兴之余他又问我："回去的不是他妹妹吧？"

我想了想："很大概率是朱牧，也有可能是何朵，反正不会是他妹妹，他妹妹早就死了。"

大头神色凝重，说："挣点钱不容易，瞒住了，千万别让他知道。"

"那是当然了。"

我说："人生短短几十年，她又不归我管，总归是无法再作恶了，先这么放着吧。"

冥冥之中自有天意，天意之中自有因果。

我叫王知秋，开殡葬店可以做很多生意，该守的规矩一定要守。

第二章

古有落头氏，长颈妖物，其性凶残，可飞头千里，不死不灭。
——摘录自《袜子笔记》

01

池骋又来找我了，我寻思着他是不是察觉出了他妹妹的异样，想让我退钱。一见他蹲在店门口抽烟，我赶忙献殷勤，搬了把椅子过去。对他说："蹲久了会导致血管压力增高回流不畅，引起静脉血液淤积。"

"然后呢？"

"……会脚麻。"

池骋抬头看我："王小姐，我家的事还得麻烦你帮忙。"

我心想完了完了，被他发现了，脱口而出："什么钱，我可没钱。"

而后我才知道，他说的不是他妹妹的事。

池骋家是真富裕，他爷爷叫池昌海，是一位有名的企业家，家里搞房地产生意。但这富三代家里最近出了挺多状况，年前他老爹斥巨资搞了一个度假山庄项目，开工仪式过后，第一天就出了岔子。先是山体塌方死了几个工人，再后来工地被警方封锁，说是城里发生了凶杀案，凶手在他的工地抛了尸。然后真的在工地上找到几具尸骸，特别惨，血液流干，脑袋全都不见了。

全城轰动。

要不说屋漏偏逢连夜雨，紧接着他家股票大跌，妹妹的驴友团又出了事。老爹在多重打击下中风了。他爷爷年纪大了身体也不好，一直住在沪城养病，家里人都将事情瞒着不说。然后他妈在医院照顾他爸,他在医院照顾他妹,相恋多年的女朋友觉得他家不行了,拍拍屁股跟别的男人在一起了。

我安慰他:"别难过,凡事不能只看表面,你女朋友说不定是体贴你,怕你压力太大照顾不过来,所以才跟别人跑了。"

"……谢谢你。"

"不客气,你放心,这事包我身上,大家都是朋友嘛,该给的折扣一定给。"

"……"

池骋走后,我立刻给张大头打了电话:"你不是说峰山没问题吗?你个傻缺!"

他们家的项目在省城郊外峰山,出事的时候报纸上都登了的,当时我也觉得不对劲,让大头去了一趟,我觉得我要找的飞头獠子就藏在那里。

池骋说,山体塌方时死了几个工人,还有几个受伤的,其中有个叫顾大海的后来被送进了精神病院。

池骋去看过他,一个四十多岁的糙老爷们,掐着兰花指,嗓音柔媚,神情娇羞地唱戏:"奴乘油壁车,郎骑青骢马,何处结同心,西陵松柏下……"就这么疯疯癫癫地唱了几日,然后在一个晚上悄无声息地死掉了。

顾大海死的那天他女儿刚好去看他,他那天很安静,吃着女儿带去的烧鸡,突然莫名其妙地感叹了句:"这世道变化得真让人害怕啊。"说话时,他的声音是个女腔,意味深长。

张大头来找我的时候,心有余悸:"也就是说,我去峰山的时候,那飞头獠子可能就躲在暗处看着我,姑奶奶呀,我可真是命大福大。"

我说:"怕什么,那妖物功力不比从前,我还在你身上施了咒,一有问题我立刻穿镜去救你。"

大头幽幽地说:"万一那镜子把你送去不周山呢?"

我一听,也幽幽地说:"……总之,我以后会多给你烧点纸钱。"

当天晚上,我就去了峰山。

说来也是好笑,找了那么久的飞头獠子,却不知她竟然也在等我。那晚月亮甚好,悬于山崖之上,亮如白玉盘。她穿着大红婚服,赤脚坐在崖边,乌发流泻,望着手里捧着那颗脑袋,失了神。她回头看我,我才瞧见她长

着一副桃花眉眼，唇红齿白的模样。

"世上竟还有袜子的存在，他乡遇故人，令人欣喜呢。"她娇娇地笑。

我说："是啊，落头氏，久仰大名。"

"你来自胤都？慕容昭是你师父吗？"她好奇道。

我也好奇："你认识慕容昭？"

"听人提起过。"

"别人是怎么说他的？"

她眯起眼睛，认真地回想："毚子说他，郎艳独绝，世无其二。"

我高兴极了："前辈很有眼光。"

她又感叹："可惜钟离公主爱的是他徒弟连姜，他因妒生恨，将连姜投了尸水河，公主为救情郎跳进饕餮锁……总之都没有好下场。"

"造谣是要负法律责任的，小心我告你诽谤。"我听完不高兴了。

她眼神不解，显然听不懂我在说什么，但很快恢复了之前的笑："袜子，你一直在找我？"

"不是我在找你，青牛宝剑斩杀你之后，你的头就不见了，他们都不相信你死了，而你一直是通缉名单上的人。"

她"哦"了一声："他们想把我投入尸水河？"

"尸水河已经没了，胤都也没了。"

世间早已沧海桑田，令人惘然。我想起那头叫嚣着让我去死的虬螭，它活了那么久，难道不知胤都早已覆灭？并非不知吧，情绪那么激动，想来是对尸水河极其恐惧，怨念极深。

相比之下，眼前的落头氏明显平静很多，她感叹道："是呢，这个世界瞬息万变，我一觉醒来，沧海桑田，有点害怕。"

我指着她手里表情惊悚的脑袋："他应该比你更害怕。"

她愣了下，幽幽一笑："我不喜欢现在这个世界，晚上到处灯火通明，什么警察、警车一直追着我不放，我杀个人都要瞻前顾后，无处藏身。"

"对，现在不比从前了，春秋战国太乱，杀人吃人没人管，但现在国家依法治国，杀人是要受到法律制裁的。"

"袜子你在胡言乱语什么？"

月下悬崖，我双手结印，快速施咒。一道光闪现，一册偌大的书卷呈现在半空,徐徐展开,金光闪闪,刺眼夺目。

"尸水河是没了,但柳公留下的名单里有你的名字,你既然还没湮灭,就乖乖地进去吧。"我的声音平静,毫无波澜,她却突然变了脸,现了真身。青面妖怪,眼神怨毒,嘴唇乌青,脖子上还系着一条若隐若现的红线。

"袜子,你竟还不肯放过我,天地巨变,连神仙都销声匿迹了,申柳公和彘子都已消失进入轮回,我都已经放下了,你为何还揪着不放?"

"何必墨守成规?这个世界已经变了,我们应该联手将这本册子毁掉,整个天下都会是我们的。"她阴恻恻地看着我。

我笑了:"死性不改,我就知道但凡你活着,定会生灵涂炭,知道我这些年过的是什么日子吗?你们混不下去的时候可以选择沉睡,但我不敢,我怕我睡着的时候你们醒着,搅得天下大乱我还丝毫不知。"

"柳公的册子里有一百零七种异妖,除去湮灭的十六个,剩下的九十一种妖,一个都不能少!"

我的声音有些冷:"现在给你两种选择,要么乖乖进册子,要么等我将你打得灰飞烟灭。"

她表情愤恨:"我如今是功力大不如从前了,被你们这种小人欺辱,三清天尊背信弃义在先,灭我落头氏一族;袁晋珩和彘子背叛我在后,对我赶尽杀绝。袜子你说,我何错之有?"

"我乔箬不会认命,这世道对我不公,是没天理的,那么就是拼上我这条命,也要杀出一条血路!"

她的脸因为情绪激动变得扭曲,宛如恶鬼。我看了她一眼:"不能改变就接受,不能接受就改变,怨恨有什么用?列夫·托尔斯泰说,大多人想改变这个世界,但没有人想改变自己。达尔文也说过物竞天择,适者生存。你至少有过选择的机会,不像我,我没得选。"

我对她坦诚以待,她却道:"列夫是谁?达尔又是谁?他们在胡言乱语什么?我要杀了他们。"好吧,我就知道会是这样。

02

乔箬又做了那个梦。

那晚凉风习习,空气中有血腥味。她梳着羊角辫,困意弥漫地趴在阿

娘肩头。爹爹收拾了行囊，一家人小心翼翼地躲在屋子里，打算趁天黑杀出去。

一天前，她的大伯一家被人杀了，她与七岁的堂姐约好了一起玩扔沙包，可那日阿娘不让她出门。

阿娘说："你大伯一家都被害了，善善也死了，咱们得赶紧离开村子。"

善善是她的堂姐，她们出生在十里杏花村，祖上世世代代都在这里。外面的人称他们为——落头氏。

乔箬从小就知道，自己的族人与众不同，杏花村的人都是飞头蛮，脖子上有条淡淡红线，长到了十岁就可以练习飞头术。她曾亲眼看到自己的爹爹晚上睡觉时飞头而去，身子留在床上，到了第二天清晨爹爹的头回来了，重新长在了脖子上，神清气爽极了。

落头氏，飞头千里，可活三日。

然而不知从何时起，一种可怕的传言在村子里散播，同类相食，可功力大增，不死不灭。那些能力强大且心术不正的族人率先动了手，一开始还戴着道德的枷锁，偷偷摸摸地干杀人勾当，后来越来越多的人或为自保或为长生，纷纷加入厮杀队伍，暗里的杀戮终于辗转到了明面上。

后来逐渐杀红了眼，先是族长的儿子不见了，被人发现死在后山，血都被吸干了。接着是邻居一家被血洗，死状凄惨。

乔箬的爹爹和大伯在村子里算是能力比较强大的飞头蛮，兄弟联手，暂时没人敢招惹他们。可是好景不长，大伯一家居然悄无声息地被杀了，善善才七岁，没有功力，脑袋被挂在了村口那棵杏花树上，迷茫而恐惧地瞪着眼睛。爹爹的眼睛红了，他知道是谁干的，是桑丘那伙人，最先挑起吃人事端的就是他们。

那伙人本就是村里的刁民恶霸，坏事做尽，吃起人来连自家人也不放过。而且随着他们杀人越来越多，功力竟真的增加不少。这更加让人坚信，同类相食真的可以长生不老，不死不灭。

乔箬那年六岁，爹爹和阿娘带着她，杀出一条血路，逃出了杏花村，躲进了山中潮湿洞穴。

洞穴阴冷，终日不见阳光，可他们无处可去。

落头氏一族，千百年来被人视为不祥之物，遭外人厌恶，流落在外的族人要么被术士所杀，要么被他人利用，总之没几个有好下场的。

这天下之大，除了杏花村竟没有他们的容身之所。

不久，乔箬生了病，阿娘下山买药，再也没有回来。从那以后，爹爹就变了，他命乔箬老老实实地待在洞里，自己则每日外出，回来的时候都会给她带热气腾腾的豆腐脑。

乔箬逐渐长大，过了十岁，爹爹教她练习飞头术。她和爹爹的脑袋一起在空中飞，迎着风，看万里河山，惬意自在。

他们飞到了杏花村上方，看到的是娑婆秽土，荒废凄凉。

后来，她和爹爹搬回了杏花村。村子里其实还有人，剩下的都是实力强悍的飞头蛮，大家都很狡猾，虎视眈眈地躲着，既要自保，又要杀人。

她的爹爹也是这样，乔箬亲眼看到爹爹在村里捉到了一人，仔细一看正是桑丘那伙的，爹爹面目狰狞，一下将那人劈成两半。

当晚，厨房热气腾腾，爹爹端给她一碗豆腐脑。

乔箬吃完，对爹说："太老了，不够鲜嫩。"

爹爹摸着她的头，笑了。

再后来，她十五岁了，功力大增，已经能够自己对抗同类了。那时村子里的同类已经很少很少了。

又过了两年，村子里只剩她和爹爹了，也有逃窜到外面的族人，听说有的被术士所灭，有的隐姓埋名忐忑度日，但大都是普通的飞头蛮，成不了气候。那晚乔箬又做了一个梦，梦到阿娘抓着她的肩膀，拼命摇晃："乔箬，别睡了，起来杀了你爹，你就可以长生不老不死不灭了。"

乔箬惊醒了，看到屋里黑黑，月光影影绰绰，厨房有动静，她蹑手蹑脚地走过去，看到爹爹在磨刀。

后来一个晚上，她趁爹爹熟睡时，用那把刀将他杀了。血溅到脸上，她大口喘息，看到爹爹瞪着不敢置信的眼睛直直地盯着她。

"箬箬，你……"

接着他又笑了，咽了最后一口气："……好好活下去。"

她坐在屋顶上，愣愣地看着月亮，落下一滴泪。杏花村一片狼藉，只剩她一个人了，真寂寞。

然后她离开了村子，她四处流浪，穿着红袍，围着纱巾，渴了喝溪水，饿了摘梨子。梨子吃着很涩，所以偶尔也会杀个人开开荤。

她还遇到了一个同类，是个手无缚鸡之力的女飞头蛮，隐姓埋名多年，早已结婚生子。那女人对她苦苦哀求。她愣着不知想到了什么，动了恻隐之心，饶了她一命。但当她转过身去，那女人正举起刀子想杀她。

乔箬扭断了她的脖子，然后女人七岁的儿子又捡起了刀，想趁她不备插入她的腹部。

她后来发誓再也不会心慈手软。

一路向东，走到哪儿吃到哪儿，很快活。口味也越来越挑剔，太老的不要，太丑的也不要，不能胖，也不能太瘦，长得要干净，最好珠圆玉润，皮肤白皙。不是每次都有好运气，有时荒郊野外的，饿的时候能遇到个人就不错了，即便对方是个相貌丑陋的彪形大汉，也不得不对付一下。

比如此时，乔箬叹息着看面前拦路的一伙山贼，个个凶神恶煞，没一个长得好看的，尤其是为首的那个，一脸麻子，满嘴马牙。

乔箬心想，这运气真不好，长得也太丑了。乔箬觉得有些委屈。

"小娘子，你别怕，要是从了我，我保证不杀你，还能让你做个压寨夫人……"山贼握着大刀，笑得猥琐，更加难看了几分。

乔箬懒得废话，扬了扬手，袖子里的长绫呼之欲出，就要拧断他的脖子，此时身后突然传来马蹄声。没来得及回头看，一只有力的手已经从背后将她捞起，一跃放在马背上。

乔箬抬头，看到的是一个身着铠甲的年轻将军，将军剑眉挺鼻，星目薄唇，下颌紧绷，模样英俊。他将她护在怀里，抽出长剑，直指山贼："光天化日，欺辱一个姑娘家，我看你们是活得不耐烦了。"

将军带领的人马，个个是战场厮杀的能手，将那群山贼打得落花流水，屁滚尿流。乔箬偎依在他的胸口，听着他铿锵有力的心跳，似是闻到风信花香，又抬头，看到他坚毅的下巴。气宇不凡，原来是这般模样。

她看得入了迷，直到将军低头看她，漆黑眼眸闪过一丝促狭的笑："姑娘吓着了？"

"是啊。"

乔箬大大咧咧，脸不红心不跳："要不是将军出现，我就死定了。"

"哦？我方才见你十分镇定。"

"我那是吓蒙了。"

乔箬咯咯直笑,下巴抵在他怀里,顺势抱住了他的腰:"将军救了我,我该如何报答呢?"

年轻将军惊讶了下,低头看她,四目相对,眼眸深深,却不开口说话。倒是一旁的部下,骑在马背,爽快地对乔箬大笑:"姑娘,我们将军只知行军打仗,身边缺个侍奉的女子,既然你有心报答,不如以身相许如何?"

话落,身后一干人马跟着笑出了声,乔箬抬头,看到那年轻将军依旧不说话,耳朵却有些红,静静地看着她,含笑不语。

她心里一漾,望着他,眯起又细又长的眼睛:"好呀,我愿意的。"

袁晋珩,是赵国将军。

那时边关战役,旷日持久,敌国来势汹汹,千军万马。乔箬随袁晋珩入了军营,随侍在他身边。袁晋珩很忙,战场厮杀,血染长剑。赵军处于劣势,他想偷袭,但敌国布防严谨,不可攻破。

这一仗打得艰难,粮草不足,再熬下去,怕是要败了。夜里油灯挑了又挑,袁晋珩皱着眉头看山形图,乔箬躺在卧榻上,跷着二郎腿,津津有味地啃着梨子。

看他一脸苦恼,眯着眼睛笑,唇红齿白,好不动人:"败了便败了,有什么要紧呢?千里饿殍的江山,赢了又能怎样?"

"乔箬,亡国与亡天下不能相提并论。"

袁晋珩揉了揉眉头,有些疲惫:"保国者,其君其臣肉食者谋之;保天下者,匹夫之贱与之有责。我在保我的国,因为我知道,亡国不应是亡天下的始端。"

乔箬不懂这些,也不想懂,但她看到了袁晋珩的疲惫,扔了手中的梨子,走到他身后,娇笑着搂住他的脖子。

"袁郎,要怎么做,你才能尽快地打赢这场仗呢?"

"尽快?除非敌军首领突然暴毙身亡。"

袁晋珩玩笑一声,拉住她的胳膊,一把将她揽入怀中:"又或者,我军中人能偷到敌国的军中部署图。可哪有那么简单的事。"

他亲吻她的额头,又亲了亲她的脸颊,最后将头埋在她胸口:"箬箬,真的好累，等一切结束，我带你回家。"乔箬抱着他，目光幽深，若有所思。

后来一次战役，袁晋珩受了伤。不大不小的剑伤，流了很多血，军医进进出出，怎么也止不住。乔箬有些害怕，趴在他床边，流泪了。

然后袁晋珩握住了她的手，笑她："傻瓜，我又没死，你哭什么？"

"袁郎，我有点想家了，我家门口有一棵杏树。"

"好，等我打完这场仗，就带你回家看看。"

"不，我不想回去，我只是想那棵杏树了。"

"那简单，以后咱们成了亲，就在府里种一棵杏树。"

"此话当真吗？"

"当然。"

以后咱们成了亲，就在府里种一棵杏树。

为了这句话，乔箬穿上了铠甲，女扮男装，摘了敌国首领的脑袋。为了这句话，她飞头百里，去探敌军的军中部署图。

从此，军中多了位"飞头将军"。

袁晋珩震惊过后，将她紧紧搂在怀里："箬箬……"

他呢喃地叫她的名字，亲吻她的脖颈，那里多年不曾摘下的纱巾，绕着若隐若现的红线。但袁晋珩虔诚地吻了它。

"箬箬，不管你是人是妖，此生我必不负你。"

保家卫国是什么道理，乔箬不懂，她只知道，自从来到袁晋珩身边，她吃了三年的酸梨子，再也没有随意杀过人。

边关战役过后，她跟随袁晋珩，四处奔波，辗转各方战场，厮杀博弈，取人首级，就这样又过了两年。

"飞头将军"的名号愈发响亮，边关日渐安稳，袁晋珩仕途高升，一路风生水起。直到国泰民安，再也没有仗打，乔箬终于随他回了赵国，住进了袁府。

她如愿以偿地嫁给了袁晋珩，袁晋珩为她在府里种了一棵杏树。她每天浇水施肥，盼着杏树快点长大开花。她想起那个结婚生子的飞头蛮，有点后悔杀了她，她也想生个属于她和袁郎的孩子。

盼啊等啊，杏树没有开花，她在府里遇到了一个女人。那个女人叫秦霜，长得很美，还怀着身孕，侍女小心翼翼地搀扶着她在院里散步，但看到了乔箬，她愣了下。

她脸色不太好看，身边的奴婢反应很快，慌乱地搀扶她："夫人，今日风大，咱们回去吧。"

是的，那天风很大，她从那女子身上，闻到了熟悉的风信花香。

她们叫她"夫人"。

秦霜，是袁晋珩的正妻。而她那时一身喜服，坐着花轿，嫁入袁家，走的是侧门。原来，她是袁晋珩的妾。

乔箬愣怔地坐在屋子里，从白天坐到晚上，直到袁晋珩回了府，来到她身边，将她拥入怀里。

"箬箬，你怎么了？"

她按了按自己的胸口，她是落头氏，落头氏也会痛的吗？

她们回府才一年，秦霜就有了身孕，袁郎跟她在一起的同时，也跟他的正室夫人在一起。对吗？

乔箬起了杀心。是从什么时候开始的呢？无数个袁晋珩不在的夜晚，她的头飞出屋子，在袁家四处窥探，如同当年她飞头千里，去敌国窥探秘密。她看到两个丫鬟凑在一起，低声讨论：

"西院的乔氏是飞头獠子。"

"真的假的，大人不是说不准胡言吗？"

"我也只是在这里说说，你听听就好，前些年咱们大人营中不是有位飞头将军吗？听说就是乔氏，她女扮男装，混入军营。"

"怎么可能，大人怎么会将那种妖怪留在身边？"

"这你就不知道了吧，当年边关战役旷日持久，事关国家兴亡，大人也是没了办法，听一江湖术士献计，十里杏花村有落头氏，飞头可驰千里，可助大人攻破敌军，大人带了人马去寻，但晚了一步，杏花村荒无人烟，已经没人住了。"

"然后呢？"

"然后大人在返回军营途中，沿路看到有尸身被掏了心，食了脑，大人便猜测附近有飞头獠子，果真在路上发现了乔氏，当时乔氏正打算对山贼下手，大人反将一计，将她救了。"

"这些你怎么会知道？"

"哎呀，这些都是大人营中的曹督喝多了透露出来的。我跟你说了，你可千万保密，别告诉别人啊！"

"真是太可怕了，闻所未闻……"

两个丫鬟心有余悸。

乔箬的脑袋立在梁上，像钉了钉子，不能走，也不能动，仿佛被人打开了颅盖，浇下一盆冰水。

后来，她的头又飞去了秦霜的院子。她看到屋内灯光摇曳，暖光晕黄，袁晋珩搂着她，手放在她的肚子上，神情温柔。

"霜儿，辛苦你了。"

秦霜躺在他怀里，一脸满足："相公，我一点也不辛苦，有你在我很安心，我觉得很幸福。"

袁晋珩抚摸着她的头发，温声叮嘱："离西阁院远一点，不要去招惹她。"

"嗯，相公放心。"

乔箬失魂落魄地回了院子，将脑袋装在了身子上，眼圈泛红。院中的那棵杏树没有开花，秦霜那边却是春暖花开，长满了沁人心脾的风信花，四处飘香。她哭了，他骗了她。

可是第二天袁晋珩来看她，给她带各种新鲜好玩的玩意，他眉眼间的笑是温柔的。他说："箬箬，想不想回家看看？"

她们骑马去了杏花村，乔箬发现，曾经一片狼藉的村子，又有人居住了。是一群逃避战乱的人在这里安了家，村里有小孩，有老人，有欢声笑语……村口那棵歪脖子杏树，枝头开着淡淡杏花，是浅粉色的，如同她幼时看到的那样。

那是她很久不曾梦到的场景。

袁晋珩对她道："你看，杏花又开了，善因才能结善果，一切自有天意。"

她抬头，氤氲的眼睛看到他坚毅的神情，一如初见。

他还说："箬箬，我会永远对你好的。"

好险，她差一点又信了。

那晚，她飞出头去，又听到秦霜和她房里的丫鬟在说话。丫鬟抱怨："大人整日让夫人避着乔氏,自己却带着她到处闲逛,乔氏的日子过得可真好,大人不会真的喜欢她吧。"

秦霜抚摸着肚子,声音坚定:"我相信他,结发为夫妻,恩爱两不疑。"

结发为夫妻,恩爱两不疑。

这句话深深地刺痛了乔箐,成为压死她的最后一根稻草。她与袁晋珩算不得夫妻,她是妾,所以她必定要生疑的,对吗?对,若不是怀疑,怎会知道自己多年没有身孕,是因为袁郎让丫鬟给她下了药。

她杀了那丫鬟,袁晋珩回来的时候,看到地上的尸体,震惊又失望。

他沉默了,最后声音冷若冰霜:"你答应过我再也不杀人的。"

乔箐笑了:"我也答应过你再也不用飞头术,但若不用,怎知我是你的一枚棋子呢?"

他缓缓地闭上了眼睛,说道:"不管你信不信,我对你是真心的。"

乔箐看着他,嘴角的笑十分诡异。

袁晋珩再也没来看过她,她的院子被重兵把守,晚上的时候,府里涂满了赤符之水。她曾经告诉过袁晋珩,因涂了赤符之水的地方格外刺眼,她们落头氏的脑袋无法飞去。真有趣呀。

几个月后,秦霜生了孩子,是个男孩,袁晋珩为他起名——袁曜。日出有曜,是光明璀璨之意。府邸上下喜气洋洋,乔箐坐在屋顶,托腮望着天,回想起前尘往事。

微时雨,杏花村,家家户户都吃人。

同类相食,功力大增,不死不灭……为何一定要同类相食呢,她后来才明白,那是一个幌子。不定非要同类,普通人一样可以使他们增加功力,不死不灭。

她望着张灯结彩的袁府,幽幽地笑了。

── 03 ──

秦霜死了,死得很惨,身子倒在床边,满屋子的甜腥,引得屋顶上野猫乱叫。

袁晋珩回府,惊闻噩耗,如雷轰顶。

乔箐披散着长发,光着脚,在自己房间走来走去,她怀里抱着个娃娃,

她在唱歌哄他,是刚刚满月的袁曜。

"奴乘油壁车,郎骑青骢马,何处结同心,西陵松柏下……"

这是她当年随袁郎行军打仗,飞头千里,无意间听人唱的一首小调。她学会了,还唱给袁郎听过,那时二人在营帐中,彼此依偎,笑红了脸。桌上放着一碗热气腾腾的豆腐脑,乔箬一手抱娃,一手拿勺,一口一口地喂孩子。

袁曜在哭,乔箬嘴角含着笑,用勺子堵住他的嘴,白花花的豆腐脑灌入他的嘴里。

"吃吧,很好吃的。"

"……乔箬,乔箬。"

失魂落魄的袁晋珩哆嗦着手扶着门框,脸白得像个死人,大气也不敢出。

"袁郎,你来了,你看,我在喂孩子吃东西呢。"

乔箬冲他笑,唇红齿白,笑面如花。袁晋珩颤抖着上前,迈了门槛,进了屋子,走到她面前,浑身颤抖。乔箬以为他要抱孩子,含笑望着他。

不料他伸出手来,抱的却是她。

"乔箬,你为什么不相信我?"

袁晋珩红着眼睛跪在她面前,痛苦地将头埋在她腰间:"你为什么不信我……我们在一起七年,同生共死,我知你是落头氏,也曾利用过你,可我发誓,我心里真的有你,我是爱着你的。

"赵王知你神力,想将你收为己用,我将你藏在这后宅深院,我想护着你,想与你安稳度日,我错了吗?

"我是早已娶妻,我让她们不要招惹你,因我知人心险恶,我想给你一片清净,我错了吗?

"我知你身世,知你从前过的是什么样的生活,我只愿能和你厮守终老,不想我们的孩子也是飞头蛮,被世人利用,我俩安心在一起就好,我不想要孩子,我错了吗?

"乔箬,你怎能如此狠毒……"

袁晋珩闭着眼睛,身子在发抖,眼角有泪滑落。乔箬愣了很久,心脏骤停,她动了动嘴唇,半晌没有说出话。

但她还是眼中含泪,说了句:"袁郎,我们还能重新来过吗?"

能的。为何不能？秦霜已经死了,他们中间再无阻碍,袁晋珩心里悲痛,她给他时间走出来,他们一定可以回到从前。她会将袁曜当成她的孩子,她会用心爱他们,只要袁郎还肯给她机会。

那日后,袁晋珩消沉了很久很久。久到她以为他不会原谅她了,他却在一个晚上来了她的房间,与她紧紧相拥,他哭了。

"乔箬,我们都忘掉过去,从今以后好好过日子,你再也不许杀人了。"

"好。"

乔箬很开心,从没有一刻觉得自己这样爱着袁晋珩,他们又可以回到从前了。他们形影不离,恩爱缠绵,府里不再有秦霜,她才是袁晋珩的妻。

结发为夫妻,恩爱两不疑。她喜欢这句话。

缠绵过后,灯光如豆,袁晋珩将她搂在怀里,闻着她头发上的香味,声音恍惚。

"乔箬,你有心吗？"

"有的,你听,它还在跳？"

"那么你的心,也有软肋吗？"

"袁郎,我的软肋不在于心,在于我的身子。"

袁晋珩不解,乔箬看着他,认真道:"若有朝一日,我的头飞了出去,回来之后找不到了身子,三天之后,我便死了。"

她说:"袁郎,届时你一定要好好保管我的身子。"

袁晋珩笑了:"你放心,我不会再让你用飞头术了。"

是的,袁郎希望她是普通人,乔箬知道。从她来到他身边,就活成了一个市井之人,连杏花村都万物复苏,恢复生气。她们也要活在烟火气之中,要吃五谷杂粮,穿衣保暖,要穿鞋子,更要好好过日子。

可是不久之后,袁晋珩被赵王所压,关入王宫地牢。

他们说,赵王让他交出"飞头将军"。

袁晋珩不愿,说世上从来没有飞头将军。

赵王说:"我要你夫人乔氏。"

袁晋珩笑了:"我的妻,是手无缚鸡之力的妇人,恕难从命。"

赵王说:"她只需为孤去魏王宫杀一人,我便放你出来,再不提飞头将军之事。"

这样的要求，袁晋珩仍是拒绝了，赵王愤怒，要杀他。乔箬杀心又起，但她想到袁晋珩，他宁愿反抗赵王失去性命，也只愿她是个普通妇人。

乔箬笑了，落泪了，她对人说："告诉赵王，他的条件我答应了。"

乔箬找不到自己的身子了。

在她答应了赵王的条件，飞头千里去魏王宫杀了人，回来之后，袁府上下却关了大门。她的脑袋在府里飞来飞去，焦急万分。

府里刀林剑雨，齐刷刷地向她飞射。乔箬看到远处站着的袁晋珩，从容指挥，神情冷漠如霜。

"袁郎，赵王放你出来了？"

乔箬喃喃地看着他，却见他一脸的厌恶，俊朗的脸上，是她不熟悉的陌生和阴狠。

他说："乔箬，你的身体已经被我烧了，你去死吧。"

万箭穿头，剜心之痛。原来，一切都是骗局。她的袁郎早就对她深恶痛绝，他一直在骗她。

乔箬的脑袋在袁府哭了一天一夜，泣声如地狱恶鬼。夜里狂风呼啸，杏树下，一颗面目狰狞的头颅，咬断了树木，满脸的鲜血，眦目欲裂。

"袁晋珩！袁晋珩！你骗了我！"

一声声哀号，毛骨悚然地回荡在府里。除了西阁院，她哪儿也去不了，袁晋珩在府里涂满了赤符之水。

那一夜袁府上下沉浸在地狱之中，恶鬼般的哭声响彻府邸，撕心裂肺，惨绝人寰。

第二天清晨，风停了，很久之后，才有武官壮着胆子上前。杏树下，树叶残花满地，浮沉之中，灰头土脸的一颗脑袋，瞪着眼睛，青面獠牙，面容扭曲。

一片杏花瓣，飘零落地，落在脑袋上。

武官用剑拨弄了下，回去禀报袁晋珩："大人，气绝了，就地掩埋吗？"

袁晋珩在书房练字，神情愣怔了一秒，他的纸上写了几句诗，有泪染湿一块字迹。

我出东游门，邂逅承清尘。

思君即幽房，侍寝执衣巾。

时无桑中契，迫此路侧人。

他说："扔到南岗坟地埋了吧。"

荒郊，南岗坟地。

袁府的人匆匆而来，匆匆而去，就地挖了个坑，将那颗脑袋扔了进去，踩平了地面。半夜过后，乌鸦怪叫，阴森森的野外有鬼火蔓延。踏平的土里，慢慢开始有动静，乔筲的脑袋从里面钻了出来，灰头土脸，模糊一片，狰狞如恶鬼。

飞头獠子，三日断头死。

可他们又怎会知道，她已经不是普通的飞头蛮了。杏花村里，同类相食，杏花村外，杀人如麻。落头氏已经灭族了，如今她是这世上最厉害的飞头蛮。

一颗脑袋在半空中游走，虽然还活着，但很虚弱，四处漂泊，找不到身子，无处安身，早晚还是要死的。头颅飞过乱坟岗，飞过荒野，飞过了无人烟的树林，最后经过了一个安静的小村庄——山霞村。

夜深人静，头颅在村子里穿梭，透过窗口，挨家挨户地找。

那双怨毒的眼睛流着血，瞄来瞄去，终于在一户人家里，找到了一个身怀六甲的妇人。那胖妇人与丈夫躺在床上，鼾声如雷，睡得像头猪。

乔筲眯了眯眼睛，盯着她的肚子："袁晋珩，你可千万别死，你要长命百岁，等我投胎回来。"

头颅飞过窗子，化作一阵黑烟，朝着孕妇圆滚滚的肚子一缕缕地钻了进去。

十月怀胎正辛苦，哪知腹中是妖魔。

妇人睡得正香，肚子疼了下，同时做了个梦，梦到一个梳着羊角辫的女孩，粉雕玉琢地冲她笑。可是下一秒，女孩脸色乌青，尖牙利齿，冲她张开了血盆大口。

第三章 十里杏花

01

我叫王知秋，在二十一世纪开了一家殡葬店。

那晚月亮悬于半空，我收了一只很嚣张的飞头獠子。你们以为我很厉害，那是你们没看到月下悬崖，我被一颗脑袋追着咬的场景。

落头氏疯了，简直不可理喻，说不过我就突然飞头来咬人。狰狞的一颗头龇牙咧嘴，冒着黑烟，速度堪比流弹。妖物速度太快，风太大，我甚至来不及出招，只能转头就跑，脚底如生了螺旋桨。笑话，谁想被这玩意咬上一口。我被追得气喘吁吁，终究是大意了，被她一口咬在了屁股上。一瞬间，她怒目瞪我，我也转头怒目瞪她。

"是不是别人不发火就把别人当傻子啊！"

我单手拎起她的头，以缚灵咒捆绑，抛在半空，一记横踢："污染环境，罪加一等！"

落头氏成功被收录在异妖册中。

回去之后，我还有些愤愤不平，对张大头道："居然被咬了一口，我怎么可能不是她的对手，分分钟把她秒成渣好吗？"

张大头拆我的台："人家也没那么弱，只是吃了没文化的亏好吗？"

我一把勒住他的脖子："孙子，你站谁那边呢？"

大头被勒得喘不过气，连连抓拉我："你，你，当然是姑奶奶你。"

"这还差不多。"我松开了他。

他稍喘口气,便关切地问我:"被咬的那一口,没事吧?"

"没事,我可不是一般人。"

"也对,她有毒你也有毒,刚好以毒攻毒。"

"……"

自这天起,我一个月没有开店,在家里躺了尸,跟被咬没关系,纯粹是因为心情不太好。

窗外日出日落,麻雀叽叽喳喳,城市从寂静到喧闹,又从喧闹归于寂静,然而这里所有的一切,全都与我无关。屋内昏暗,隔着厚重帘布,透不过光,也透不过嘈杂之音。我睡得昏沉,也不知过了多久,听到有人在身边哭丧,凄凄惨惨。

"我的个姑奶奶啊,你睁开眼看一看,瞧一瞧,你还有什么没安排好……"

那人还伸出手试探我的鼻息,我一巴掌拍开了他的手。

"别爱我,没结果,除非你能活过我。"

张大头喜极而泣:"我活你个鬼,你个糟老婆子坏得很。"

他说:"姑奶奶,我以为你要睡到我老死。"

我说:"你放心,到那天我一定醒来给你送终。"

张大头咬牙道:"最后一只妖不入册,你敢睡?"

我伸出两根手指:"是两只。"

"飞头獠子收了,不是只剩一只魖了吗?怎么还有一只妖?"

"异妖册一百零七种妖,柳公说要凑个双数,大笔一挥加了个名字。"

"……这么随便的吗?"

"对,老头子不讲武德。"

"最后一只妖叫什么?"

"连姜。"

我说完这个名字,总觉脸上有点凉。

张大头跳了起来:"我去!你哭了!"

我瞪了他一眼:"我没哭,我沙眼了而已。"

张大头难得地没拆穿我，坐在了我旁边："姑奶奶，你跟我说句实话，你是不是胤都公主钟离婳？"

"谁告诉你的？"

"猜的。"

"你以后少看我的笔记，尊重个人隐私。"

"……我不看那些东西，怎么帮你捉妖？"

"说的也是，麻烦你以后闭着眼睛看吧。"

"……"

张大头是个追根究底的人："你当时跟胤都的大祭司慕容昭有婚约，但是又看上了他的徒弟连姜，然后你们俩苟且，给慕容戴了绿帽子，慕容一怒之下把连姜给投河喂鱼了，连姜变成了妖，你为了还能见到他，揣着异妖册活到现在……"

我勒住了他的脖子："你死于话多。"

从那以后，张大头就跟得了魔障一样，天天在我面前开发脑洞，什么样的剧情都被他想出来了，有一次居然说："慕容昭是不是不行，所以你看上了连姜……"

我的脸黑了："你最近是不是很闲？"

"是啊，古玩店没生意，每天就想听点八卦。"

"你想不想知道飞头獠子的情史？"

"想。"他有些兴奋，凑到我面前，"那个獠子后来怎样了？"

我带他去了孽镜台，一脚将他踹入镜中。然后抓了把瓜子，通过镜台追剧。

落头氏乔筠，为妖一生，在两个男人身上栽过跟头。一个是赵国将军袁晋珩，另一个自然是孟青前辈了。

故事仍旧开始于十里杏花村，那时孟青还不叫孟青，他叫孟巍子。

十里杏花村，自落头氏灭族，荒废了很久。万物复苏时，娑婆秽土也跟着春意盎然，掩盖了一切血腥。杏花村是个很美的地方，青山绿水，篱笆绿萝，村口还有一棵歪脖子杏树。一群躲避战乱的逃荒者满心欢喜地住了下来，巍子的爹娘便是如此。

孟巍子便是在这里出生的。

在他很小的时候，听说过一个传闻：很多年前，杏花村住着一群吃人的妖怪——落头氏。但是那也只是传闻，毕竟没有人亲眼看到过。龁子也未当真。

他那年十岁，家里有三个姐姐，都是容貌清秀的姑娘家。龁子家里很穷，但爹娘和姐姐们都很疼他，宁可自己饿肚子，也要省下一口吃的给他。龁子本就样貌端正，又因衣食无忧，面色红润，是村里长得最好看的男孩子。

村口那棵歪脖子杏树，是他平时最爱玩耍的地方。不知何时，杏树下出现一个光着脚的小女孩。女孩大约跟他同岁，长得唇红齿白，粉雕玉琢，极其漂亮。女孩说她叫阿乔，是从很远的山霞村来的。

山霞村很穷，而且人吃人，她的爹娘就被人吃了，她一个人逃了出来，已经很久没吃东西了。龁子从家里拿了一块饼给她，看着她狼吞虎咽的模样，仍是不相信："人怎么会吃人呢？我不信。"

"真的，田里有蝗虫，吃光了庄稼，我们就只好吃蝗虫，蝗虫汁是绿色的，苦得很，咽不下去，而且吃啊吃啊吃出了瘟疫，到处都是死人，饿得受不了了，就有人吃死人。"

阿乔艰难地咽下最后一口饼，噎得难受："死人不好吃，还传染瘟疫，他们就把主意打到活人身上了，先是吃小孩，易子而食，小孩吃光了就吃大人。"

龁子目瞪口呆，惊得半晌说不出话："还好，还好我们这儿没有闹蝗虫。"

"那可不一定。"

阿乔眯着眼睛看他，眼中含笑，意味深长："蝗虫会飞的，指不定明天就飞来了。"

一语成谶。蝗虫真的飞到了杏花村，铺天盖地，遮天蔽日，像一群妖魔鬼怪，吃光了地里所有的庄稼，卷得地面渣都不剩，荒芜一片。哭天喊地，但日子总要过，勒紧了裤腰带，但凡能吃的东西都往嘴里送，连村口的杏花树都无法避免，树皮都被剥光，秃秃的，像一具骸骨。

阿乔离开了，走的时候一本正经地告诉他："龁子，你要小心点，很快就会人吃人了，他们会先吃小孩子的。"

"你，你胡说！"

"我不会骗你的。"

阿乔歪着脑袋,一脸担忧:"你给过我一个饼,所以我好心提醒你,说不定你爹娘已经磨好了刀,准备对你们下手了。"

"你胡说!你胡说!"

毚子陷入了恐慌,头也不回地跑回了家,可到了家门口,腿已经开始发抖,不敢进去了。

"毚子,愣着干吗?快进来。"

面黄肌瘦的二姐姐拉着他进了屋子,简陋的桌子上有一碗寡淡得可以映出人影的米汤。二姐对他道:"爹娘和大姐一起翻山去挖野菜了,但愿明天能有野菜糊糊吃。"毚子喝完了米汤,松了口气。

第二天醒来,是在一阵浓郁肉香中馋醒的,鞋子也没来得及穿,跑到外屋,看到的是桌子上一盆烧肉。娘亲摸了摸他的脑袋:"没挖到野菜,但是我们猎了一头鹿。"

那段时间,一日三餐,餐餐有肉汤,顿顿有烧鹿肉……毚子依依不舍地喝完了肉汤,舔了舔碗底,放在桌子上。只是大姐不见了,爹娘说把她送去城里的林老爷家当丫鬟了。

毚子有些想她。

过了一段时间,鹿肉吃完了,一家人又陷入了饥饿之中,喝了几日的清汤寡水,爹娘带着二姐上山打猎了。

当晚,他们又有了肉吃,但是二姐不见了,爹娘说送她去找大姐了。

吃饱喝足的时候,毚子跑到村子口的杏树下,躺着打了个盹,梦到了阿乔,阿乔张着嘴巴,一脸惊慌地告诉他:"毚子,毚子,下一个轮到你三姐了,你三姐过后,就轮到你了。"

轮到什么?去林老爷家当个书童吗?

"毚子,你回头看看,杏花村成了什么模样?"

毚子从梦中惊醒,回头看了看,篱笆绿萝的小村子不见了,处处焦土,房屋倒塌,野火蔓延。路边面黄肌瘦的村里人,三五成群,一个个虎视眈眈地看着他,深深地咽下口水。毚子惊慌失措,飞快地跑回了家,屋门一推开,冷不丁地被溅了一脸血。躺在地上的是三姐,瞪着大大的眼睛,身上都是血。

拿刀的是爹爹。

孟彘子愣了几秒，在爹娘呼天喊地地拉他进屋的时候，整个人像是陷入了炼狱，被一盆热油淋了个遍。鬼使神差，彘子突然丧失了意识，丧失了一切理智。

下地狱吧，大家一起下地狱吧，带着罪恶与肮脏。

村子口，干枯萧条的杏树下站着个女孩，容颜媚惑，唇红齿白，转过头，看到浑身是血的彘子，嘴角噙着笑："彘子你看，杏树又要发芽了。"

彘子抬头，愣愣地扔下手中的刀，看到阿乔正扬头看着杏树，侧影柔美，楚楚动人。

"杏花村，本就是人吃人的地方啊。"阿乔喃喃的，声音却仿佛有一股魔力，引得人不由自主地跟着点头。彘子恍惚地站在杏树下，朝她惨然一笑："是啊，本就是人吃人的地方。"

02

孟彘子大名远扬，小小年纪，就成了恶魔，领着一群同样是恶魔的同伴，开始了漫长的作恶历程……

这个时候阿乔也要离开了，她目光遥遥地望着天："彘子，我曾经爱过一个男人，他说会对我好，我要去找他了。"

彘子不舍得，一把拉住她的手："阿乔，我也会对你好，你不要走。"

阿乔笑了，娇媚动人："彘子，我还会回来找你的。"说完，阿乔就走了。

阿乔走了半年，彘子很想她。

他手下的队伍越来越壮大，恶名远扬。杀人放火金腰带，彘子已经不需要离开杏花村了，他每天懒洋洋地躺在屋顶上晒太阳，自然有人将新鲜食材送到他面前，供他挑选。直到有一天，被送来的食材里有一个笑眯眯的老头。

彘子有些生气："老家伙，肉都柴了，还敢送来给我吃？"

同伴吓得脸色大变："原本抓到十个人，中途被这老头放跑了一个，只好把他抓来充数了。"

放跑了？彘子眯着眼睛，盯着老头："老家伙，天上有路你不走，地狱无门你闯进来。"

"老朽原是要往天上走的，结果被人拉到了地狱，若小公子好心，便放我回去吧。"

"回去？回哪里去？"

"自然是净土之地。"

"这天下还有净土之地吗？"

"小公子眼前看到的是娑婆秽土，十方无量的净土皆在于心。"

彘子大笑，拔剑指向老头，眼神狠戾，说道："我现在就把你的心刨出来，看看净土究竟长什么模样！"

老头被杀了，人心不都是一样吗？刨出来放久了，一样是猩红的烂肉。

净土，哪有什么净土啊……

彘子冷笑两声，当晚将老头的心做成了下酒菜，吃了个干净。但是夜里醒来，他看到屋里站着个老头，定睛看了看，不就是白天被自己挖了心的老头吗？

彘子凶狠地拔出剑，势必要将老头砍成肉酱。老头笑眯眯地站着，手中拂尘一挥，彘子的身子无法动弹。眼前突然阵阵白雾，天旋地转，屋内仙气飘飘，很快幻化成一处虚无仙山。仙山挨着海边，海边巨石上，坐着一个身穿道袍的老者，白发苍苍，道骨仙风。

老者闭着眼睛打坐，身影仿佛融入天山境地的混沌中。悄无声息，岸边浪拍石礁，猛然翻出惊天动地的浪花，一条水蟒呼啸而出，甩着巨大的尾巴，张着血盆大口，一下把老者吞进了肚子。一切发生得太快，彘子看得心惊，尚且回不过神。

打柴的樵夫路过看到了这一切，奋不顾身地举起手中的斧子，朝着水蟒砍去。水蟒挨了一刀，嘶鸣吼叫，尾巴一挥，生生将樵夫的脑袋甩了下来。脑袋咕噜噜地掉在地上，樵夫的身子却没闲着，握着斧头，奋力给了水蟒最后一击。然后摇摇晃晃地倒下，不再动弹。

樵夫醒来的时候，脑袋已经连上了身子，仙风道骨的老者正对着他笑，挥了下手中拂尘："吾乃上清灵宝天尊，神游太虚，被妖物吞进了腹中，幸得友人所救，连累友人受断头之苦。"

"上仙有礼。"

樵夫歪着脑袋，赶忙跪了下来。灵宝天尊微微一笑，扶他起身："吾受友人恩惠，需以回报，不知友人想要什么？"

樵夫虽然已经接上了头，但仍觉得疼痛难忍，脱口而出道："荣华富贵非我所愿，若上仙执意要回报于我，方才被那水蟒斩断头颅时，仿若炼狱之痛，我祈求从今往后，我与我的子孙后代，头落不死，无灾无祸。"
　　天尊想了下："头落不死，有违天道，吾许你族人断头可活三日，如何？"
　　"如此，多谢上仙。"
　　樵夫跪地，感恩戴德。
　　千百年来，樵夫后人断头可活，飞头千里，无所不能，拥有凡人梦寐以求的神力，人称落头氏。可随着时间演变，此等神力变得越来越污秽，利益使然，罪恶滋生，更有善邪术者，一度危害四方，生灵涂炭。
　　落头氏一族与人的关系错综复杂，有的被人利用，助纣为虐；有的食人心练邪术，作恶多端。
　　天下大乱，必有邪祟，千百年前的一次许诺，隐约要铸成大错。但因天尊曾许樵夫族人不灭，故而天不可亡。天不可亡，便由他们自己灭亡吧。
　　能力最强的飞头蛮，可长生不老做神仙……这消息是如何散播的呢？无从得知，但落头氏奉以为真，并且引发了最惨烈的自相残杀。
　　最后一只危害人间的飞头蛮，名唤乔箐。
　　天不可灭，总要有一人要为她而生，灭她而来。
　　那个被选中的人，是孟龛子。
　　龛子大彻大悟，并非因天道，而是因为眼前的娑婆秽土被道人移开，看到了五年前的杏花村。
　　蝗虫铺天盖地，从东而来，是因为杏树下站着个粉雕玉琢的女孩，女孩手里拿着短笛，唇角扬起，吹了首调子怪异的曲子。
　　是阿乔。
　　杏树下站着的女孩，笑着看他，手一挥，从他眼中拨开一片黑雾。然后仰头叹息一声："杏花村，本就是人吃人的地方啊。"
　　一叶障目。
　　东海之外，有章尾道山，点化龛子的老头正是山上的章尾老道，龛子后来拜了他为师，改名孟青，最后去了沧南山。沧南山的张越真人与他师出同门，便收留了这个穷师弟。

孟青在那里认识了阿蒙。

赵一蒙是个女道，年岁不大，束着圆圆的发髻，有一张圆圆的脸。她时常一身白衣，手执长剑，在云雾缭绕的青山境地练习剑法。

三月桃林，落英缤纷，花瓣落在她的头上，可她浑然不知。她是张越真人门下女弟子，是个孤儿，从小被送上山，与众师兄弟一同在张越真人门下受教。

孟青刚上山时，沧南弟子都怕他，因为大家打听了下，这个不守规矩、放浪形骸的年轻师叔，竟然是前些年杏花村里的食人魔孟觑子。没人敢靠近他，孟青觉得有些无趣，直到他发现了阿蒙的存在。

每年的正月十五，这个平日笑起来很好看的姑娘都有些闷闷不乐。她会在桃林舞剑，练得满头大汗，然后爬上林子里最高的那棵树，向着上山的方向发着呆，久久地望着。她在等人，那个人叫袁曜，是大将军袁晋珩之子。

袁曜是个少年武将，年幼时身染恶疾，曾被父亲送到沧南山养病。年少的阿蒙遇到了年少的袁曜，芳心萌动，互赠信物，彼此约定将来要在一起。后来，袁曜病愈下山，此后鲜衣怒马，征战沙场。过了很多年，他给阿蒙写了一封信，信上说，北关大战告捷，不久他便可回京，逢正月十五日，来沧南山找她。

袁曜说："阿蒙，我已向父亲说明，我要娶你，届时他会亲自登门拜访张越真人。"

那个少年英雄没有辜负她，阿蒙满心欢喜，在林子里跑啊跳啊。

到了正月十五，她仔细梳洗，还描了眉，特意跑到桃花林等他。从早晨等到傍晚，从白天等到黑夜，从这一年的正月十五等到下一年的正月十五，如今算起来，就快第三个年头了。

阿蒙说："我要下山找他。"

孟青不屑："指不定人家已经妻妾成群，儿女成双了。"

"那我也要一个说法！"

"你下过山吗？山下饿殍遍地，瘟疫横行，就你这身皮肉，还不够人家塞牙缝的。"

"师叔！"

阿蒙大喊他一声，吓得孟青险些从树上掉了下来。

"干吗！"

"他们说你很厉害，比张越老头还要厉害，不如你教我一套剑法吧，学会了，我就下山！"

"你知道我是谁吗？你就不怕我？"

"不怕，师叔是好人，而且你看我这么可爱，就算你真是吃人妖魔，也肯定不忍心吃我的，对吧？"

阿蒙冲他眨巴眨巴眼睛，咧着嘴笑，虎牙尖尖，倒真的像一只可爱的狐狸。

从那以后，孟青在桃林教她剑法。有时手把手地教，有时互相对打，打累了，就躺在地上歇息。阿蒙累得鼻尖冒汗，她跟孟青说得最多的便是袁曜。袁曜是如何如何地好，如何如何地聪颖过人，对她又是如何如何地倾心以待。

"有一次我们一起偷偷去山庙摘果子，遇到一伙很坏很坏的山贼，那时我们年龄都还小，山贼把我们拖进庙里，阿曜一直护着我，在他们要欺负我的时候，他奋力撞翻了案台上的烛火，烧了整座山庙……后来我们逃了出来，才发现阿曜也被烧伤了，脸上还留了好大的疤。"

阿蒙眼里有雾气："我当时哭得可伤心了，心里暗暗地想，将来他要是找不到媳妇儿，我一定嫁给他。"

"可他还不是失约了。"

彼时，孟青懒洋洋地躺在树杈上，泼她冷水。但阿蒙从地上爬了起来，气急败坏地用剑指他："他才不是那种人！他肯定又去战场厮杀了，国家兴亡，儿女情长只能先缓一缓呀。"

"自欺欺人。"

孟青从鼻子里冷哼一声。

"师叔，你下来，我要跟你比剑！"

03

本来短短几个月便可练成的剑法，也不知为何，就这样慢慢教了一年，在这一年里，孟青与阿蒙形影不离。阿蒙的剑法越来越好，手执长剑，一跃而起，桃花时节，落英缤纷，竟也把孟青看得有些愣了。

孟青不知道自己是何时心里有她的。他只记得那日斜阳倾洒，二人在桃林对打，阿蒙依旧不是他的对手，十几招过后，便被他击落了剑，一个踉跄，险些跌倒，却突然被他抓住胳膊，禁锢在怀。

"还打吗？"他在她耳边俯身嬉笑，却不想二人离得太近，气息扑面。阿蒙红了脸，气急败坏地挣脱他，连耳朵都羞成了粉色。

"师叔，你快放开我！"

"不放！"

他本是开玩笑，觉得逗逗她也挺有意思的，却不料阿蒙不再说话了，渐渐地也不再挣扎。过了好一会儿，才哽咽着嗓子喉咙说道："师叔，我要下山去找袁曜了。"

"能不去吗？"

"不能，我等了他这么多年，需要一个答案。"

"如果，他已经死了呢？"

"活要见人，死要见尸。"

阿蒙咬了咬牙，眼中含泪，孟青沉默了下，慢慢地松开了手。他看了她一眼，想要伸手替她抹去眼泪，但顿了顿，收回了剑，转身离去。

"如果找不到他，就回来找我。"

孟青知道，阿蒙是找不到袁曜的，袁曜已经死了。

三年前，陵城大战告捷，袁曜回京，军队停驻开州郊外时，机缘巧合救下一名险些被歹人奸污的女子。

那女子，名唤阿乔。

传闻说，阿乔对袁曜起了爱慕之心，光着脚跟了他一路，苦苦哀求："奴愿做牛做马，只求留在将军身边，将军莫不是嫌弃我？"

袁曜笑了，指了指自己脸上的疤痕："我这副相貌凭什么嫌弃你呢？只是我已有意中人，不久之后就要成亲了，姑娘走吧。"

他说起自己的心上人，神情柔和，令阿乔泪目。

袁曜是君子，将身上所有的银子都给了她。阿乔起初不受，最后含泪接过，道："将军救了奴，却不肯要奴，阿乔无以为报，有一事欲告知将军，但请将军牢记，归家之后，无论何时，万不可掀开灶间那口蒸锅。"

袁曜觉得她奇怪,皱了一下眉头。

回京不久,父亲袁晋珩突然病逝,袁府大丧那日,他发觉妹妹袁秀有些不对劲。

袁秀眼神呆滞,行尸走肉一般从厨房端来一碗丸子汤,非要他当面吃下去。那青釉白底的瓷碗里漂着五颗色泽诱人的红肉丸子,肉香浓郁,袁曜当下起了疑,冲进厨房探个究竟。袁曜进了厨房灶间,再也没有出来。

直到第二日官府查封,大批衙役进了府邸,袁府上下,死的死,疯的疯,厨房的炉灶边站着一具无头男尸,经辨认,正是袁曜。

那日,灶间木柴仍旧烧得很旺,火苗撕舔蒸锅,厨房内袅袅生烟,热气腾腾,香气浓郁。

有衙役走向炉灶,拔剑直指蒸锅,用力掀掉了锅盖!蒸锅里,有五颗色泽诱人的红肉丸子,炖得滚瓜烂熟,皮开肉绽。

衙役吓得双腿发软,瘫倒在地。有传闻说,袁家早年曾同赵王设计斩杀了一名落头氏女子,此番是那女子后人前来寻仇罢了。真真假假无人得知,当时诸国征战,秦王霸业,乱世之争。

袁曜的死讯早就传到了山上,张越真人知道,众师兄弟也知道,唯有阿蒙,谁也不敢告诉她。

孟青以为,阿蒙下山之后找不到袁曜,或者得知袁曜已死,总还会回来的。他甚至做好了打算,等阿蒙回来,他会安慰阿蒙,为她抹去眼泪,并且告诉她,她的少年英雄虽然不在了,但师叔还在,师叔愿意保护她一辈子。可他没有等到阿蒙回来。

阿蒙死了。

一个月前,孟青下山,在远山杏花村头看到了吊死在歪脖子杏树上的阿蒙。

杏树下,坐着个姑娘,姑娘乌发流泻,容颜娇媚,手里正捧着一颗"圆球",百无聊赖地玩弄。姑娘听到动静,回过了头,看到孟青,柔声一笑:"彘子,你去哪儿了,我找了你好久呢。"

那一刻,天色阴沉,寒风呼啸,杏叶沙沙作响,阿蒙瞪着大大的眼睛,披头散发,那道黑影在树上晃啊晃。孟青看着姑娘,良久,勾起了嘴角的笑意:

"阿乔,好久不见。"

十里杏花村,清风微雨节。

孟青与阿乔成了亲。

天色渐晚,西窗袭风,新房里的红烛轻晃了下。阿乔穿着嫁衣,裙裾下露出绣花鞋,鲜红似血。她等了很久,孟青终于过来了。同样的大红喜服,乌发流泻,身如玉树,他眉眼间的桀骜也是她所喜欢的。

孟青从小就长得端正,经她打造之后更具风流韵致,阿乔很满意。他的唇弯成半月弧度,双手撑着床畔,俯身去看她,他的眸子乌黑如浓墨,脸上带着摄人心魂的笑。

阿乔勾住了他的脖子:"彘子,听说你现在不吃人了?为什么?"

孟青吻她的耳颈,声音喑哑:"我怕被人抓去胤都,落个灰飞烟灭的下场,再也见不到你。"

阿乔娇喘,一把抓住他的手臂:"有人找你麻烦?是谁?"

"那不重要,此时此刻,你才重要。"

屋外清风细雨,屋内花烛摇曳。

阿乔看着年轻又俊美的男人,面颊绯艳如桃,她眯着细长的眼睛,神思缥缈。那时为何会喜欢袁晋珩呢?待她重回袁家的时候,看到的是四五十岁,已显老态的袁郎。不惑之年的他,失去光环,普通又平凡,令她茫然。

她曾经心心念念的,就是这样一个令人作呕的普通人?她无比满意地抚摸着彘子的脸,如此英俊年轻,这才是她应该喜欢的男人,她成就了他,他们彼此相依为命。

彘子为她坠入魔道,永远不会背叛她,不死不灭。

三更天,夜色浓,雨势渐大,狂风呼啸。屋内花烛燃尽,黑漆漆一片,凭空一道响雷映在孟青脸上。

他站在床边,手里拿着一把青牛宝剑,表情冰冷。杀意弥漫,宝剑应势而起,像一道呼啸的闪电,朝着熟睡的阿乔斩去!

古来——

杏花村有飞头蛮,杏花村里无善缘。

杏花树上结因果，只道教我做神仙。
可惜从无须弥山，人人皆是盘中餐。
道我作恶在世间，可悲可叹举刀剑。
世人皆是阴阳脸，何故怪我飞头蛮。
谁人腹中无荤油，弱肉强食俎上肉。
他们在杀牛羊猴，易子交换孩如狗。
如今被妖吃两口，哭天喊地何错有。
自幼便知这道理，翻脸不认可笑极。
任凭天道来定义，菩萨来也不服气。
杏花村有杏花雨，世人杀我无意义。
善恶到头终有报，还会有人讨公道。

第四章 花城胤都

01

大头在幻境里晕倒了。

我把他带了回来，他抱着我的腿，哭得一把鼻涕一把泪："太惨了，还是新中国好，我爱我的祖国。"

后来我喝着花茶，悠然自得地坐在店门口晒太阳，他像条哈巴狗一样蹲在我旁边。

"姑奶奶,孟青不是用青牛宝剑杀了飞头獠子吗？为什么她没有死？。"

"孟青太心急了，青牛宝剑是慕容昭引异妖青咒所化，剑气不正，当时放在沧南山养着，阿蒙一死，他等不及了，提前将剑取走了。"

飞头獠子入册后，我着实消沉了些日子，因我已经很久很久没有听人提起过慕容昭的名字了。

孟青这个人，其实我是见过的。

那年我十四岁，还在胤都，他以章尾道人的名义随大秦大史天官申柳公前来找慕容昭。慕容昭引尸水河的异妖青咒化剑，取名青牛宝剑，可斩杀落头氏。

尸水河波涛汹涌，怨气冲天，阴戾扑面，冰冷刺骨。慕容昭覆手云雨，翻江倒海，河内封印的异妖可被他化剑，尸水河的怨气可被他镇压。那道芝兰玉树的影子，那样强大的存在，惊为天人，令他震撼。

可惜，慕容昭永远走不出胤都。

街上车辆来来往往，不时响几声汽笛，阳光明媚，时代文明，令人恍惚。

大头问："胤都到底是怎样的存在？慕容昭又是什么样的人？"

张大头存了几分听八卦的心态，若是平时我是不会理他的，可我今日突然很想跟人提起他——我的师父，慕容昭。

我说："胤都自殷商时期就存在了，以前归周天子管辖，后来又归秦王管辖，不管春秋战国多乱，没人会去动它，因为胤都的存在，本就是一个秘密。"

"我知道，城下有尸水河，封存了妖怪。"

我点了点头："商纣的真实历史比你们知道的要恐怖得多，牧野之战几乎什么样的妖魔鬼怪都上阵了，那时天下生灵涂炭，康回引尸山之水至胤都，钟山神烛阴之子因杀死天神葆江被祭灵尸水河，从此尸水河成了封印异妖的容器。"

"至于慕容昭，他是我……想见，但再也见不到的人。"

那本泛了黄的《袜子笔记》，记载的桩桩件件，皆是我亲手所写。

其中第一页，是这么写的——

秦时西南，有城胤都，城下有河，困妖无数。

胤王有女，国有巫袜，袜子祭河，公主投锁。

大头曾经问我，为何会写笔记。

现在我想告诉他，因为我活得太久太久了，神仙都有陨灭的一天，我怕有朝一日我也会忘记。

很久很久以前，我不叫王知秋。

我出生在战国时期，也不记得自己到底是齐国人还是秦国人了。

我的记忆深处，是战火，瘟疫，饥饿，死亡。流离失所，生灵涂炭，我的父母似乎是因战乱而死，但我又隐隐记得他们好像是染了瘟疫病死的。总之，我忘记了。我只记得自己幼时流落秦国，光着脚，衣不遮体。

那时我生病了，整个人肮脏、瘦弱，瑟瑟发抖地蜷缩在街边。我唯一的朋友豆子想带我去医馆，但他也是个小乞丐，因为纠缠着官老爷要钱，被官老爷的马车碾死了。

我记得自己当时也快死了，迷迷糊糊地看到街上过了一辆贵族马车，便硬撑着站起来，一头撞了过去。我是个有骨气的人，想用这种方式来抗议他们碾死了我的朋友。

马车上坐着的，是大秦天官申柳公和前来秦国接封受印的胤王钟离氏。按理来说，接下来的剧情应该是申柳公收留了我，我成为天官的一名童儿。

但当时胤王身边还有一位身穿狐裘大氅的年轻男子。

我还记得裘是银狐的，纤尘不染，男子玉冠束发，眉眼细薄，唇色润红，眸子漆黑如墨。那是我见过的最好看的人，仙姿绰约，皮肤极白，好看得像神仙一样。

我的师父慕容昭，是个多么温柔的人。在我还是小乞丐时，撞了一头的血，他脱下了身上的大氅，用温暖干净的银狐裘子包住了我，然后将我抱起，带回了胤都。

我后来有一次问他："你是不是当时就看我骨骼清奇，想收我为徒？"

他"啊"了一声，慢悠悠地说："我当时看你露出两个屁股瓣子，觉得极其不雅。"

"……"

好吧，反正当时才五岁，该遮住的地方都遮住了，屁股瓣子看到就看到吧，就当他们看猴了。哦不，就当我被猴看了。总之，慕容昭给我起了个名字，叫连姜。

我后来养了一只猫，叫豆子。

我是以男童的身份养在胤都司官的。没有刻意隐瞒，只因我那时长得浓眉大眼了些，慕容昭的司官所只有童子的衣裳，我就一直穿着童子装，束发髻，和他其余的徒弟一样。

一开始除了他，没人知道我是女儿身，申柳公倒是知道的，但他远在大秦，没办法嚼舌根。只一次他不辞辛劳地来了胤都司官，正撞见我泪眼婆娑地晃着慕容昭的胳膊，控诉师兄们去西南夷看鸦鸟夜行，说好的带我一起，结果等我睡着后他们偷偷溜走了。

当时殿内薰炉袅袅，慕容昭坐于长案前，单手握一竹简文书，正施施然入神，被我晃得无奈，伸手在我脑袋上揉了下，不紧不慢道："寒露时节，西南夷那等荒野之地，你去做什么？"

"去看鹑鸟,师兄们都能去,我为何不能去?"

"你年纪尚小。"

"五师兄只比我大一岁而已。"

"……你体弱,不易出行。"

"那是从前,我如今身强体壮,身体不知多好,前不久五师兄风寒,我都没有染上。"

愤愤不平之余,我突然意识到了什么,泪眼看着慕容昭:"师父,不会是你不准师兄们带我一起的吧?"

大抵是眼中失望太过明显,慕容昭轻咳一声,温和地看着我,眉眼尽是柔色:"师父怎么会做这等事,都是他们不好,出尔反尔,待他们回来,师父好好说教。"

"说教有何用,我看不成鹑鸟了。"

"那等青绿祸鸟,相貌怪异,有什么好看。"

"可是我没有见过,听说它们会发光,我想看!"

伤心之下,我"哇"的哭出了声,方见慕容昭微微蹙眉,颇是头疼地哄我:"日后师父亲自带你去看,捉一只回来养在司宫,可好?"

"当真?"

"当真。"

那年我十岁,知他素来事忙,执意与他击掌为誓,方才破涕为笑。而后恰巧围观了整个过程的申柳公,面上堆满了慈祥的笑,却在我转身离开之时,对慕容昭道了句:"古人有云,唯小人与女子难养也,你如今可算知道了?"

那时年龄小,误以为柳公在说我是小人,临踏出殿门,我回头哼了一声:"我是小人,柳阿公是老人,反正我们俩都是人。"

柳公嘴角抽了一抽,慕容昭抚额直笑,心情甚好。

此后柳公又有数年未曾踏足胤都。

司宫里都是男的,在那种环境下长大,导致我一直以为自己跟他们一样。直到我十三岁来了癸水,里裤被染红了,吓得魂飞魄散,连外裤都没穿,哭着去大殿找慕容昭。

"师父，屁股生疮，血崩了，我快死了！"

当时殿内还有其余几个师兄师弟，大家都很关心我，闻言赶忙围了过来。

我的四师兄说："连姜，赶快把裤子脱了，让我看看。"

我的九师弟说："六师兄不要怕，师父会给你医治，剜掉就好了。"

我的五师兄关怀地去拽我的裤子。

慕容昭一向对我们宽宏，那日却异常地严肃，峻厉地训斥了他们，然后罚去外面站规矩去了。

我又自觉乖乖地趴在他的榻上，咬了咬牙："师父，剜吧，下手轻一点。"

后来他告诉我是癸水，顺便给我科普了一下生理小常识。

我不解地问："意思就是说每个人都会经历癸水，师父和师兄们也都来过？"

他诓我说："不要去深究别人的隐私，这样不礼貌。"

同时又警告我："身体部位不可以给任何人看，这样有暴露癖的嫌疑。"

他多心了，自从我五岁时被他们看过屁股瓣子，慕容昭说再有一次就足以证明我是暴露癖，我心里从此有了阴影，洗澡沐浴都是一个人，根本不跟师兄弟们一起。

对此他曾摸着我的头，夸我做得很好。

我很听他的话，唯独癸水一事，到底没忍住去告诉了我八师弟和九师弟。

当时他俩还不满十岁，我告诉他们一个秘密，十三岁时他们会来癸水，会流好多血，还会肚子疼，但是师父会说不要害怕，那代表他们长大了。

他俩信了，十三岁那年拿着我送给他们的癸水带，紧张又期待地垫在裤子上，在床上躺了一天等癸水。

后来还有一次，我精神恹恹地去大殿找我师父慕容昭，当时他半躺在玉榻，支颐浅睡，穿着玄色长袍，鼻梁弧度高挺，薄唇微抿，闭着的眉眼带了几分冷倦。

他睡着的样子很好看，乌发流泻，肤白如玉，神态矜傲，高贵，又疏离。

我眼圈泛红地看了他好久，直到他猛地睁开双眼，眼中闪过一瞬间的阴寒，屋子里的气息都冷了几分，令人胆寒。看到是我，他的神情又柔软下来："连姜。"

我哽咽地趴在他身边："师父，你来癸水的时候也会肚子疼吗？"

他愣了下,脸上有薄薄的绯色,煞是好看。

后来他给我端了碗热乎乎的姜茶,我恹恹地喝完,一头钻进他怀里,寻了个舒服的姿势躺着。

他说:"连姜,起来,你已经长大了,不可以这么躺。"

他身上有好闻的奇香,令人安心,我闻言又往他怀里拱了拱:"我肚子疼,师父抱抱。"

我五岁来到他身边,瘦得跟猴子一样,而且是一只敏感脆弱的猴。

慕容昭对我而言,是救世主一般的存在,他对我颇多关爱。生病时他会抱我坐在他的膝上,一勺勺地喂我汤药。我幼时有段时间经常梦魇,与他同睡,只有依偎在他怀里才能安心。他时常摸着我的脑袋,修长白皙、骨节流畅的手指,像是有什么神奇魔力,能抚平我所有的彷徨与不安。

我就这样逐渐长大,直到有一次五师兄说他夜里做了噩梦吓得睡不着,我十分高兴地说我们晚上一起去找师父睡觉。结果当晚我们俩连人带枕头地被扔出了他的寝殿。

从此,五师兄到处嚷嚷师父偏心。

从此,师父不再允许我跟他同睡。

人人都说连姜是他最喜欢的徒弟,从前大家只道我年龄最小,可后来有了年龄更小的八师弟和九师弟,师父从没有亲手喂过他们汤药,也没有抱他们睡过觉。

仗着这份偏爱,我在十三岁这年哽咽着肚子疼,又躺到了他的怀里。我撒娇说"师父抱抱",他于是如从前一样,将我拥入怀中。可我又拉着他的手伸进了我的里衣。

"师父,你给我揉揉肚子。"

他没有料到我的举动,手已经被我按在了腹部,一瞬间他变得很奇怪,像是触碰到了燎原之火,"腾"地收回了手。

我刚刚感受到他手掌传来的温度,有些舒服,猛地又落了空,于是仰头看他:"师父,你给我揉揉呀。"

幼时腹痛,他也是给我揉过的,可这次他变了,抿着唇,绯色蔓延到了耳朵上。接着他把我撵了出去。

后来我三天没有理他。

02

胤都是座花城。

秦时，樱花还只是皇宫内苑才有的花种，但在胤都却种满了全城。每年三月，各处樱花开得烂漫，幽香艳丽，花繁枝茂，满缀桃粉，映在红墙黑瓦之间，如女子含羞的脸颊，朵朵泛起红晕。

胤都民风开放，是座浪漫、美丽且热闹的城。

胤都人喜欢樱花，花开时节千姿百态，漫无边际，女孩子会穿着大襟窄袖襦裙出游赏花，个个容颜娇美，如花绽放。

樱花红陌上，柳叶绿池边。若遇到喜欢的男子，她们还会大着胆子相邀，一同吟诗作对，共赏风雅。可外人不会想到，这样一座鲜艳动人的城，藏着一条地下暗河，它无边无际，飞逾万里，覆于洪荒和黑暗之中。

尸水河是黑色的，不发怒的时候悄无声息，水波粼粼，幽暗如墨。但每隔两年，河魂会震怒一次，他们说是烛阴之子的愤怒，届时河里封印的百余种异妖会受此影响，变得狂躁，有甚者会妄图冲破结界，重返人间。但都是徒劳之举，慕容昭是胤都祭司，那时我们也称一国祭司为巫袾师，祭司的徒弟们被人称为袾子。

尸水河发怒之前，胤都天际会出现无边无际的红云，鲜艳似血，怒火中烧。镇压尸水河对慕容昭来说极其简单，他身上流淌着慕容氏的血脉，是殷商巫袾后裔，且他能力强大，一道金咒覆于起伏不定的河面，那咆哮如恶鬼的惊涛骇浪会逐渐平息，恢复如常。

尸水河大约两年发怒一次，但又没有具体日子，也就注定了慕容昭永远不可能离开胤都。

慕容氏当然也是有族人的，我师父就有一位嫡系的弟弟，但很遗憾，他们资质平庸，出挑者甚少。

胤王钟离氏一脉，是殷商时期克昏夙商的封地王族。

自胤都建立之日起，钟离氏守城，慕容氏守河，泾渭分明，但又世代联姻，相辅相成。胤都公主钟离婳，是王室正统血脉，从出生起便注定了要嫁给慕容昭。

我十岁的时候，胤王来司宫与慕容昭商议要事，婳婳躲在胤王宽厚的身子后面，探出头偷偷看他。

慕容昭笑了，唤过我，摸着我的脑袋说："连姜，带公主去玩吧。"

姵姵很快与我混熟了，她说这次是特意跟着父王过来的，她喜欢慕容昭，想见他。

你看，同样是十岁孩童，她已经有了思慕的人，有了少女心事，而我还只知道趴在司官所的菜园子里捉蛐蛐，笑得跟傻狗一样。

姵姵说："父王对我太凶，慕容昭每次看到我都冲我笑，上次还给我秦糖吃。"

我说："这只蛐蛐是公的，看着个头挺大，战斗力不如母蛐蛐。"

姵姵说："我好喜欢慕容昭，我想快点长大嫁给他呢。"

我说："现在的蛐蛐都不太好，牙软，我藏在前殿角落的瓦罐里有只大红蛐蛐，我给它起名'威武将军'，你想不想看看？"

姵姵于是将慕容昭忘之脑后，兴高采烈地和我一起去找蛐蛐了。

我与姵姵后来又见了几次，一起和泥巴摔响，一起爬树摘柳枝，一起玩"采花大盗"的游戏，后来五师兄和七师弟也加入我们，我们就一起玩娶亲游戏。

我是玉郎，姵姵是花娘，我们俩拜天地，姵姵头上戴着花环，看向我的眼神亮晶晶的，有些害羞。

后来姵姵再来司官，见了慕容昭，开口就问："我来找我小相公连姜，大人知道他在哪儿吗？"有关我和姵姵，以及慕容昭的三角恋情就这么传开了。

为此我和姵姵还很苦恼又甜蜜地交谈一次，那年我们十一岁。我一脸严肃地说："姵姵，你说清楚，你是想做我师母，还是想做我的花娘子。"

"我……我也不知道。"

"你必须选一个，是跟师父好，还是跟我好？"

姵姵捂着脸，十分难过："连姜，你别逼我了，你知道的，我是胤都公主，注定要嫁给慕容昭的。"

我也十分难过："好，我祝福你们，反正我是抢不过师父的。"

姵姵扑到我怀里哭："连姜，我爱的是你，真的是你。"

后来，我们俩商量一起私奔，浪迹天涯。

婳婳偷了她父王的通关路引，我偷了师父的金叶子。

然而在那个月黑风高的夜晚，她连王宫的门都没逃出去，我也没能走出司宫，被我师父慕容昭拎小狗一样拎回去了。

我和婳婳就这么被拆散了，我难过了许久，对我五师兄说："师父夺我所爱，此仇不共戴天！"五师兄很同情我。

第二天慕容昭给了我一大把秦糖，我吃完以后，别别扭扭地说："师父，我原谅你了，我与婳婳虽然情投意合，但注定是没有结果的，她今生只能是我师母，但是下辈子你就别和我抢了。"

慕容昭摸了摸我的头，笑得合不拢嘴。

婳婳长到十三岁时，已经有了倾城之貌，胤王室对她教导严厉，她因而知书达理，温婉大方。

钟离氏公主及笄那年，胤都王室安排了砀山封典。

吉日出行，登高祭天，来回需十日。慕容氏去了很多人，祭典由我大师兄主持，我的其余师兄师弟都去了，我本来也高高兴兴地收拾了行李，结果都要上马车了，慕容昭勾了勾手指头，将我拎下来了。后来他们都走了，马车消失不见，我还站在门外，十分幽怨。

我说："为什么到了出发的时候才告诉我不准我去！"

他说："啊？没人告诉你吗，外室女不得参加王族祭典。"

我都要被气哭了，毕竟我欢欢喜喜地收拾了好几天的行李，还时不时跑去问他，山上冷不冷？需要多带件衣服吗？我走之后麻烦师父照顾下我的老猫豆子……

他一直都是似笑非笑地看我，一本正经地告诉我山上不冷，衣服多带一件也好，让我放心会照顾我的猫。结果在这节骨眼上杀人诛心，我气得眼泪都掉下来了，跺跺脚扭头就走，天知道我多想参加这次出行。

我又三天没有理他，满脑子都是我的师兄弟们在山上跑啊跳啊，跟猴一样，好不自在。第四天，慕容昭来到我屋里，我赌气地趴在床上不理他。

他说："小家伙现在脾气这么大了。"

我纠正他，道："我都十五了，晓得男女之分了，不是小家伙。"

关于我懂了"我跟他们不一样"这件事，还要归功于我的二师兄。

去年柳公差人押来一只赤眼朱妖，封入尸水河那日，师兄师弟们都去了。我因身上来了癸水没去,结果发现我的二师兄也没去,我问他为何不去,他说肚子疼。

他当时气色不好,我了然地"哦"了一声,然后拍了拍他的肩:"我懂的。"
然后我体贴地去帮他煮了碗姜茶。
我说:"喝吧,喝了就不痛了,每个月总有那么几天。"
二师兄说:"这什么鬼东西?不喝,喝了只怕拉得更厉害。"
然后我们俩各自沉思了对方的话一秒,我试探性地问他:"你不是来癸水?"

他的脸黑了:"男人怎么会来癸水。"

那天晚上,我陷入了深深的思考,也想起了不久前的一件事。女孩青春期总是有各种变化,遇到不懂的我就去问慕容昭。

"师父,我觉得我最近吃胖了,因为我的肉都长胸脯上了。"

慕容昭下意识地看了一眼,轻咳一声,白玉面颊点点红晕,半天说了两字:"挺好。"

他一说挺好,我立刻开心地去拉他的手:"真的挺好,特别有弹性,软软的,你摸摸。"

他一把推开我,那薄玉面颊上的霞色,再次蔓延到了耳根。也是难为他老人家了,谪仙似的人物,拿着白布条,亲自示范怎么束胸,手把手地教,最后又不忘警告我:"身体部位不可以给任何人看,也不可以给任何人摸……"

我晓得自己跟婳婳一样是个妞儿的当晚,又去找了他,他终于摸了摸我的头,唇弯成半月弧度,眸光微动,眉梢皆是笑意。

"是啊,我们连姜是姑娘家。"

后来,司官里几位师兄隐约知道了我女儿家的身份,当然师父也晓得他们大抵是知道的。但因师父不说,大家也都不说。

只是,我的团宠地位更加稳固了,有什么好吃的好玩的师兄们都是先给我,为此八师弟十分不服气,因为跟我抢玉光杯,被我狠揍了一顿。

话题扯远了,师兄师弟们去了祭典后,偌大的司官,除了几个看门小童,只剩我和慕容昭了。

我赌气说自己不是小家伙,他眉眼含着温柔的笑,伸手去揉我的脑袋,揉了那么一下又放下了手,感叹了句:"是啊,长成大姑娘了。"

那日,他送给我一件颜色鲜艳的大襟窄袖襦裙。那一年不只是钟离公主的及笄,也是我的及笄。我还记得那件衣服是芙蓉色的,很漂亮。那是我生平第一次穿女装,激动又紧张,慕容昭很认真地为我梳头发。

我幼时长得浓眉大眼,男孩气十足,穿了那芙蓉色的襦裙,添了几分色彩,铜镜里的女子眉眼英气,鼻子秀挺,竟然也是好看的。

慕容昭的修长手指抚过我的长发,在我鬓间插入一支海棠花簪。我难得地羞涩了那么一下,期期艾艾地问他:"师父,好看吗?"

他看着铜镜中的我,眼中波光流转,含着摄人心魄的笑。他说:"我们连姜,自然是好看的。"

我这一生,活了很久很久,经历了无数朝代更迭,时代变迁。然而在我内心深处,仍旧觉得大秦的大襟窄袖襦裙是世上最好看的衣服。

那日除了襦裙之外,他还给我披了狐裘,带我去了尸水河。宽阔无际的河面,掀起阵阵寒风,黑浪滚滚。我们站在河边,渺小如蝼蚁。慕容昭从背后为我敛紧了狐裘,那时他的脸离我很近,近在咫尺。我微微侧目抬头,看到他干净清晰的轮廓,棱角分明,神情却有些清冷,眉眼幽暗不明。

他望着尸水河,问我:"连姜,你有没有想过,有朝一日离开胤都?"

我"啊"了一声,下意识地往后缩了缩:"不想。"

他愣了下:"为何不想?"

"因为师父在这儿,连姜要永远跟师父在一起。"

慕容昭于是"嗯"了一声,满意地拍了拍我的脑袋:"算你有良心。"

那是他第二次说我有良心,尤记得上次还是十岁那年,他答应了带我去西南夷看鸩鸟,后来也果真遵守约定,寻了一日特意带我一同前往。

西南夷距离胤都不算太远,是个蛮荒之地,沼泽众多,奇珍异兽也多。鸩鸟又被称为祸鸟,浑身青绿色的毛,它长了一张肖似人脸的鸟面,只在夜间出行。

我记得那日荒野之地漫天星辰,成群的鸩鸟在夜幕之中掠过,身上散发晶莹绿光,壮观极了。我晃着慕容昭的胳膊,兴奋得又蹦又跳。

"师父,好漂亮,你快抓一只,咱们带回胤都。"

要不说慕容昭不是普通人,他一跃而起,仙姿飘逸,随手抓了一只,便抓到了最厉害的领头鸟。

后来那只鸦鸟被我们养在司官,养到第三年的时候,这长着人脸的家伙成精了。它变成了慕容昭的样子,还挺像,一袭玄袍,眉眼如鸦,气质清冷出尘。

彼时还无人察觉,鸦鸟精在司官来回走动,避开慕容昭,招摇撞骗半月有余,如鱼得水。直到有人发觉不对,私底下大家交流一番,发现乱成了一锅粥。

大师兄说他前日晌午和师父去了胤王宫,四师兄说不对,师父那时分明和他在下棋,连杀了他三盘。

五师兄说方才他在院里给师父沏了茶,我说不对,师父分明在殿内看书,我还给他显摆了新捉的蛐蛐。

三师兄前脚说师父去了净房,七师弟后脚说师父出现在膳堂。

最后我勇敢地站了出来,扬言要去会会"两位师父"。

结果就是我慧眼如炬,当场把假的揪了出来。

后来大家问我,鸦鸟精几乎毫无破绽,演得如此相像,我是怎么凭肉眼分辨出来的。

我义正词严道:"我自幼在师父身边长大,日日都与他在一起,怎么会认不出呢?闻闻味就知道不对。"

后来慕容昭知晓此事,我又谄媚道:"师父,我永远认得出你,你随便一根头发丝在我心里都是不一样的,你对我这么好,我怎么会认不出自己最爱的师父呢?"

慕容昭还挺感动,当即塞了块秦糖在我嘴里,感慨地摸了摸我的头:"师父没白疼你,算你有良心。"

不过后来,我又私底下告诉五师兄,"师父平时跟黄花大闺女似的,我摸一把他的胸,他都抗拒,那鸦鸟精被我摸了下胸,居然毫无反应……"

五师兄说我卑鄙下流无耻,顺便后退一步,护住了自己的胸。

我鄙夷地看了他一眼:"没点自知之明是吧,把我当成什么人了?我只摸过师父,而且就一次,纯属好奇。"

"……无耻"

"哼,小小手段而已,就算不摸我也能认得出,没人比我更了解师父了,否则那鸮鸟精变成师父后为何只出现在你们面前？它都没敢在我面前露过脸。"

没人比我更了解师父，我一直是这样认为的。直到及笄这年，他带我来了尸水河，问我有没有想过有朝一日离开胤都，自这日起，我时常回想起他当时清冷的眉眼。

后来我才知道，其实我是不太了解我师父的。我自幼来到他身边，生活安定，衣食无忧，从来不知我热爱的胤都，对他来说是种枷锁和束缚，甚至是他一直努力想摆脱的桎梏。

03

婳婳得知我是女儿身时，笑得花枝乱颤，回想往事，眼泪都笑出来了。

她十岁时，懂得"思慕"一词；我十岁时，懂得"公蛐蛐不如母蛐蛐好"。她十五岁时，懂得"易求无价宝，难得有情人"；我十五岁时，懂得"哇，原来我也是个妞儿"。她总是比我成熟比我懂事，比我思考得多。虽然我在她面前像个二傻子一样，但这丝毫不影响我们的友谊。

我很喜欢婳婳，她美丽，聪明，善良……我能想到的，最美好的词汇都可以用在她身上。我对她说："等你成为我师母了，咱们俩天天好。"

她"扑哧"一声笑出了声，又察觉到这样失态的笑会影响公主形象，很快神态如常。但她顿了顿，眼睛亮晶晶地说："连姜，我们要好一辈子。"

婳婳一直是我生命中无与伦比的美丽，我们俩的手握在一起，异常坚定。

直到十六岁那年，我的老猫豆子生命走到了尽头，悄悄地离开了我。那晚为了寻它，我去了胤都王宫与司宫中间的那片宫槐林，那里有一处废旧的祭祀庙，是从前王室宗族用来祭神的，后来嫌不上档次，又挑好地方重新建了座新的。

我寻猫寻到了这里，听到庙里有动静，还以为是我的豆子在里面，正想进去看看，又觉得声音不对。

那是一对男女交合的喘息声。我那时不懂人事，只觉得那女子的声音隐忍、克制，像是极其痛苦。声音隐约有些熟悉，于是我灭了手里的灯笼，借着月光偷偷探出头去。这一看，令我如遭当头棒喝，呆若木鸡。

是婳婳和她的王叔钟离岷。二人衣衫不整，婳婳趴在他肩头，神智迷离地叫他:"九王叔,九王叔……"

我握紧了拳头准备冲进去救她。在此关头,慕容昭出现了,捂住了我的嘴将我带了回去。

路上我含着哭腔说:"师父,婳婳被欺负了,你为什么不救她!"

慕容昭当时应该是挺无语的,他跟我解释:"她没有被欺负,她是自愿的。"

我不解,道:"自愿干吗?她们在做什么,婳婳叫得那么痛苦。"

"师父,你说话呀。"

"……你还小,以后自然会懂的。"

可见,慕容昭虽然养大了我,但在教育方面总是跟不上。当我明白男女差异时,婳婳已经懂得了生命的起源,并且在积极地探索。

虽然这是一桩王室丑闻。

后来我缠着慕容昭问了几次,他都不肯说,于是我自己领悟到婳婳是跟钟离岘"好"了,一种愤怒涌上心头,我对慕容昭说:"婳婳这个骗子,说了要一辈子跟我好,就算不能跟我好,也要跟师父好,怎么能跟她叔叔好呢!"

很郁闷,也很生气,所以那段时间,我时常半夜溜进慕容昭的寝殿,趴在床头幽怨地看着他。

"师父,婳婳罔顾人伦道德背叛了我们。"

"师父,她怎么可以这么做呢?这样做是不对的。"

"师父,你伤心吗?伤心的话就说出来,不要憋在心里,我很伤心,你呢?"

"……"

慕容昭抚额叹息,撵我回去睡觉。

然而我还是越想越不甘心,又在之后的一个夜晚,溜过来晃醒了他:"师父,我认真想了想,人非圣贤孰能无过,咱们再给婳婳一次机会吧,好好想想怎么把她夺回来。"

夜里有些冷,我光着脚往床上挤,拽了拽被子,同他躺在一块,打算跟他共同商讨一番大计。

寝殿灯光幽幽,床头案架上的长明灯晃啊晃。

慕容昭直接坐了起来，望着我的眼神漆黑不明，眼睛里像隐匿流淌着暗河，神秘又古怪。

他的声音有些颤抖："连姜，滚回去。"

那晚我穿着单衣，没有束胸，已然有了女孩子的曼妙身姿，但我浑然不知，也没有看懂他眼中的隐晦。只觉得他突然对我这个态度，指定是伤心了，毕竟婳婳与他是有婚约的。而我作为他的徒弟，选择站在婳婳这边，明显对他是不公平的。

我深感愧疚地去抱他的胳膊："算了算了，婳婳已然背叛了我们，不理她了，师父别难过，你还有我呢，婳婳不跟你好，咱们俩好。"

他的睫毛颤了颤，抓住我的手腕，制止了我试图去抱他胳膊的动作。我抬头看他，四目相对，他的眼眸很深邃，眼底像是藏着幽幽漩涡，令人不由得心里一慌。

"连姜。"

"嗯？师父，你怎么了？"

慕容昭的异常，让我有些心慌，我感觉到他身上的气息与平日不同，似乎紊乱了些，还有些躁动。

"你还是我师父吗？不会又是鸮鸟精变的吧？"我凑近了看他，同他开玩笑。

结果凑近之后，看到他的喉结在滚动，好奇地伸出手摸了摸："师父，你这里为什么在动？"

他身子一颤，握着我的手用力了几分，掌心温度灼人。

"连姜。"他喑哑着嗓子，轻声唤着我的名字。

"嗯？"

"你确定，要跟我好？"

"确定，我对师父之心，日月可鉴。"

我赶忙举手宣誓，怕他不信，又道："我发誓，愿意跟师父好一辈子。"

他唇角弯了弯，神情柔软，却轻声道："你懂什么。"

我瞪着眼睛与他对视，道："我不懂你告诉我啊，师父你又不说，我又不好去问别人，你说婳婳他们那晚在做什么，怎么好的？你说。"

这个问题，我问了他无数遍，他总含糊其辞地糊弄我，终于在这晚下定了决心似的,对我道:"男女之间的好,要终生相许。"

"……然后呢?"

"……还要以身相许。"

"怎么许?你快说。"

我有些急,见他又开始一脸隐晦,为难着不知如何开口的样子,怕他糊弄我,干脆道:"不好说就别说了,师父我们以身相许吧,现在就许,你说怎么个许法?"

"……"

"哎呀,你总跟个黄花大闺女似的,我才是姑娘家。"

"……你,真的愿意?"

"愿意,快点。"

"不后悔?"

"不后悔,别啰唆。"

慕容昭颤动的睫毛下,眸子水光潋滟,俊美面上染着霞色,慢慢将我拉到他面前。他取下我的发笄,长发便如瀑布般散落下来。修长白皙的手解开我的衣襟系带,他拥我在身下,耳鬓厮磨间,轻咬了下我的耳朵:"要永远跟师父在一起,嗯?"

声音含着令人心悸的诱惑,我从未与他离得这么近,耳畔的酥麻直接蔓延至心底,心里如小鹿乱撞,只觉得自己浑身瘫软,似有火烧,不由得抓紧了他的衣裳,红了脸道:"嗯,我是要永远跟师父在一起的。"

天旋地转,床头那盏长明灯变得迷离。

我终于如愿以偿地探索了生命的起源。

过后,我的脸还很红,有些羞涩地问他:"师父,你之前不是告诉我不可以给人摸?"

他半敞的衣衫下,肌肤硬朗又漂亮,修长手指插入我的发间:"别人当然不可以,但师父除外。"

半晌,我又期期艾艾地捂住了脸:"师父,你好坏。"

他顿了顿,道:"抱歉连姜,是我心急了些……"

话未说完,我已经唖摸过来,异常兴奋地拍了下他的后背:"这么顶好的事你怎么藏着掖着,现在才让我知道?"

他被我猛拍得咳了两声,脸又泛上了红晕,抵着我的额,失声笑道:"原谅我,我也是现在才知道这是件顶好的事。"

是的,我的师父三十岁了,还是个身心纯洁的大好青年。因慕容氏通巫袄之术,修长生诀,清心寡欲,三十岁这个年龄对慕容昭来说,正值青年。

我是师父的第六位徒弟,前面有五位师兄,除了我那傻不拉叽的五师兄,其余四位皆是知晓我是女儿身的。

有日清晨,我从师父寝殿出来,刚好被他们几个看到,大家一时都挺尴尬。

大师兄抬头看了眼天:"哎呀,今天日头甚好,忘晒被子了。"

二师兄在地上左顾右盼:"我昨天在这儿丢了半两钱,怎么找不到了呢?肯定是记错了,我回去再找找。"

说完他们俩一个向左一个向右,施施然走了。

三师兄拍了下脑袋:"大师兄等等我,我昨天尿床了,一起去晒被子啊。"

四师兄笑得十分内涵:"六师弟肯定是又梦魇了,辛苦师父连夜照顾,我去给师父熬十全大补汤。"

最后只剩下目瞪口呆的五师兄,半信半疑地问我:"小六,你这么大了还做噩梦?"

我故作镇定地捶了捶自己的脖子:"别听四师兄瞎说,我没有做噩梦,主要是最近精气神不好,师父的玉床有养元益气之效,在这里睡了一觉,感觉神清气爽,腰也不疼了,腿也不酸了,修为大增,浑身都是劲。"

"师父肯跟你一起睡?"

他大抵还对幼时我们俩连人带枕头被师父扔出来的经历有阴影,我冲他神秘一笑:"师父的床只能睡两个人,三个人太挤了,当年我们一起去找他睡觉,他不知道该留谁,所以才会把我们都赶出来。"

说完我就准备走了,结果他拉着我又说:"那你今晚别去找师父睡觉了,我也想睡一睡师父的床。"

可想而知,当晚五师兄抱着枕头兴高采烈地去了师父寝殿,结果师父罚他去祭祀台反思一个月,顺便打打扫扫卫生。

五师兄打扫了一个月的祭祀台,回来的时候愤愤不平,逢人就说:"师父偏心到家了，六师弟摸过他的胸，他还肯跟他一起睡，我什么都没做，就罚我去扫祭祀台，我觉得不太正常，他们关系不一般……"

大师兄："今天天气真不错。"

二师兄："我上次丢的钱到现在都没找到。"

三师兄："大师兄一起晒被子啊。"

四师兄："三师兄又尿床了？你需要一碗十全大补汤。"

说完，他们全都走开了，五师兄转而又去向八师弟和九师弟吐槽，结果二人相互对视，一脸蒙——

"五师兄在说什么？"

"不知道，我不是很懂，他在说一种我没听说过的东西。"

……

再后来，大家已经对我从师父寝殿出来这件事习以为常，尤其是大师兄他们，见怪不怪，也不说去晒被子了。

只我那嘴欠的四师兄，有一次内涵道："哟，六师弟，又去糟蹋师父了？"

然后大师兄他们憋着笑，憋崩了，一个个眼泪都飙出来了。我一生气，转身又进寝殿找师父去了。

后来，四师兄打扫了两个月的祭祀台才回来。

第五章 河妖连姜

01

那年霜降,大秦天官申柳公来了胤都。他说,落头氏的脑袋又跑了。我一听这个"又"字,便知是一只令人头疼的妖。

但慕容昭不急,眉头都没皱一下,淡淡地说:"青咒化剑,虽浊气未消,也可斩那妖物魂飞,她如今做不得恶了。"

饶是如此,他又说了句:"缉拿一下吧,总不能置之不理。"

柳公附议道:"那妖物自然是不敢露面了,但擒拿不住唯恐将来留下祸端。"

我乖巧地坐在一旁听他们说话,托着腮,嘴里吃着秦糖,甜得冒泡,满心满眼都是慕容昭。

我想起三年前他从尸水河里引出的那头青咒,凶猛强悍的妖兽,嘶鸣间天地欲崩,地动山摇。

而他一袭白衣,纤尘不染,细长眉眼染着寒霜,腾空跃于青咒背上。

慕容昭是天之骄子,是慕容氏能力最强大的巫祧师,柳公曾说,他这样的灵力,千年也难得出一个。正因如此,他自幼被族人寄予厚望,养在能力最强的巫祧身边,但从此之后,也便没有父母天伦,没有兄友弟恭,薄情寡欲,无牵无挂。

那能力最强的巫祧告诉他,天空,地空,人空,心空,无情无爱,可令他登峰造极,流芳千古。

但他不是那样的人。正因经历过无爱与无望,他更懂温情可贵,没有像他曾经的师父那样严苛,要求我们绝情寡欲。他的生身父母对他敬畏又陌生,他会偶尔送去温良的问候,可又绝不打扰。

他性子疏离,但骨子里喜欢热闹,是个温柔的人。他在大殿同柳公议事,一蹙一举,俊美无俦。他皮肤极白,干净修长的手指也极白,几乎与身上的白衣同色,但又乌发黑目,唇色润红,色彩鲜明。仙姿淡泊,惊为天人,这就是我的师父——慕容昭。

这个名字在我心里百转千回地念,揉进心扉,融进五脏六腑,开出花儿来。

我吃了很多糖,柳公离开的时候笑眯眯地对我说:"连姜,还吃呢,当心牙吃没了。"

他走之后,慕容昭放下长案上的简书,冲我笑道:"过来。"

我立刻眉开眼笑地跑过去,被他一把抱起,拥在膝上。我在他怀里,仰头冲他笑,他低头看我,浓墨眼眸里映出了色彩,柔如春水。

我说:"师父,柳阿公说我糖吃多了,牙会没了。"

他"嗯"了一声,摩挲我的脸,眼眸含笑,低头吻我,那个吻缱绻绵长,索取着我嘴里残留的香甜。然后他说:"这样就不会坏牙了。"我一边摇着他的胸口说:"师父你好坏呀。"一边又抱紧了他,撅起嘴巴,"我还要亲。"

柳公走后不久,慕容昭与钟离氏解除了婚约。

此举无异于惊涛骇浪,人人都传,钟离公主爱上了慕容昭的徒儿连姜,二人苟且被他发现,于是这桩姻缘作废了。流言满天飞的时候,我正勾着慕容昭的脖子,阴恻恻地看他:"师父,他们都骂我是狐狸精,臭不要脸,我好惨。"

他说:"嗯,真过分,怎么能这么说我们连姜呢。"

我说:"对呀,真过分,我能不能叫上师兄师弟他们组团骂回去。"

他说:"什么时候去骂,记得叫上我。"

我"噗"地一声笑了,他也笑了,揉了揉我的头发,吻了我的额头:"乖,我会很快。"别误会,不是那种快,我师父其实……不算快。

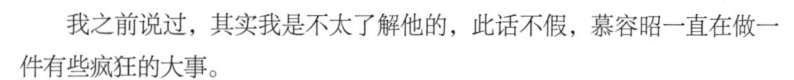

我之前说过，其实我是不太了解他的，此话不假，慕容昭一直在做一件有些疯狂的大事。

　　西北海之外，大荒之隅，有座不周山，相传是人界与天界相连接的地方。不周山下有个九黎壶，是上古时期蚩尤帝的炼妖壶，据说可化万物。我从前是人，什么妖界神界不周山都是离我甚远的事。

　　我问慕容昭，不周山到底是什么地方？

　　他说他也没有去过，但是二十年前，大秦天官申柳公梦游不周山，醒来后祭拜姜太公，沿着梦里的路径于大荒之中拖回一尊青鼎。

　　柳公说，那是九黎壶。

　　看着也就是尊平平无奇的鼎，自蚩尤死后也失了神力，但慕容昭向柳公讨了去。他从成为胤都祭司后，就一直想着做这件事，将九黎壶引化成一册书卷——异妖册。

　　他要将尸水河的百余种妖怪引渡到异妖册，封印在不周山下。

　　尸水河存在了近千年，慕容氏与钟离氏守了千年，胤都的百姓也守了千年，没人觉得有任何不妥，因为身受桎梏的不是他们。

　　守护尸水河和胤都是慕容昭的责任，就像他曾经的师父所说，将来就算是死，也注定了他要死在胤都，是胤都困住了他。守尸水河，镇饕餮锁，娶钟离氏公主，人生被钉死，这不是他想要的生活，他想要摆脱这种束缚。

　　他想山高水远地走出去，去看看大荒四海的日出日落，看看天际朝云和彩霞，想去哪儿就去哪儿，想多久回就多久回，永远地走出胤都，恢复自由。

　　对于异妖册这种创新想法，胤都王室是拒绝的，毕竟未知因素太多，册子若是封不住妖怪呢？若是逃出去几只呢？若是尸水河魂震怒压不住呢？每一种未知的风险，他们都不愿承担。

　　千年以前康回引尸山之水至胤都，随手之举，以烛阴之子怨灵祭河，将胤作为封妖容器，做完这些，神仙就轻飘飘地走了。后来姜太公封神，带了一众新晋神仙也轻飘飘地走了，他们大概都忘了人间还有一条尸水河吧。又如灵宝天尊，随手创建一个落头氏，不曾想过后果，又因一句曾许诺不灭，置之不理。

　　神仙，其实也如这芸芸世间。什么众生皆苦，四大皆空……他们有自己的生存法则。

你若说尸水是康回引来的，康回会说是姜太公让他帮忙的，姜太公会说我没让用烛阴之子祭河呀，少昊说祭河是葆江家人的主意与我无关……然后葆江的家人会说那我们不管，烛阴之子杀了葆江，就得让他付出代价，祭河还是轻的。

至于尸水河，大家异口同声："不关我的事，我不管。"

开玩笑，那么大一个工程，谁要管？揽上这事就甩不掉了……慕容氏和钟离氏不是守得挺好嘛，让他们继续守着吧。崩盘？等崩盘再说吧，人间天灾是常态，就当冲业绩了。凡人们，不要想着靠天靠地，要做自己的英雄。然后，神仙都打哈哈睡觉去了。

慕容昭的想法，自然遭到了钟离氏和慕容氏的集体反对，但好在还有一个人间清醒——申柳公。

钟离氏和慕容氏是守得很好，但改变不了尸水河有隐患的事实。防患于未然，捉矢于未发，未尝不是件好事。大秦天官说话分量重，跟秦王沟通后，觉得此法可行。秦王也许压根不在意，都没听清楚说了什么，随便你们怎么搞，真要出事了也是出在胤都，自己兜着去吧。

柳公一道盖了章的许可证，慕容昭就开始刻苦钻研。他很争气，天之骄子，自然是有两把刷子的。

慕容昭解除与钟离婳的婚约这件事与我无关。因为就算没有我，他也是要解除的。

柳公来的时候，于天乘之境参观了一下他修撰的册子，条条道道了解得清清楚楚，然后笑眯眯地说不错不错，甚好甚好。

引渡异妖势在必行，有大秦的支持，慕容氏和钟离氏无法拒绝。

一场浩大的拆迁活动即将开始，在开始之前，慕容昭先向胤王提出了解除婚约。胤王心里跟明镜似的，自己女儿那些事，隐约有耳闻，索性尸水河是要搞搬迁的，届时慕容氏和钟离氏也不必世代联姻了。

胤王室和数万城民其实还是信任慕容昭的，毕竟是超级大学霸。那时我也信任着他，我对他说："师父，你忙你的，我这段时间一定好好练习灵咒之术，争取到时候能帮你忙。"

他眼中染了笑意，映着我的影子："不必，我们连姜什么都不用做，安心吃糖就好。"

我又说："将来咱们离开胤都，我也得有些本事傍身呀。"

"有我在，你什么都不会也没关系。"

慕容昭是桀骜的，自负的。我想起从前与众师兄弟练习起咒引，大家都挨过板子，只有我能力最差，但从来没有被打过。无论我练得好不好，他都是一句轻飘飘的："瞧把我们连姜累的，去玩吧。"

从前未曾察觉，如今想来，师父对我真是极其溺爱。

02

他那段时间很忙，连带着我的师兄弟们都很忙，司宫就我一个闲人，我便时常跑去胤王宫找婳婳。可婳婳被胤王禁足了，我猜测与那桩王室丑闻有关。拿着慕容昭的名帖，我在王宫进出随意，无人阻拦。

婳婳依然是那个眉眼干净美丽的女孩，我们无话不谈。我问她为何会喜欢钟离峫，她很认真地想了想，对我道："连姜，你还记得我曾经告诉过你，小时候父王对我很凶，慕容昭给过我一块秦糖，我那时就很想嫁给他了。"

我点了点头，她目光遥遥地望着天际，眉眼恍惚含情，道："可是后来，有个人给了我更多的糖。"

我知道她说的不是糖，婳婳是胤都公主，怎会缺糖吃。钟离婳是胤宫王后所生，可惜王后在她幼年时就病逝了，胤王后来又有了很多女人和孩子，对她关心甚少。用现在的话来说，婳婳是个身份高贵，但极其缺爱的孩子。

我说："那你也不能跟你的王叔在一起呀。"

婳婳说："可他是世上最爱我的人呀。"

钟离峫，是胤王最小的一个弟弟，只比婳婳大了七岁，生得眉目清俊，品貌不凡。用婳婳的话说，他们俩是注定的孽缘。

幼时在王宫，她因母后去世，躲在花丛里哭了一下午，是钟离峫一声不吭地陪着她，给她肩膀依靠。

胤王与她父女感情淡薄，但又对她要求极高，他说："你是钟离氏正统公主，若想配得上慕容昭，需得样样都好。"

婳婳知道，他们钟离氏，其实是忌惮慕容氏的。虽说城上归他们管，但慕容氏能力强大,尸水河又是个定时炸弹,那传闻中的饕餮锁更是可怕,除了能力最强的胤都巫袾,若想开启结界,需以钟离氏族人祭锁喂兽。

饕餮锁,是五百年前慕容氏为尸水河加固的一道封印,初次开启时便用了一位钟离氏公主投身祭锁。

两大家族世代联姻,却又相互防备。婳婳注定要嫁给慕容昭的,慕容昭容颜俊美,天人之姿,她一开始是喜欢的,但同样也是忐忑的。那时对她很好很好的九王叔钟离峋,经常代替胤王出去外交,有时好多年都不回来。

直到两年前,他回来后就没再走了。

他是那么地喜欢婳婳,他一直都未娶亲,性格沉默冷淡,唯独望向婳婳的眼神,是那么炽热和爱慕。他这些年每每到别国,看到新鲜好玩的都会想到婳婳,在回到胤都见到婳婳的时候,掩不住对她的喜欢,将礼物统统送到她面前。

婳婳说,她在那堆成小山的礼物面前,心动了,但她尚存理智,仰着脸,装作不知他的心意,笑道:"谢谢九王叔。"钟离峋的眼神便黯淡下来。

二人都是克制过的,但失败了,最先失控的便是钟离峋。

婳婳尚知礼义廉耻,故意躲着他,可钟离峋承受不住相思之苦,在一个雷雨交加的夜晚,喝了很多很多酒,神志不清地闯到她房内,冰冷的雨滴顺着他的脸落下。

他一身酒气,眉眼阴郁,染了寒冰,不顾婳婳的反抗,强行抱起她。婳婳颤抖,一遍遍地试图唤醒他:"九王叔,你别这样,我是婳婳呀。"他捧着她的脸,虔诚地吻她,手在抖,唇也在抖,他眼尾的水痕蹭到婳婳的白皙脖颈,冰凉一片,分不清是水还是泪。他埋在她颈间,低声哽咽:"我知道你是婳婳啊,我知道的。"

婳婳身子僵住,愣了,哭了。他说:"婳婳,别躲着我,没有你我活不下去。"她的眼泪滴落他的肩头,咬着牙,颤抖着身子,没再反抗,和他一起坠入了深渊。自此一发不可收拾,痛苦也快乐着。

他们在胤王眼皮子底下,不知廉耻,忘却伦理。疯了一样,婳婳感觉无比快乐。

之所以被胤王发现,是因为她要跟钟离峋私奔。他们的私奔计划远比当年我和婳婳那场缜密,是真的跑了出去,在外面东躲西藏了好几日。

原打算踏上往雁门关的路,远走高飞,可惜,五天后,婳婳自己回来了。

胤王杀了她身边所有的宫女、老嬷,若她不回来,还有一个从小看她长大的奶娘,也会没命。那奶娘是她母后生前的女婢,最是疼她。

我一直都说,婳婳是个心肠柔软的好孩子。

胤王室掩盖了这桩丑闻,软禁了婳婳,如今慕容昭又解除了婚约,不知婳婳会怎么样。

我问她:"钟离峋呢?"

婳婳说:"我们还没离开胤都,我是趁他睡着之后回来的,不知他现在如何了。我父王若念手足之情,想必会放过他。"

我觉得不见得,钟离峋与胤王又不是亲兄弟,同父异母罢了,又没有多深的感情。但我不会说这些,我握着婳婳的手说:"等我师父做完了那件惊天动地的大事,我们可能会离开胤都,到时候你跟我们一起走吧。"

婳婳笑了:"傻瓜,哪有那么好的事呢,钟离公主,是走不出胤都的。"她顿了顿,眼里有晶莹的泪光,又道:"可是连姜,我不后悔。"

看吧,婳婳永远比我清醒,比我理智。我比不上她的成熟,还有她没有的傻气。

后来我把婳婳的事原原本本地告诉了慕容昭,在我心里,他是本事通天的人,我以为他有办法帮婳婳,可是他说:"她说得对,钟离公主走不出胤都。"

我不解,慕容昭揉了揉我的头,道:"当年慕容氏提出给尸水河加固一道封印,故而有了饕餮锁,祭锁时用的是一位钟离氏公主,本是慕容氏为了牵制胤都王室才有所为,但也因此埋下了隐患。"

"什么隐患?"

"现如今那饕餮锁,除了我之外,还有一种开启的办法——用钟离氏王族的人投锁喂兽,可唤醒饕餮。"

我突然明白了他的意思,下意识地打了个寒战:"不会有人这么做的,惹怒尸水河,是玉石俱焚的下场,而且杀害胤都王族是死罪。"

"这世上最复杂的便是人心,连姜,你还小,你不懂。"

"师父,我还是不信,哪有人盼着天下大乱,妖魔横行的?"

慕容昭叹息一声:"两年前,我在饕餮锁里发现过一具尸骸,死了很久了。"

我下意识地抓住了他的手:"可是师父,胤都王室并没有人失踪啊。"

"对,因为那具尸骸不是钟离氏的人,所以没有引出饕餮兽。"

这意味着什么呢?曾经有人尝试过开启饕餮锁,只是用的不是钟离氏的人。

自此,胤都王室戒备森严,钟离岘两年前回到胤都,胤王便再也不许他外出。如今婳婳和钟离岘妄图私奔,两个钟离氏的人,若真的要走,胤王不会让他们活着离开。

我感觉到了森森寒意,慕容昭忍不住笑了,对我道:"别怕,有师父在,饕餮锁只不过是尸水河的一道封印罢了,即便开启了,也只能放出那头饕餮兽,届时擒拿就是了。"

"师父,你们慕容氏,真缺德。"

尸水河那么多道封印,加把饕餮锁也没什么,但用人家钟离氏祭锁就不太道德了,为了那么一点私心,把人家钟离氏放在外面当靶子。也不知道五百年前的胤王室怎么会同意献出一位公主祭锁。

慕容昭弹了下我的脑门:"不许咒骂师祖,他们当时也料想不到今日。"

"哼。"我揪住他的衣袖,十分不服,随即又想到了什么,眼前一亮,"师父,届时饕餮也会封印到异妖册吧,那么饕餮锁就不存在了。"

我的心思昭然若揭。慕容昭道:"胤王不会放公主离开,毕竟事关王室颜面,传出去岂不贻笑大方。"

"可是婳婳她……"

"连姜,人都要为自己的选择负责。'疗饥于附子,止渴于鸩毒',这是钟离公主选择的路,既走了荆棘丛生之路,便要承受遍体鳞伤之苦,世道如此,无人幸免。"

是啊,师父说的这些,婳婳也是清楚的,他们都懂,而我当时不懂,后来懂了,但已经太迟了。

异妖册塑封在即,师父说那是件很重要的事,届时柳公也会过来。他们会闭关十日,十日后时机成熟,便可开始引渡异妖。

我内心五味杂陈,想到不久就可以离开胤都,既不舍,又雀跃。

因为师父说了,功成之后,他便自由了。他会带着我行遍山川大地,游千山万水，看大荒四海的日出日落。他还记得那年带我去西南夷看鹢鸟，夜空之下，他说我的眼睛灿若星辰，满是光亮和希望。而这世上还有很多比西南夷更有趣的地方。

我会一直落在他眼睛里，像星星，也像月亮。

他说我们会成亲，会一直在一起。

他还说，余生千万里，长路行漫漫，愿与连姜岁岁年年，不负人间。

我嬉笑着补充一句："还有花好月圆呢！"

"嗯，跟着师父，有糖吃。"

"嗯，师父比糖还好吃。"

"……这话，你还对谁说了？"

"怎么了？"

"你九师弟那日，突然抓着我的手舔了下，说一点也不甜。"

"嗌……师父放心，我这就去打他一顿。"

"打狠一点，让他长长记性。"

03

师父闭关第五日，胤都出事了。

姵姵不见了，王宫防守森严，不知她是如何跑出去的。起初我们都没另做他想，直到胤王派人封锁了城下尸水河，我的脑子一下轰地炸了。

尸水河，饕餮锁，钟离公主。

师父闭关时，司官除了几个年龄小的师弟，只有我和五师兄在，听闻此事，立刻去了地下城。

一件可怕的事终于发生了，姵姵被人投进了饕餮锁。而那人，正是她深爱着的九王叔钟离屿。

我们也是后来才知，真正的钟离屿早就死了，师父所说的饕餮锁里发现的尸骸便是他。两年前回来的不是钟离屿，冒充他的人叫申周，曾是大秦天官申柳公的同门师兄。此人心术不正，修的邪门歪道，已经坠魔。

五年前，钟离屿被他所擒，投了饕餮锁，但不知什么缘故，饕餮没有醒。钟离屿死在结界，申周冒充了他，将目光对准了胤王室最正统的公主——钟离姵。

我不知姮姮知道这些的时候有多绝望，九王叔早就被人所害，凶手化身他的模样，带着目的接近她，哄骗她。目的就是将她投锁喂兽。

哦，不，姮姮永远没有机会知道这些了。二人那场以失败告终的私奔，令申周失去耐性，他没想到姮姮会为了一个奶娘的性命偷偷回去。

异妖册即将诞生，留给他的时间不多了，他要在慕容昭引渡妖兽之前，开启结界，搅乱尸水河。

我师父说得对，世上最复杂的便是人心，申周后来被他所杀，但自始至终，师父都没有问他为何这么做。

在我不知被柳公带回大秦的第多少年，天宫尸水池清亮，旁边的那棵枫树红了又青，青了又红，轮回交替……偶有枫叶飘落在池子里，鲜艳怒红。

那时我趴在池子里遥遥望着天上那轮皎月，问了柳公这个问题。

"申周何故如此？"

柳公很喜欢躺在树下的摇椅里跟我聊天，月光下，苍苍老者白衣白发，身形像镀上了一层银辉。

他说："申周他啊，与我师出同门，曾是天詹师尊门下最受瞩目的大弟子，其龙章凤姿，乘御四海，天资自然不在你师父之下。"

天詹，是周王室时期的大宗伯，往上追溯，算是姜太公之徒。

但那又如何？我一听这话就不高兴了，嗤之以鼻："如何能跟我师父比呢，还不是被他一剑戳穿了。"

柳公叹息："可是慕容昭杀他不久，就形神俱散了。"

我沉默了。他又接着说："其实申周与慕容昭何其相似，他们那样的人，本是皎如明月，无人可敌，你师父克己慎独，守心明性，可申周却入了歧途。"

"他争强好胜，为追求更高的造诣，违背师令偷练邪术，最终坠入魔道，被师门驱逐……连姜你要记住，人生的路只有一条，走错了，是永远回不了头的。"

柳公说了半天，其实他也不知道申周为何要作死，无人知道他到底经历过什么。

他已经死了，那些都不重要了。我只是偶尔会想起姮姮。那个要带她私奔的人，雨夜闯入房中在她颈间落泪的人，说出那句"我知道你是姮姮，但没有你我活不下去"的人，与她缠绵亲吻的人……他温柔的眼神下，竟住着一个披着囊衣的恶魔,每每想起,令我不寒而栗。

我还记得婳婳那双含泪的眼睛,她看着我笑,说:"可是连姜,我不后悔。"

在饕餮锁的结界里,巨兽被唤醒,婳婳拼命地跑,惊惧交加,撕心裂肺地爬着,被妖兽拖拽,玩弄,撕咬,嚼食……

没人去救她,哪怕所有人都听到了她的惨叫声。

胤王目光阴寒,忍受着申周狂妄的言语挑衅:"哈哈哈,钟离公主不过如此,风流起来连自己叔叔的床都上。"

说完这些,申周就跑了,哦,不,他还说了一句:"胤王陛下,你听,博弈开始了,你女儿在哭,你们还不知道吧,她可是怀有身孕的人了。"

我和五师兄赶到城下尸水河的时候,申周已经跑了,那些话我没有听到,我只看到了胤王室的无动于衷。

慕容氏能力出众的袄子都去了,但他们没有去救公主,只是守在一旁等着封印妖兽饕餮。

尸水河上空,乌云密布,阴气压顶,黑色的河水汹涌起伏,回荡着婳婳撕心的叫声。

她喊的是——连姜。

"连姜!"

十岁那年,我们在司官玩耍亲游戏,我是玉郎,她是花娘,她头戴花环,看着我的眼神亮晶晶,比天上的星星还要好看。可我的花娘婳婳,就这样怀着身孕,被最心爱的人一掌推进饕餮锁,喂了兽。

不怪钟离氏,也不怪慕容氏,并非他们见死不救,因为谁都知道,饕餮已被唤醒,他们有比救人更重要的事要做。

我站在尸水河边,于半空之中听到妖兽的撕咬声,绝望的婳婳,最后唤的是——连姜。

我尝试过去救她,然而可想而知,代价是异常惨痛的。

那时我叫连姜,隔着两千年的时空,我如今叫王知秋,张大头问我,如果重来一次,还会不会去救婳婳?

我说:"你想听真话还是假话?"

张大头沉默了下，说："假话。"

我笑了笑，眼中有氤氲的雾气，热灼烫人："会，我会不惜一切代价去救她，哪怕万劫不复。"

在我做妖的前一千年，我一遍又一遍地告诉自己："连姜，你没有错，你是无心之失，你没有错。"后一千年，我悔了。

"连姜，你错了，错得离谱，大错特错。"

幡然醒悟，最是无用之功，我清楚知道每个人都应该为自己的选择负责。可是那一刻，隔着遥远的时空，我用力地扇了自己几巴掌。

我说，婳婳，我后悔了。那么你呢，后悔了吗？

那日为了救她，我站在尸水河狂涛巨浪之上，眼神疯魔，起了咒引，试图开启尸水河的第二道封印——凤凰神咒。

凤凰是上古神鸟，作为第二道封印，一旦开启，尸水河魂会失去牵制，怒火冲天。但凤凰鸟和鸣的锵锵之音，可使饕餮不再暴动。

师父曾告诉过我，他们共给尸水河加了三道封印，如果前两道都开启了，那么第三道天雷咒的作用就是引雷神之怒去压制尸水河。

我笃定，雷神之怒可以抗衡尸水河，并且坚持到我师父出关。但是，慕容氏和钟离氏不会允许我这么做，一个钟离公主而已，不值得冒险。

慕容氏的袜子们跃上尸水河，准备擒拿我，与我同一战线的，只有我的五师兄。

我也是隔了很长的岁月才后知后觉地反应过来，那时，我为的是我的花娘子婳婳，五师兄为的是他自幼爱慕，藏于心中的姑娘。我那傻傻的五师兄，喜欢婳婳久矣。

人在愤怒之中，潜力是无穷的。

那日，我耗尽了全部修为，内力震碎，一口鲜血喷在了凤凰印上，然后神奇地打开了封咒。可怕的是，天雷咒没有引出雷神之怒。更可怕的是，我和五师兄都不知，婳婳竟然怀有身孕。

饕餮是食子之兽，哪怕凤凰神鸟已出，它仍是将婳婳给吃了。

这一切都在申周的算计之中。申周，他弑神了。

倾覆尸水河，是一场不知长达多久的阴谋。为此，他不惜一切代价，弑杀了雷神。这样的变故，带给我的震撼竟比恐惧更甚。

可是一切都来不及了。

尸水河将我吞噬，我自高处跌落，戾气千刀万剐，欲将我凌迟处死。我闯下弥天大祸，尸水河发怒，异妖伺机而出，纷纷涌出封印，踏平胤都。

那一日，胤都大乱，死了很多人。

天际残阳如血，红云遮天蔽日，将胤都笼罩在腥风血雨之中。我的五师兄，为了救一个落单的小孩，死于异妖猰㺄之手。

九尾、山狸、魑魅、患鬼、娘媪……无数我叫得上名字的，叫不上名字的妖，狞笑着露出阴森森的牙，垂涎欲滴，大开杀戒。还有如虬褫、山魈之类的妖，逃出胤都，再也没有露面。

所幸，慕容昭提前出关。覆灭之际，他一身白衣，如天神降临，将异妖册展于胤都之上，遮云蔽天，铺盖了整座城。慕容昭眼眸阴寒，眉宇之间杀意弥漫，异妖册金光刺眼，胤都被镀上一层光，亮如白昼。

那些作恶的妖被覆于白光之下，但凡没有逃出胤都的，都被吸进了册子。

在我即将落入尸水河底时，师父如一道投入水中的光，在惊涛骇浪中抓住了我的手臂。隐约之中，我记得他被戾气所伤，眼中映着颤动的微光。他的白衣被血染透，开出一朵朵花，衬得脸色无比苍白。我被他捞了出来，意识昏迷时，听到他摸着我的脸，声音平静又令人心安："连姜，别怕，有师父在。"

那是，至此一生，他与我说的最后一句话。

后来我死了，尸水河的戾气没能让我破碎，但那一系列的操作，震怒了河魂。为此，他们将我祭了河。

很多事我都不记得了，我的记忆仍停留在慕容昭那句"连姜，别怕，有师父在"。

当我醒来时，已经不知在尸水河里待了多少年，我被河底的五浊河童吃了，我与它争夺一具妖体，它不敌我，泯灭了。

我在河底蛰伏，不知今夕何年，亦不知自己是什么东西。

我总是觉得眼皮很重，感官是模糊的，意识也是模糊的。

从前的连姜像是睡着了，如今的连姜是河底的妖，被妖囊包裹着，分不清是在梦里还是现实。

尸水河已经平静了，河底不再有封印的妖怪，我喜欢趴在青苔石缝里，眯着眼匍匐，捕捉河底的虾鱼生物。

有时水草会缠住我的头发，若当时我还看得清颜色，那头发是可怖的白。

水底的生物都怕我，但我隐约记得有一只特别大的灵龟，我趴在它的背上，脸贴着它的壳，睡得很沉，很安心。

然后它就驮着我，慢吞吞地游。有时睁眼看到了水草在飘，睡醒一觉，看到水草还在飘。大龟很慢很慢，不知游了多久，直到有一日终于浮出水面，我在岸边看到了一道熟悉的影子——申柳公。

柳公将我带回了大秦，还专门在天宫为我造了个大池子。

他说："水是胤都水，就叫尸水池吧。"

那时我不知道，胤都已经消失很久很久了。

在我慢慢恢复点人的思想后，柳公才告诉我，胤都没了，我师父慕容昭也没了。他最终还是没能走出胤都，与那座城一同覆灭了。

我为了救婳婳，触怒了尸水河，师父拼尽全力将我救出，而我陷入长长的昏迷之中，生死不自知，不久后尸水河魂开始怒吼，欲吞没胤都。

师父用尽一身修为，可惜没能压制住那怒火。很久以后我才知道，为了维持我那生死不自知的状态，慕容昭付出了多少代价。

那时胤都百姓已经平安迁城，钟离王族被瓦解，归入大秦。自此天下再没有胤都这座城，历史也不会有任何记载，它的存在是机密，消失也是悄无声息。归入大秦后，慕容氏和钟离氏族人自然不肯放过我，胤王上表，要将我祭河平息祸乱，否则尸水河的怒火怕是要烧到大秦来。

秦王下了诏，我师父接了。他们都没有错，错的是我，谁都明白，尸水河要的是我的命，只有我才能平息它的愤怒。

师父说得对，人都要为自己的选择负责。

自我沉入尸水河，河怒终于平息，淹没了胤都的河面不再咆哮嘶吼，再也没有掀起过千丈巨涛。

慕容昭拼尽全力救下的徒儿，被人逼着祭了河。那一日，他立于尸水河岸，面如白纸，吐出一口血来。

柳公说，在我被祭河的第七年，慕容昭陨灭了。

他生于胤都，梦想有一天能离开那束缚着他的城，然而城没了，他还在。

他守了七年的尸水河，其间见到不知因何目的重返胤都的申周。慕容昭杀了申周不久，形神俱灭了。

他在形神俱灭前夕，托人给远在大秦的柳公带了封信，信上只有一句话——"七月初七，尸水河畔，吾将爱徒连姜，托于柳公。"

柳公说，后来他终于知道，在我祭河时，慕容昭以一魂一魄为引，为我镀身挡了尸水河的戾气，因此我才没死。

他知道后是震惊的。而我知道他的死讯时，已经成了妖，没有泪腺，心肠僵硬，想为他哭一哭都做不到。

慕容昭陨灭于他的执着，他是那样自负，守了七年，只为等我破茧而出。可惜上天没有给他机会，我碰上了五浊河童，他碰上了申周。

故事的结局，我成了妖，他形神俱灭。

我还记得他在司官玉榻上支颐浅睡的样子，着玄色长袍，发如泼墨，肤白如玉，鼻梁高挺，薄唇微抿，闭着的眉眼矜傲，高贵，又疏离。

他那样的人，一身傲骨，冰清玉洁，强大镇定如仙人之姿，将来得道飞升也是有可能的，可我害苦了他。

我还想起他闭关前日，与我缠绵，眼波潋滟，薄面如霞。

我唤他："……师父。"

他轻声引诱我："连姜，叫夫君。"

我抿着唇，难得地脸红了，他还在哄我："叫一声好不好，我想听。"

"哎呀，太难为情了，师父，我叫不出口。"

他笑了，近在咫尺以额相抵："好吧，不急，连姜，我们来日方长。"

可是夫君，我们再也没有来日了。

第六章 知秋殡葬

01

张大头问我,做妖是什么感觉。

我从前嘻嘻哈哈地告诉他:"美得很,不会饿,不会累,不会老,永远精力充沛,活蹦乱跳。不是我吹,现如今这天下,我是最厉害的妖了。"

张大头给我插刀子:"所以申柳公才会在册子上加上你的名字吗?"

我立刻不太高兴了:"说好要做彼此的天使,中国人不骗中国人,结果糟老头子坏得很。"

柳公确实骗了我,公元前二百年,老头子占了三次龙骨卦,连声哀叹。后来他从尸水池里将我捞出,对我说:"孩子,大秦气数将尽,你走吧。"

他把那卷异妖册给了我,我们俩在那棵枫树下唠嗑,他叨叨的意思大概就是我师父那时提前出关,导致异妖册不完善,有很多bug。然后他这个大秦大史天官耗时十年,呕心沥血,终于将bug修复完善,但是大秦快完蛋了,那些逃窜在外的妖还没来得及抓进册子。

异妖册共有一百零七种妖,现如今逃窜在外的还有二十九种,尸水河的祸事当年因我而起,现在烂摊子自然交给我自己去收拾。大意就是这些。他还说那本异妖册叫"大史异妖册"。

我那时幽幽地说:"异妖册明明是我师父的杰作,为何叫大史异妖册?怎么不叫慕容异妖册,或者叫胤都异妖册?"

老头子尴尬地咳嗽一声:"孩子,不要计较这些细枝末节。"可我偏要计较。他可真损呢,当年尸水河满打满算也就封印了一百种妖,结果他把飞头獠子那种通缉名单上的也给算上了,说什么一共一百零七种妖。

这还不是最重要的,我一路揣着异妖册升级打怪,打到半路发现一个让人头皮发麻的事,在异妖册的隐藏卷轴里还有一个名字。

第一百零八名异妖——河妖连姜。

异妖册作为炼妖容器,比不上如寒冰地狱一般的尸水河,然而却比尸水河更坑爹。慕容昭当年的设定是:异妖册里的妖,每一个都有独立单间,独立封锁。那是一个完全空白、寂静的世界,在里面的妖不用受任何痛苦,甚至可以完全幻化成自己想要的世界,想玩就玩,想睡就睡,想跑就跑。

听起来很美是不是?但聪明如我,觉得这完全就是自我欺骗。在梦境里不死不灭,亘古不变,你以为的活着,其实都是一场空,永无止境。庄子曾经说过,吾生也有涯,而知也无涯。这样的活着,有什么意义呢?

在我成为妖的很多很多年里,我十分伤心。祸事是我闯下不假,我愿意承担,也在积极补救,没有逃避。可是连柳公也不肯给我机会。他难道不知我已经是妖了?妖是有邪性的,没有例外。

与同类相残,屠灭他们,克制着体内那股嗜血的冲动,忍受着千年的孤独与寂寞……结果他想挖坑给我埋了。就不怕我妖性大发尥蹶子吗?

有一段时间,我极其消极,对异妖册之事很不上心,知道我的名字也在上面,还罢工沉睡过。我睡了一百年,醒来后发现有妖物在我睡觉期间冒了头,作了恶。

柳公临别时曾摸着我的头说:"连姜,你是好孩子,待你把妖收录完了,将册子送去不周山,阿公给你安排了一个最好的去处。"我信他个鬼,他给我安排的去处是异妖册,并且会永远地镇压在不周山下。

我伤心过后,消极怠工地睡了一百年,醒来后突然觉得无比寂寞无比孤单。长生不老,不死不灭,真的是好事吗?我看过朝代变更,沧海桑田,人间百态……这样永生的意义是什么呢?

我是白发白身的妖怪,我的脸覆着鳞,身体像恶心的泥鳅一样滑,手是蹼状的,还有一条光秃秃的白尾巴。

五浊河童,又名见浊兽,是一种以恶世浊气为生的生物。据柳公所说,从前他们也只是听说过见浊兽的存在，传闻其生活在南海归墟弱水之中，谁曾料想竟蛰伏在尸水河，谁又曾料想我会被它给吃了。

我没有跟大头说实话，做妖一点也不好，我的眼里没有色彩，看到的全是黑白。我的鼻子闻不到花香，舌头尝不出味道，亦感知不到痛楚。只有附身在人类身上，才有活着的感觉。

所以，我后来有了很多的名字。叫过春香、秋月、菀宁、温卿、简云兮……还叫过赵小娟、卢小果、张红霞……有过朋友，有过家人，最终都是生老病死一捧灰。

后来我越来越孤独，越来越寂寞，更习惯附身于那些父母双亡无牵无挂的人身上。比如这个王知秋，从小在福利院长大，孑然一身来到陌生城市上学，又死于一场车祸。我附了她的身，延续她的人生。

除了慕容昭，我后来也差点爱上过别人，就像他曾经说的——疗饥于附子，止渴于鸩毒。人生太漫长了，我实在太孤单。当有一个男人看到过我的真身，没有被吓跑，而是坚定地去拉了我的手，我被感动了。但那又如何呢。他会老，会死，会消失于轮回，而我依旧会孑然一身。张大头说："那有什么，你可以去找他的轮回转世，继续跟他在一起。"

这想法很傻，他不知阴曹地府六道轮回究竟是什么，入了转生道，生死受胎，洗干抹净，再也不是当年人。

现实就是这么残酷，我曾经也以为可以去找慕容昭的轮回，可笑的是我寻遍了六道，翻遍了四海，才终于意识到柳公说的形神俱灭是什么意思。慕容昭和历史长流中的胤都一样，永永远远地消失了。没有轮回，什么也没有，千秋万代，永远不会再有慕容昭这个人。

后来，我明白了柳公的用心良苦。沉睡在异妖册，镇压在不周山，是河妖连姜最好的下场。妖总是在不断成熟的，我已经活得够久了，在幻境中回到大秦胤都，回到司官，回到慕容昭和师兄师弟身边，是我最好的归宿。

从前我对这种自欺欺人嗤之以鼻，等到我成为一个历经沧桑、心态成熟的老妖之后，就迫不及待地想回胤都了，哪怕一切都是假的。

02

那个运气有点衰的池骋最近经常来殡葬店。

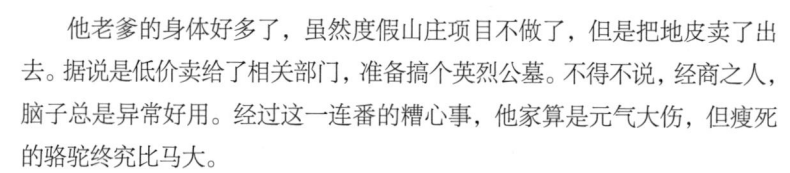

他老爹的身体好多了,虽然度假山庄项目不做了,但是把地皮卖了出去。据说是低价卖给了相关部门,准备搞个英烈公墓。不得不说,经商之人,脑子总是异常好用。经过这一连番的糟心事,他家算是元气大伤,但瘦死的骆驼终究比马大。

我问他:"你妹最近忙啥了?"

他道:"婷婷加入了什么古筝协会,担任了副会长,每天忙着各处指导参赛,我都不知她什么时候学会的古筝,以前对她的关心实在太少,现在想坐下来聊聊都没机会,她太忙了。"

我心想,哟呵,这小日子过得还挺滋润,也没来感谢我一下,可见是个没良心的。我和池骋一人一张小板凳,坐在店门口晒太阳,嗑瓜子,聊八卦。从鬼怪文学,聊到党的"二十大"会议精神,我觉得这小子不错,有"泰山崩于前而色不变,麋鹿兴于左而目不瞬"的气势。

他说:"王知秋,我看你第一眼就知道你不是普通人。"

我有些高兴:"从哪儿看出来的,气质还是美貌?"

他说:"从你敢把一个盒卖五万看出来的。"

我吐了嘴里的瓜子壳:"肤浅,要不是我那个盒,地中海早就被趴在他背上的那个邪祟弄死了。"

"什么邪祟?"

"也没啥,一只老猫,化作他娘的样子,成天趴他背上跟着。"

"……什么?"

"能有什么,孝死人的故事呗,单亲家庭老母亲,辛辛苦苦供儿子读大学,结果他在外地娶了媳妇,成家立业,把岳父岳母伺候得挺好,却将老娘丢农村老家十几年,统共没回去看她几次。"

"他娘想他,天天盼他回来,老屋老树,身边养的猫也老了,孤寡老太太眼睛也瞎了,最后死在家里半个多月才被村里人发现。"老太太咽气的时候,身边只有一只老猫,知晓她所有的不甘。

我不由得叹息一声,幽幽道:"有时候,人真的不如畜生,但是有什么办法?世间交由你们主宰,掌控生存法则,万物即便是成了精,也要给人让道,就连我也要遵守规则。"

池骋没说话,过了好一会儿,开口问我:"你到底是什么人?"这家伙长得很不错,脸部轮廓干净,线条分明,眸子漆黑无比,此刻正一本正经地看着我。

我想了想,道:"你妈妈没教过你吗?不要去深究别人的隐私,这样不礼貌。"

他于是又沉默了。我总觉得他怪怪的,但又说不出来哪里怪,反正一副心事重重的样子。他晒了会儿太阳,又跟我说起另一件事。说是他大一那年过生日,随朋友出海游玩,半夜在游轮上看星星,发现深海里有东西在游。

当时夜色浓重,海里那一抹白像一道荧光,他拿出望远镜,看到那东西很像人的雏形,但又不像人,因为沉浮入海时,它有一条长尾巴。后来那东西似是注意到了他的窥探,竟然将头浮出水面,直勾勾地盯着他笑。那是一张苍白诡异的脸,翻着阴森可怖的白眼珠,冲他龇牙咧嘴,露出一口尖牙。

池骋说他后来经常做噩梦,梦到那东西变成一个尖牙利齿的女孩子,盯着他笑,然后张开满嘴的牙,每次醒来他都冷汗淋淋。

他说:"你见多识广,知道那是什么东西吗?"

"你认真的吗?"

"当然,我确定真的看到了那东西。"

"中国古代传说中的鲛人实际上已经灭绝了,你说的这个海底生物如果真的存在,可能是某种未知海怪吧。"

池骋深以为然,又问我:"那个梦是怎么回事?"

我盯着他笑得意味深长:"日有所思夜有所梦,你一定是口味太重,垂涎人家美色来着,你爱上它了。"

"……王知秋,你很幽默。"

"……呵呵,我这人除了嘴损了点,是蛮幽默的。"

又是一阵冷场,我寻思自己是不是真的太损了,于是转移话题,问他那个跑了的女朋友追回来没。他眉头微挑,斜着眼看了我一眼。我了然于胸,又劝他:"男人嘛,拿得起放得下……"

话未说完,大概是把他戳痛了,他无奈地起身,站起来看我。嚯,好家伙,一米八几的身高,身材挺拔,背对着光,浑身散发光芒。更重要的是他身上的衬衫还少扣了两颗扣子，露出前胸那一小片光洁诱人的皮肤和锁骨。

我王知秋活了两千多年，什么样的绝色没见过，但还是咽了咽口水，嚷嚷道："干啥啊？把我当什么人了？姐不是那种人，赶紧坐下，挡光了。"

他没理会我的胡咧咧，看了一眼街上，道："王知秋，天气这么好，我带你去游乐场玩吧。"

我低头看了眼脚上的拖鞋，灰不溜秋的牛仔裤，闻了闻连续穿了三天的卫衣，又透过玻璃门看到自己随手挽起来的头发。额前散乱的碎发，被太阳晒得发红的脸和迷离的眼神。虽然很邋遢，但架不住他眼瞎呢。

我怀疑道："你女朋友跑了，所以你想泡我？"

"……没有。"

"你想睡我？"

"……不是。"

"你想跟我探讨人类的起源，生命的奥义，情感的真谛？"

"……就不能有点别的目的吗？"

"我想不出还能有什么目的。"

池骋很无语，起身开走了路边停着的那辆据说很值钱的车。

我跷着二郎腿，嗑着瓜子，眯着眼看太阳："现在的年轻人，太轻浮，远没有我们那时候纯情。"

说起纯情，记忆恍惚了下，倒令我想起一道青衫玉立的影子，那眼神纯粹的少年郎，眼睑下有一颗小小红痣，分外鲜活艳丽。他整个人弥漫着一种干净与妖冶的撞击感，少年长睫垂下，眉眼如鸦，每每想起，眼泪不争气地从我嘴里流了出来……哎呀，不能再想了，有点馋。

我咽了咽口水，没人跟我聊天了，有点无聊，索性关了店门去另一条街的古玩店找张大头去了。

周末，街上还挺热闹。

到了古玩店才发现店里更热闹。张大头正和几个年轻漂亮的妹妹围在柜台，有说有笑，嘴都快咧到耳根了，笑声隔老远都能听到，十分放浪，令我鄙夷。

推门而入的时候，大头眼前一亮，挥了挥手，遣散了那几个妹妹："不聊了不聊了，我来生意了。"

　　几个女孩心有不甘，其中一个黄头发妹妹还撒娇地晃了晃他的手："张润泽，晚上跟我们一起去吃火锅吧，我好久都没见到你了。"大头模棱两可地将她们送出了门："再说吧妹妹，我最近有点忙。"

　　等人都走了，我坐在柜台里面，捏着嗓子学黄头发妹妹撒娇，道："大头哥哥，最近忙啥呢都没时间去看人家。"

　　他咧着嘴笑，挤坐在我旁边，勾肩搭背，神神秘秘："姑奶奶，你跟那小白脸发展到哪一步了？"

　　"啥？"我反应了一下，知道他说的是池骋，弹了一下他的脑门，"我都一把年纪了，别给我制造绯闻啊。"

　　"别装了，我看到好几次了，你们俩坐在一起嗑着瓜子聊着天，我都没好意思打扰，他看你的眼神都不对，肯定是有情况。"

　　我认真地想了想，又结合了今天发生的事，深以为然："可能吧，他想勾搭我来着，被我义正词严地拒绝了。"

　　"……怎么勾搭的？"

　　"想约我出去玩，去游乐场。"

　　"你怎么不去？我记得你挺喜欢去那种地方的。"

　　"怎么不去你心里没点数？上次咱俩一起去玩大摆锤，下来后你吐得呀，我恶心得三天没吃饭，一想到那种地方就浮现出你作呕的样子……"

　　话未说完，大头应该是面子挂不住，突然一拍桌子，严肃道："我就知道那小白脸没安好心！觊觎你的美貌！"

　　"……"

　　柜台有块小镜子，我拿起来照了照自己的脸，早上没洗，也没化妆，眼角有粑粑，脸上有雀斑。我很不自信地问大头："真的美貌吗？"

　　大头伸手把我的眼屎抠了下来："要相信自己知道吗？你是最美的。"我很感动，一把搂住他的脖子，险些勒死了他："不愧是我亲手养大的孙子！"

　　大头原名叫张润泽，确实是我亲手养大的孩子。

03

　　一九六七年，南方乡下农村，我附身在一个上了吊的女孩身上。

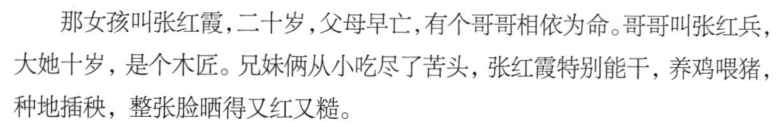

那女孩叫张红霞，二十岁，父母早亡，有个哥哥相依为命。哥哥叫张红兵，大她十岁，是个木匠。兄妹俩从小吃尽了苦头，张红霞特别能干，养鸡喂猪，种地插秧，整张脸晒得又红又糙。

因她手脚麻利，性格又好，早早就有媒人上门说亲，说亲对象是同村唯一的大学生赵家齐。赵家齐才十七岁，还在上大学，长得眉清目秀，内敛老实。之所以提亲，说得好听点是因为他娘李翠萍喜欢张红霞。说得难听点是因为他家太穷，张红霞能干，哥哥又是村里唯一的木匠，指望他们帮一把赵家齐。

为什么帮呢？因为赵家齐年幼丧父，李翠萍一把屎一把尿地把他拉扯大，好不容易供他读了大学，她这个当娘的"不争气"，去山地里采棉花摔了个半身不遂。

李翠萍躺床上无人照顾，赵家齐请了几个月的假，最后实在没办法，跟他娘说打算退学不念了。李翠萍又哭又骂，打了他几巴掌，嫌自己拖累了他，要喝农药自杀。

母子俩闹了好几天。那时候张红霞家和他们家是邻居，自从知道这个婶子摔伤了不能动弹，时常过去帮忙照看。

赵家齐是大学生，握惯了笔的手又要做饭又要洗衣，有几次李婶子拉在了床上，一身屎尿，都是红霞帮忙。后来李翠萍和儿子一商量，托媒人上门说了亲。一举两得，如果张红霞成了她们家的儿媳妇，赵家齐可以继续去读大学，李翠萍也有人照顾。

这样的亲事，哥哥张红兵站出来反对了。他劝张红霞不要犯傻，且不说后半生要一直照顾个瘫痪的婆婆，他们家一穷二白，吃苦受累守出个有本事的大学生也就罢了，万一人家到时候出人头地就嫌弃她呢。

哥哥的劝她听不进去，赵家齐眉清目秀，与村里那些粗糙小伙子都不同，他还私底下找了张红霞，拉着她的手说："红霞姐，你放心，我绝对不是那种没良心的人，等我大学一毕业，咱们就结婚。"

张红霞的脸瞬间红了，心如小鹿乱撞。后来谁劝都没用，赵家齐去了城里上大学，暑往寒来，张红霞数年如一日地照顾着准婆婆，任劳任怨，无悔付出，赵家齐的学费也是她攒了卖猪钱交的。

后面发生的故事就像你们看过的电视剧一样，张红霞是个淳朴单纯的傻姑娘。有一年冬天她给赵家齐缝了新棉袄,只因赵家齐有段日子没回家,便第一次去了城里大学找他。

她大包小包,好不容易找到了赵家齐的学校,操着乡下口音问东问西,终于站在了赵家齐的面前。张红霞高兴地去拉他的手,告诉他带了很多吃的给他,还包了饺子,还有她亲手缝的棉袄,可暖和了。

可赵家齐将她拉到了偏僻的地方,面色不善地让她赶紧回去,还把那棉袄塞进了她的蛇皮袋里,推着她出了校门。

张红霞看了看自己身上的棉袄棉鞋,为了来看他,她特意穿的红色,显得鲜艳且俗气,跟那些面容白净穿着洋气的女大学生比,实在丢人。她很听话地准备回去了,并且暗下决心再也不去城里找赵家齐,免得给他丢脸。可是有个长得很漂亮的女学生看到了她,热情地跑来问赵家齐她是谁。赵家齐说:"是我姐。"

哎呀,接下来的事儿我实在不想讲了,小说电视剧大家都看过吧,艺术来源于生活。

赵家齐毕业后留在城里工作,娶了大学生老婆,还把瘫痪的李翠萍接走了。他给了张红霞一笔钱,说是这些年照顾他娘的辛苦费,反正是薄情郎痴情女,邻里议论纷纷,张红霞上吊自杀了。

她前脚刚咽气,我后脚就上了她的身,在房梁上翻了个跟头,把脖子从绳圈里取了出来。别问我为什么不救她,且不说我活了千多年,看透人情冷暖,生命轮回。像你们不插手动物界的食物链一样,酆都鬼城也是有规矩的,我们不能插手人类的生老病死。

总之我成了张红霞,从屋里走出去的时候,谁都不知道这副皮囊之下是一只妖。

村里人都说张红霞自从被赵家齐抛弃后,性格变得孤僻,古古怪怪。然后那群爱嚼舌根的村民们都被我借机整过一遭。既然借用了她的身体,总要帮她做些事情的。

她哥哥张红兵后来发达了,赶上改革开放的好时代。从一个给人打家具的木匠,成为地方最大的家具厂老板。

我成了张红霞后,在村里待了一段时间,后来去城里饭店给人打工,好巧不巧还遇到过赵家齐和他怀孕的太太来吃饭。场景那叫一个尴尬，我素来是恩怨分明的人，于是出手给了赵家齐一点小小的教训。

这教训就是张红霞伺候了他娘三年，我让他也瘫了三年。出来混总是要还的，然而人性总是经不起考验的，他瘫了才几个月，那个有钱的城里老婆就抱着孩子，毫不犹豫地回娘家了。绝望之下，他似乎又想起了张红霞的好，竟然托人来找我。

我冷笑着骂了他一句："滚犊子。"

如此过了几年，张红霞始终一人，终身未嫁。

哥哥张红兵也被我渐渐疏远了，他对张红霞来说是个好哥哥，但对我来说不是，三番四次地来骚扰我，逼我相亲嫁人。我搬了几次家，终于在四十岁那年彻底摆脱了他，断了联系。无语的是，在张红霞五十岁这年，她那不靠谱的哥哥又找到了我，看我日子过得不错，塞给我一个三岁的男孩。那男孩叫张润泽，是张红兵的孙子。

家里有钱了也不见得是好事，张红兵成为家具厂大老板后，依旧艰苦朴素，但儿子败家，不思进取，把他的家具厂败没了，然后媳妇跟他离婚了，儿子因打架斗殴抓进了局子，儿媳妇也改嫁走了。唯一的孙子张润泽才三岁，而张红兵已经六十多，还欠了一屁股家具厂的债。辗转找到了妹妹，把小孩一塞，说托她照顾一段时间，结果再也没有接回去。

一九八五年，土地资源贫乏，东三省灵异事件层出不停，火葬开始推行。也就是在那时，我在城里开了第一家殡葬店——红霞殡葬。刚开始生意惨淡，然而到了一九九七年火葬全面实施，我的生意好得一塌糊涂，学着不良商人坐地起价，被人骂黑心老板。

一九九九年，三岁的张润泽来到我身边，他是那么地胆小、生疏、敏感。他很有礼貌，奶声奶气地叫我红霞姑奶奶。他是我养大的，因刚来的时候营养不良，头比较大，我唤他——大头。

我们一起生活了十五年，在他十八岁时，张红霞六十七。我寻思着他已经长大成人，而且张红霞六十七了，一直不老也不是个办法，所以在一个清晨，不声不响地脱身了。

我从不会在一座城市久留。后来我来了现在这座城，四处游荡，在街上看到因车祸死亡的女大学生王知秋，她倒在血泊中，瞪着眼睛看着我。

我帮她合上眼睛，遂上了她的身。

大学毕业后我留在了这里，又开了一家殡葬店——知秋殡葬。

诡异的事情发生了，在我来到这座城市第七年的某个早晨，我和往常一样拎着豆浆包子来店里开门，大老远就看到一个板寸头、单眼皮、痞里痞气的帅小伙，背着大背包，双手插兜，在店门口百无聊赖地踢着石子。

我一看那阵仗，二话不说，撒腿就跑。

他一看那阵仗，二话不说，撒腿就追。

我跑，他追，我插翅难飞。

也不是跑不过，一来是大白天在街上不好施展消失术，二来他腿长。张大头从小就是体育尖子生，当然也不排除是被我拿拖鞋追出来的。总之那天，我累成了狗，他背着大背包，一脸兴奋地在我面前原地转圈跑步。

"姑奶奶，跑呀，继续跑呀。"那副贱兮兮的得意样子，不愧是我养大的孙子。

我原是大意了，大头跟我生活十五年，从前总觉得他年龄小，很多事不避讳，让他小小年纪就见过鬼，打过黄鼠狼精，还处理过一次尸变……那时候手机还不流行，他有时候缠着我一起玩，我就把他扔进镜台看"电视剧"。

我们还一起去过舞厅、游戏厅、肯德基，大排档喝哈啤，网吧打游戏……我从前说慕容昭是个教育跟不上的师父，而我恰恰与他相反，我是个教育太超前的姑奶奶。

大头从小见多识广，历史学得甚好，古玩文物鉴别手到擒来，就是学习成绩不行，每次考试倒数第一。他考了倒数第一的那天，我兴奋地拿拖鞋追打他一天，到处逮他，享受狩猎的乐趣。次数多了，导致他在学校的体育竞跑中回回拿冠军。

我们俩关系太好，处得跟朋友一样，导致他在成长过程中连叛逆期都没有。唯一的一次叛逆，大概是青春期瞒着我买过一辆特大的摩托车，不敢骑回家。

没想到我发现后特别高兴，怂恿他载我去兜风，摩托车一路风驰电掣，非主流音乐震耳欲聋，回头率超高。他后来说感觉很丢人，因为我们随着音乐在街上狂飙的时候，我鬼哭狼嚎的样子被他同学看到了。

在那个非主流盛行的年代,他还染过黄毛,就是那种经典的杀马特"刘海遮眼"的造型。他和几个混混同学逃学去泡吧打游戏。老师联系我管教他时,我也去理发店整了个比他还潮的发型,顶着一头五颜六色的杀马特非主流风跑到网吧找他。

我兴奋地勾着他的脖子,问他我的新发型酷不酷,好不好看,像不像火鸡……他的那些混混同学和网吧老板都看呆了。直到有一天他抱着我的腿,哭号着求我把头发染回来,因为人人都说他姑奶奶是杀马特鼻祖老baby——璃梦雨殇樱之泪。

大头的叛逆期连个冒泡的机会都没有,直接被我掐灭了。他就这么长大,说别人是向阳而生,而他是一路火烧腚,脚踩风火轮,浑身喷着火长大。总归他是哪儿哪儿都好,美中不足的是成绩不好。

后来他高考结束,成绩也是一塌糊涂,我问他将来有什么打算,他说在我店附近开间古玩店,然后给我养老送终,等把我熬死了再继承我的殡葬店。

为了给他个惊喜,我第二天就死了。

现在的孩子太难搞了,我甚至不知道他是怎么找到这里来的,又是怎么找到了"知秋殡葬",又是怎么一眼就认出藏在这副陌生皮囊下的我。其实他早知红霞姑奶奶不是普通人,毕竟我那时候六十多了还很年轻。总之大头又留在我身边了,还在隔壁一条街开了家古玩店,生意出奇的好。

张大头长得痞帅痞帅的,又能说会道,喜欢他的女孩子很多。隔壁大学的漂亮女学生,旁边开服装店的女老板,有过一面之缘的客户姐姐……看到他都是两眼放光。她们说他身上有种随遇而安的慵懒气质,但我左瞧右瞧,硬是没看出来哪来的慵懒气质。最后有了结论,懒就懒,她们非要加个慵。

话说回来,虽然讨女孩喜欢,张大头却不是渣男,这一点应该跟我的教育有关。我在他很小的时候就告诉他,感情是很可贵的东西,不可以糟践。

他也认真谈过一个女朋友,我记得那个女孩叫周妮妮,本地人,家境殷实,长得也漂亮。他们俩谈了一段时间,女孩特别喜欢他,家长也比较开明,提出要见他一面,还要给他们房子车子结婚用。普通人梦寐以求的事,他竟然拒绝了,接着就跟人家分了手。女孩哭得眼睛都肿了,我知道后有点摸不透,上门去问他。

我说:"大头,你要搞清楚,你的身世跟孤儿也没区别了,这么好的女孩子都不要,你想什么呢?可不要做令自己后悔的事。"

结果他说:"姑奶奶,谈恋爱可以,但结婚就没意思了啊,我是不婚主义者,这辈子不打算结婚的,所以也不好耽误她。"

我坐在地上抱住他的腿哭:"我的侄孙哟,你可不能跟姑奶奶学啊,咱们老张家的香火不能断在你身上,你可以不结婚,但你得生孩子,不然我对不起我那死去的大哥……"

"行了王知秋,打住吧。"他说。

我立刻起了身,拍了拍屁股走人了。我一个活了两千年的妖怪其实并不关心人类的繁衍问题,我一向要求自己少和人类产生羁绊。张大头谈不谈恋爱,结不结婚,压根不重要,每个人有每个人的活法,生老病死,人生几十载,开心最重要。很简单的道理是不是?

如果能顺利找到那头魈,我是真的会走的,届时大头便成了我在这世间唯一的牵挂。你看,这就是与人类产生羁绊的后果,我吃了那么多的教训,仍是不长记性。漫长的岁月里,往往留下的那个才是最难过的。

张大头是我养大的,平日里装得再没心没肺,与我感情也很深厚。我有一年愚人节想跟他开个玩笑,故意在店里装死,还留了张纸条——恭喜张润泽喜提第二家殡葬店。

结果他来了,看到纸条脸都白了,跪在地上抱起我的"尸体",身子抖,声音也抖,眼泪"啪嗒啪嗒"掉到我脸上。

他说:"……姑奶奶,这次我要去哪儿找你呢?我去哪儿找你,你说。"

哽咽,绝望,失声痛哭……那感情丰富得令我心头一颤,我顿觉心塞,这小子太重感情了,对我而言并非好事。

当时他哭着哭着,擦了擦眼泪,惶恐如孩童:"你别想丢下我,我明天就把店盘出去,然后去找你,七年不成就找十四年,十四年不成找一辈子。"

我立刻翻了个白眼:"别爱我,没结果,除非你能活过我。"

张大头喜极又泣,眼泪鼻涕糊一脸,哭成了狗,紧紧抱住我,差点将我勒死。

"你下次再想走,好歹打声招呼,提前说一声,搞得我都没给你准备寿衣。"

这次是真翻白眼了。我想改天还是要劝劝大头找个女朋友结婚生子的,否则人生多孤独。然而我还没开口劝,他反倒先劝我了:"以后别跟那个池骋走这么近了,我感觉这家伙有点邪门。"

"哪里邪门?"

"咱们才认识他多久,通过他抓了条虮褴,又抓了个飞头獠子,敢情妖怪都跑他身边去了?我觉得不对劲,世上男人千千万,没见过他这种吸妖体质。"

我开心地说:"好事啊,这么看来池骋是我的福将,我之前一百年都等不到一个正经的妖,如今一口气抓了俩,如果能通过他抓到最后一只魈,我该给他送面锦旗,锦旗上写三个大字——么么哒。"

大头看我侃侃而谈,眼神微动:"姑奶奶,你能等我死了再去抓那只魈吗?"

"为啥?"

"我又不打算结婚,也不生孩子,将来没人给我送终怎么办?"

"是啊,我最近也一直在琢磨,你要不还是成个家吧,不然我走得也不安心,总觉得你老了以后会像门口的鲍牙哥在街头乞讨。"

鲍牙哥是个精神有点问题的流浪汉,平时固定在这条街乞讨,我每次来找大头,总能看到他,有时大头会买碗面给他吃。不过最近两次没看到他了,我顺口问了一句:"怎么最近没看到鲍牙哥?失踪了?"

大头看了一眼门外,不明所以:"不知道,没注意。"

接着又起身要出去:"姑奶奶,我去给你买奶茶,要粑粑味的吗?"

我随手捞起桌上一个摆件砸他,他预料之中似的蹦跶得老高,笑得猖狂极了:"哈哈哈,说错了,是啵啵味,不是粑粑味。"

第七章 花开有期

01

大头说的没错，池骋有点邪门，我说的也没错，他是我的福将。他又来找我了，原因是他前女友失踪了。那个在他家落难时离开了他，准备嫁给有名富商的吴秀娜小姐，在婚礼前夕不见了。

吴秀娜的家人以为她来找池骋了，特意来问了他，结果这小子一脸蒙。因为前一晚他还接到了她的电话，他们俩的分手并不像外界传闻中的女方拜金劈腿。事实上吴秀娜家境也很好，是个富家小姐，池骋家出问题之前，二人感情已经疏远了，分手是注定的事。

婚礼前夕，吴秀娜给他打了电话，如朋友一般寒暄几句，最后她说："谢谢你池骋，是你让我明白了只有变得足够优秀，才能和爱的人站在同一高度，没有你，不会有我的今天，我马上要嫁人了，而且我很爱我先生，希望你也能幸福。"

池骋说："娜娜不会无缘无故地消失，我怀疑她被人绑架了，能不能帮忙找一下？"

"绑架这种事找警察啊，我的镜台可不是乱用的。"

"我可以给你钱。"

"君子爱财，取之有道。"

"王知秋，你可以随便开价。"

"滚！"

可能我平时太和颜悦色了，给他造成一种温柔的错觉。我是一只妖，妖是有邪性的，惹到了我，下场不会很好。像我这样的妖，怎么会将钱看得很重呢。池骋以为我爱钱，那种生不带来死不带去的东西，是人类才有的执念。

用了人家的身子，就要为人家做点力所能及的事。

王知秋是孤儿，在福利院长大的，在我成为她的第二年，就已经开始给她长大的那家福利院捐钱了。那家福利院的院长是个人才，在我汇了几万块钱的时候，给我打电话骂了一顿。她说："秋秋，你哪来的那么多钱，我可告诉你，我辛辛苦苦将你养大不是让你走歪路的，做人要经得住诱惑，大学生要有大学生的样子，别整那么乌烟瘴气的事！让我知道了饶不了你！"

我好久没听到这么正义的话了，也好久没见过这么正义的人了，一时有些感动，感慨万千。

后来我中止了汇钱的行为，直到大学毕业开了这家殡葬店，有了正经的收入来源，才又开始汇钱。院长很感动，时常跟我打电话，深入交谈，说她最大的心愿就是让那些没家的孩子衣食无忧，人人都能像王知秋一样考上大学，有个好的前程。

我堂堂一只妖，被一个人类洗脑了，感觉自己身负重任，任重道远。每汇一次钱，就觉得自己金光闪闪，头顶万丈光芒，仿佛快要成佛了。这种荣誉感让我开心，为此我专门给那院长打过电话："我每年都捐钱，就不给个奖杯什么的吗？好过分哦，我打算摆一面墙用来显摆呢。"

后来院长又开了一家福利院，我仍是她们的 VIP 资助人。她们真的为我定制了一批荣誉奖杯，每年都给我寄一个，就是质量不太好，有点掉色。摸完奖杯再摸馒头，会掉一手金粉。我怕被毒死，全都塞进了柜子里。

池骋被我骂了，见我面色阴沉，仍不死心，他说："王知秋，我不是那个意思，警察如果找得到，我不会来找你的，娜娜要嫁的人是韩治，韩家那样的势力，连他们都找不到人，我觉得情况不妙。"

"关我屁事。"我轻笑一声，"你知道世界上有多少人吗？难道每个人出事我都要管一管？"

池骋没想到我是这种态度,脸色暗了下来,沉默了下,又道:"王小姐是打定主意不肯帮忙了?"

"赶紧滚!走走走!"

把池骋赶走后,我静静地仰着椅子,把脚搭在桌上,我已经很久很久没生过气了,有些迷茫自己为什么会有情绪波动。

过了半个时辰,我起身去了孽镜台。摸了下清澈如水的镜面,上面立刻黑雾缭绕,镜子似乎感觉到了我心情不好,没敢作妖。

我说:"小甜甜,跟我来人间一趟,你快乐吗?"

镜子哆嗦了下,缓缓地在镜面上打了四个字符——莫挨我!

我嘴角抽搐了下:"我揍你!"

吴秀娜的经历和大头有异曲同工之妙。

镜子播放她的人生轨迹前,我按了下暂停,去楼下拎了袋瓜子上来嗑,准备好好追一追剧。

这小女孩比较惨,父母健在,但专注于打拼事业,生下她不久就把她送给老家的爷爷奶奶带了。

童年是幸福的,乡下农村,万里星空美不胜收,地里有青蛙,墙角有蟋蟀,门前桥下有河水和鸭子。爷爷奶奶很爱她,家里杀鸡,煮得油光美味的鸡腿,两只都是她的。农忙时节,爷爷奶奶打稻谷,她和同龄小伙伴在谷场跑来跑去,在地里疯玩。

到了上学的年龄大家又一起去上学,挎着书包,三五成群,十里八村就那一所小学,学生很多,做早操,升国旗,早读……吴秀娜的成绩在班里最好。每学期的三好学生都有她,奶奶把奖状贴了满满一面墙,说等爸爸妈妈回来让他们看看。

爸爸妈妈,那是很生疏的词。奶奶说他们在大城市打拼很不容易,为的就是给她更好的生活,等一切稳定下来,会把她接到身边生活的。想爸爸妈妈是真的。谁不渴望生活在父母身边呢。从小到大,她见到爸爸妈妈的次数屈指可数。他们很忙,有时候两三年才回来一次,回来了住几天,又匆匆离开。

他们的生意应该做得不错,给爷爷奶奶的生活费很多,有一次过年的时候回来,给她也包了个一千块的压岁红包。

妈妈很有气质,很时髦,穿着一件驼色的羊绒大衣,吴秀娜无意中得知那件大衣两千多,震惊了下。

小学五年级,爸爸妈妈又回来了,开着一辆新车,从车上下来一个抱着洋娃娃的小女孩。女孩比她小三岁,穿着漂亮的公主裙,金光闪闪,那是她的妹妹——吴若涵。

妹妹是跟爸爸妈妈长大的,生她的时候据说家里生意已经步入正轨,请了保姆,平时是保姆带她,上的是双语学校,还学了钢琴、芭蕾舞。妹妹回来的次数少,爷爷奶奶把从前属于她的鸡腿先给妹妹挑。

爸爸妈妈对吴秀娜也很好,摸着她的头问她学习成绩怎么样,累不累。吴若涵是个娇滴滴的小公主,白白的皮肤,水灵灵的眼睛,说的还是普通话,声音像黄鹂鸟一样好听。

吴秀娜就不一样了,日常穿的都是半旧不新的校服,皮肤有点黑,还有两个红脸蛋。因没有养在爸爸妈妈身边,性格有点自卑,走路习惯性低头驼背,姿态不好看。妹妹不喜欢她,嫌弃她邋遢,因此二人并不亲近。

奶奶说爸爸妈妈辛苦打拼是为了给她更好的生活,可如今生活稳定了,却仍然没有接她回身边的意思。

吴秀娜是嫉妒妹妹的,她也很想跟爸爸妈妈同住,可是她不敢开口。一来是怕奶奶伤心,二来是有一次她偷听到奶奶跟爸爸打电话,爸爸说原本打算接她到身边读初中,但是家里出了点变故,公司也忙,顾不上她了。

后来她知道所谓的变故是爸爸出轨了,和家里的保姆搞到了一起。被妈妈发现后,保姆被辞退,爸爸为了挽回婚姻,主动上交了财政大权和公司股份。

原本打算把吴秀娜接过来上初中,但妈妈说再等等吧,如今家里不请保姆了,她又要忙工作又要照顾妹妹,分身乏术,兼顾不了两个孩子。吴秀娜很想说,她不需要照顾,她可以自己洗衣服刷碗,可以自己去上学,只求能在爸爸妈妈身边。

而她不知道的是,爸妈因保姆一事吵着要离婚时,妈妈说她要妹妹,姐姐她不要,留给他们老吴家。妈妈爱她吗?应该是爱的,她会叮嘱爷爷奶奶给她报各种补习班,不要怕花钱,每次回家也会给她买新衣服新鞋子和各种礼物。

02

初中学校在镇上,吴秀娜住校。那三年,爸妈只来看过她一次,班里同学说:"吴秀娜,你妈妈好漂亮啊,真好看。"心里那点虚荣心使她无比高兴。爸爸妈妈说:"等你初中毕业,可以来我们身边念高中。"

盼啊盼啊,终于初中毕业了,放假的时候,她第一次坐上飞机,跟爸爸妈妈来到了大城市的家。

爸妈比她想象中的还要有钱,家里住别墅,小区干净又漂亮,房子雕梁画栋,院里还有鱼池,五颜六色的锦鲤在里面游。她的房间十分整洁,床单四件套是一样的颜色,还有暖暖的香味。妹妹长大了,对她的态度也好了许多,虽然仍旧嫌她是个乡巴佬,但好歹肯叫一声姐了。

妈妈带她和妹妹去商场买衣服。妹妹挑了粉色的洋装,顺手给她也挑了一件连衣裙。可是二人站在镜子前,面对导购的夸赞,妹妹肤白貌美,自信阳光,神采飞扬。

姐姐皮肤黝黑,神情忸怩,目光闪躲,还有点驼背。妈妈见了直皱眉头,亲自挑了几件衣服给她。衣服都是高档好看的,但是穿在她身上仿佛就变了味,于是勉强挑了两件能看的。回去的路上,妈妈训她:"女孩子不要小家子气,要像妹妹一样大大方方的,走路抬头挺胸,忸忸怩怩的像什么样子。"

吴秀娜诚惶诚恐,妹妹自然是光彩夺目的,小小年纪,钢琴已经过了六级,说了一口流利的英语,在少儿小主持的比赛里是第一名。明明她也不差的,从小到大成绩都很好,初中时她也参加过学校的朗读比赛,作文还得过一等奖。可不知为什么,到了大城市,站在更加光鲜亮丽的她们面前,仿佛让她原形毕露,无所适从。从商场回来后,进了小区,妈妈去停车,她和妹妹拎着购物战利品先行回家。

小区景观很美,花坛种满了四季青,修剪得漂漂亮亮。脚下的青砖板路转了个弯,妹妹忽然把东西往她怀里一塞,高兴地跑开了。

"池骋哥哥,你们在干吗?"

吴秀娜抱紧了怀里那一堆东西,目光顺势望去,愣了下。前面不远处,几个少年正在玩滑板。阳光灿烂，绿植青翠，不知谁家在做饭，飘来一阵诱人的排骨香。

她看到妹妹奔去的那个少年穿了件白T恤，深蓝短裤，黑短发，光洁额头被汗浸湿。少年俊美，身板挺拔，面部轮廓干净，眼睛黑白分明，异常清亮。那男孩叫池骋，吴若涵说他家是这片别墅区最有钱的，哦，不，这片别墅区都是他家盖的，他爷爷叫池昌海，是搞房地产的。

这些都是后话，总之吴秀娜见到池骋那年，十六岁，怦然心动。

可惜初次相见，十分难堪。几个玩滑板的少年，其中一人肆意挥洒地踩着滑板向她冲来，没刹住板儿，直接把她撞在了地上。东西撒了一地，她趴在地上半天才爬起来，膝盖火辣辣地疼。闯了祸的少年赶忙道歉，妹妹吴若涵也听到了动静，跑来生气道："你傻了吗？看到别人冲过来不知道躲开吗？站着一动不动跟个木头一样。"

她低头去收拾地上的东西，不敢抬头看。因为那几个少年都围了过来，闯祸的那个想帮她捡东西，刚弯下腰又站了起来。地上散落着妈妈给她买的内衣，都是吴秀娜从来没见过的漂亮款式。她的脸涨得通红，飞快地将东西捡起塞进袋子，听到一旁有人笑嘻嘻地问妹妹。

"吴若涵，这是你姐姐吗？跟你长得不像啊，她好黑啊。"

吴若涵的脸黑了，牙尖嘴利道："关你什么事！管这么宽，家住海边吗？"说罢，手脚麻利地帮她捡起剩余的几个袋子，嫌弃地拽着她的胳膊："赶紧回家吧，好丢脸哦。"

吴秀娜被她拽着，感觉自尊被人按在了地上摩擦。离开时，经过那个叫池骋的少年面前，听到他说了一句："回去用红花油揉揉膝盖，不然明天会很痛。"

她愣了，完全不敢相信这话是对她说的，抬头对上他清亮澄净的眼睛，心跳停了几秒。那个暑假，她只见过池骋一面，记忆尤深。

假期结束，她回爷爷奶奶身边上了老家的高中。原来爸爸妈妈根本忘记了说过要接她来身边上学的事，但吴秀娜松了口气。

大城市很好，房子漂亮，衣服也漂亮，妈妈好看，妹妹也好看，但终究不是她该有的生活。她更喜欢老家，同学和老师热情，爷爷奶奶疼她，一起长大的伙伴亲密无间。

她放弃了去爸爸妈妈身边生活的梦想。可是当她完全放弃的时候，上天给她开了个玩笑，高一那年，奶奶因心肌梗死去世了。出完殡，爸爸妈妈就给她办理了转学，将她带回了曾经梦寐以求的家。这是爷爷的意思，爸爸说要接他一起走，爷爷不愿意，说："把娜娜带走吧，我一个土埋半截的农村老头，过不惯城里人的生活。"

回大城市生活，对她来说像一场梦。从前在班里成绩名列前茅，到了新的学校一落千丈，班里每个人都比她聪明。

在家时小心翼翼，生怕做错了什么惹妈妈不高兴，而这副模样却使得妈妈更来气："吴秀娜，把背挺直，跟人说话的时候要直视对方的眼睛，你看看你这副上不得台面的样子，哪里像是我付娟的女儿。"

付娟是雷厉风行的女强人，自然看不惯她的忸怩。生活习惯的不同，蹩脚的普通话，羞怯的性格……没有了距离，朝夕相处，妈妈对她的不满一次又一次爆发了。

吃饭吧唧嘴她会说，吸鼻涕她会说，经期弄脏了床单她也会说，甚至在卫生间拉屎味道太臭，她也会说。

"怎么回事？上完厕所记得开通风扇，多冲几遍马桶，太臭了。"

妹妹捂着鼻子接话："姐姐你要每天都洗澡哦，一天不洗身上就有股怪味道，早晚记得刷牙，多刷一会儿，你有口臭知不知道？"

吴秀娜难过地躲在屋子里，好想回家，想爷爷奶奶、老师同学。从前在老家，地里收番薯，奶奶都会直接削一个给她吃，津甜又解渴。当她在家里厨房发现有番薯，用刀子削了一个，刚咬一口，妈妈已经脸色不善地过来将番薯夺下，扔进垃圾桶。

"这是生的你知道吗？会拉肚子的。家里那么多水果，为什么要吃生番薯？你脑子里到底装了什么？我真搞不懂你整天在想什么。"

本就生疏稀薄的母女情分，瞬间支离破碎，吴秀娜哭了，鼓起勇气抽泣，道："妈妈，我想回老家上学，能把我送回爷爷身边吗？"

妈妈的失望显而易见："我托了那么多关系把你塞到一高，你以为学校是你家开的，想来就来，想走就走？遇到点挫折就想回老家，你也就这点出息了。"

在学校也并不好过，长得土气，成绩跟不上，连普通话都带着一股乡下味，英语被大家嘲笑是——尼古拉斯味的。皮肤黑，衬托得牙齿白，因此被同学起个外号叫"黑妹牙膏"。

一高的初中部和高中部是一个校区，但妹妹在学校见了她从来装作不认识。因为怕妈妈和妹妹嫌弃，她自卑到不敢在家里上厕所，在学校上厕所也有心理阴影。下课铃一响，总有男生三五成群地站在教室外的走廊，别的女同学都是手拉着手，挽着胳膊，大大方方地结伴去卫生间。只有她，每次都是低着头从他们面前紧张地走过去，被那些目光盯得头皮发麻，如芒在背。终于有一天，有个调皮的男同学突然跳到她面前，大吼一声："嘿！黑妹！干啥去？"

她吓得险些尿裤子，抬起头，脸色惨白，周围一阵哄笑。瞬间天旋地转，无所适从，她的眼圈红了，隐忍着泪水低下头去，慌忙离开之时，听到有个熟悉的男声在身后响起："林寒，你神经病啊，无不无聊？"

那男生是池骋。

03

吴秀娜愈发自卑了，并陷入了漫长的沉默之中。

那个叫池骋的少年跟她同班，相貌好，性格好，成绩也优异。老师喜欢他，同学也喜欢他。他在整个年级都很有名，在学校篮球场，总有女孩给他送矿泉水。

那样阳光干净的男孩，有时候放学路上会见到，他穿着白衬衣，戴着耳机，蹬着自行车从她面前呼啸而过。她只有这个时候才敢抬头看他，从那群同样骑车的少年中寻到他的身影，眼中闪过一丝羡慕和欢喜。

后来有一次，体育课上她不小心崴了脚，又不敢说，怕同学们说她装，放学时等大家都回去了，才一瘸一拐地站起来回家。

那天池骋因打篮球回家晚了，半路从她面前穿过，如一阵风。她习惯性地抬起头看他，忽然看到他车子拐了个弯，又回来了。吴秀娜吓得立刻低下头，却不料那自行车停到了她面前。少年眼眸清亮，黑白分明，嗓音也莫名地好听。他说："来，上车，我送你回家。"

吴秀娜脑子蒙了。那天的事她还记得清清楚楚，她坐在后座上，少年后背挺直,白衬衣干净耀眼。她有点紧张,一颗心跳得飞快,鬼使神差地伸出手摸了摸他的白衬衫。少年戴着耳机,毫无察觉,她心里如春风拂过,灿然生花。

池骋把她送到了家门口,说了句:"吴秀娜,你干吗总低着头呢,抬起头来。"

她脚步顿住,感觉浑身的血液都凝固了,又沸腾了,灼烧着她滚烫的脸。紧张地回头去望,那少年却已经蹬着自行车扬长而去,潇洒自如。

那天晚上,妈妈回到家,看到她肿得发亮的脚踝,皱着眉头开车带她去了医院。路上果然又叨叨:"你就不能让妈妈省点心吗?妈妈不求你学习成绩和妹妹一样好,但你最起码要和妹妹一样懂事。你知道吗?妈妈每天在公司忙里忙外,还要为你们操劳,真的很累……"

吴秀娜坐在后排,眼睛望着窗外灯火通明的街,失了神。

妈妈说得对,在大城市打拼不容易,想要站稳脚跟更不容易,她和爸爸整日早出晚归,交际应酬,将一家原材料公司开到两家,又在郊区建厂房,承接工程,每天忙得不可开交。

家里如今没有保姆,每天都是钟点工准时过来打扫卫生、做饭。妹妹虽然嫌弃她,不喜欢她,但她也不得不承认,吴若涵就是比她省心比她优秀。她很自律,也很努力,不用任何人督促,学钢琴、学英语,各种补习班、安排得满满当当。闲暇时就和同学一起逛逛街、看看电影,偶尔也会偷偷做个颜色浅浅的美甲。吴若涵积极向上,阳光自信,对身边的每个人都很好,唯独对她苛刻,从来不肯在外面承认她是姐姐,当然更不肯和她一起出门。

吴秀娜因脚伤在家歇了两天,第三天早上出门上学时,刚到小区门口,看到了池骋。

时间还很早,东方泛起鱼肚白,池骋穿着白衬衫,双手插兜,百无聊赖地靠在自行车后座上,他像是在等人。吴秀娜心里一紧,脚步迟疑,手心都出汗了。

池骋看到了她,冲她笑了笑,眉目干净,惊鸿入眼。少年风华正茂,灿如阳光,她一时恍惚,觉得像是做梦一样。后来发现真的是一场梦,池骋等的人不是她。

在她迟疑之时,身后有个女孩跑了过去,兴奋地喊了一声:"池骋!"

那女孩她认识，是她的同班同学，班长杨思菱。杨思菱扎着干净利索的马尾辫，皮肤白皙，笑起来有浅浅的梨涡。她和池骋站在一起，少年少女相视一笑，无比耀眼。

然后她坐上了自行车，池骋笑着说了句："坐稳了啊。"

她伸手环住了他的腰，巧笑倩兮地对不远处的吴秀娜挥了挥手："吴秀娜，我们先走啦。"

吴秀娜受宠若惊，呆在原地。

那天上课，她心不在焉，目光偷偷地打量着杨思菱。她长得真好看，皮肤好，睫毛长，像个洋娃娃。成绩也优异，班会上唱歌跳舞，落落大方，是老师最喜欢的那种学生。这样的女孩，才配和池骋站在一起吧。

晚上她失眠了，三更半夜地起了床，站在卫生间的镜子前打量自己。厚重的刘海，皮肤黝黑，脸上有雀斑，牙齿不整齐，头发干枯分叉……还没有气质，走路低头含胸，眼神忽闪，畏畏缩缩，像只小鸡仔。

杨思菱在名字上就已经赢了她一大截。思菱，思菱，多么好听。

可是，她真的也很想大大方方、堂堂正正地站在池骋面前。吴秀娜开始了长达几年的"自虐"。她用积攒的压岁钱戴牙套，买护肤品、面膜。每天早早起床，跑半个小时的步，然后回来学英语单词，背课文，努力纠正自己的口音，寒来暑往，一直坚持着。

她只要有空就去学瑜伽，从最基础的开始练，四肢僵硬，掰得眼泪汪汪。因为被妹妹嫌弃身上有味道，她早晚都洗澡，恨不得拿钢丝球搓一搓，把身上腌入味了。吃饭不吧唧嘴了，也不会习惯性抽鼻子了……妈妈看到她的变化，一开始有些惊讶，最后还拿了钱支持她变美。她剪短了头发，认认真真地开始用护发素，定期做护理。变美真的很难，坚持喝牛奶、吃维生素，防晒，泡澡……效果几乎没有。吴秀娜不得不承认，自己是天生的皮肤黑，改变不了。周末放假，她去上瑜伽课，去街上，去商场，去人多的地方，与陌生人交流，强迫自己直视对方的眼睛。最重要的当然还是学习成绩。

她又不笨，从前在老家成绩一直名列前茅，调整心态适应新学校，又上了补习班，费了一番工夫，总算不是倒数了。如此过了一年，步入高三，学习氛围愈发紧张，也没太多别的心思了。

有一天老师在课堂上夸赞她作文写得好,并且当众朗读了一番:"生命是小桥流水中奋力前行的鱼,是秋风呼啸的田野下深埋的番薯,是枯萎树杈上萧索的鸟窝,是无人问津的荒漠开出一朵小花儿……"

期中考试,她的成绩一跃而起,虽不是班级前几名,但也在二十名之内了。更重要的是她作文满分,语文成绩全班第一。班主任是语文老师,毫不保留地夸赞她。老师夸她时,全班同学的目光都落在她身上,而大家诧异地发现,那个总是披散着头发,用厚厚的刘海遮住眼睛,性格畏缩的女孩,竟然抬起了头,冲大家腼腆一笑。

与池骋坐在一起的林寒愣了几秒,用胳膊碰了碰他:"我是不是瞎了,我怎么觉得黑妹有点好看?我得去医院看看眼睛。"

池骋抬头,倒没觉得吴秀娜有什么太大变化。皮肤还是黑,但细腻不少,头发剪短了,扎了个干净利索的低马尾,刘海用一枚樱桃发夹卡起来了,露出饱满圆润的额头。

有点可爱是真的,况且她的五官很秀气,并不难看。变化还在于她没了那种自卑感,成绩好了,同学们也逐渐愿意跟她一起玩。大家还是会叫她"黑妹。"但她会腼腆地露出整齐洁白的牙齿,答应一声:"哎。"

变化是悄无声息的,连她自己都没察觉。照镜子时,还是会苦恼自己皮肤黑,然后给自己贴一张面膜。走路会提醒自己挺直腰板,无时无刻,注意仪容。自信许多是真的,当你愿意与自己和解,仿佛全世界都会爱你。

一年,两年……磨合期过后,一切都在改变,吴秀娜朝着妈妈期待的那个样子,越走越远。付娟对她也没那么苛刻了,高三学习紧张时,从公司回来给她煮绿豆汤,放在她桌上。一切都在变好,连妹妹的态度也缓和许多,告诉她洗完衣服要用柔顺剂,这样穿的时候味道香,还不起静电。

吴秀娜觉得苦尽甘来。只是爸爸妈妈的感情一直不太好,他们总是吵架,每次吵完都是爸爸摔门而去。有一次晚上九点多,妈妈给她电话,让她把放在家里桌子上的文件袋送到锦江饭店。

那天爸爸妈妈刚吵完架,吴秀娜随便套了件外套,骑着电动车就出门了。

锦江饭店很有名,装修富丽堂皇,菜品高档,是有钱人交际应酬经常选择的场所。她匆匆停好车,按着妈妈说的去了二楼牡丹堂。房门推开,灯光刺眼,金碧辉煌,恍如仙境。这是一场觥筹交错的酒会,小提琴曲调悠扬，人不多，三五成群。

吴秀娜目光四下寻找，终于在大堂一隅的越南黄花梨案桌上看到了妈妈付娟。妈妈年轻时就很漂亮，如今穿着一身得体的礼服式旗袍，头发烫成大卷，妆容精致，一丝不苟。但到底是不再年轻，眼底有了淡淡的倦色和细纹。准确来说，那是一张谈判桌。付娟看到她，眼前一亮，赶忙将那文件夹拿了过来："韩先生，这是我们厂房当初的租赁合同，还有今年的产量标准，请您看一下。"

吴秀娜顺着目光看了一眼坐在妈妈对面的男人，心里一惊。那是一个很年轻的男人，西装革履，夹着雪茄，跷着二郎腿，懒懒地靠在背后椅垫上。衣领下的衬衫微敞，神态随意又桀骜，金丝框架的眼镜下，一双眼睛犀利、幽深，且阴郁。

大堂灯光璀璨，映在他脸上无比清晰，五官立体，皮肤冷白，无一瑕疵。这样年轻的男人，看着也就二十出头，周遭却充满了生人勿近的冷寂气息，莫名地给人一种压迫感，令人不敢直视。

吴秀娜觉得自己想错了，这哪里是谈判桌，对方神态高傲，身后保镖伫立，黑压压的一片肃穆。平日里雷厉风行的妈妈在男人面前低下头去，卑微恳求："韩先生，求您高抬贵手，给我们'精准'一条生路。""精准"是爸爸妈妈一手创办的公司，在本市也是数得上的工业原材料大厂。

吴秀娜呆愣愣地看着妈妈低三下四地祈求，对面年轻的韩先生将文件随手一放，轻笑一声："他们也是按规矩办事，付女士不该来求我。"

"精准的年产量仅差一点点达标，请韩先生给我们一次机会，厂房堆积的那些货，是我和我先生倾尽所有……"

"高成，你现在是越来越放肆了，什么样的人都敢带到我面前来。"

妈妈话未说完，那位韩先生已经很不耐烦，冷冷一句话使他身后那位西装男人脸都吓白了，慌忙道歉："对不起先生，我以为今晚来酒会的都是您的客人，没想到有人借机混了进来。"说罢，示意一旁的保镖上前将人拖下去。

吴秀娜心里一慌，赶忙上前抱住妈妈，制止那些人的行为。

"我们自己走，请不要动手。"

一个高三的学生哪里见过这种场面，腿在抖，声音也在抖，却强撑着扶起妈妈，想给她依靠。

吴秀娜从未见过妈妈这个样子，她捂着脸，最后一点体面的妆容也花了。她被女儿扶着，丧失了所有力气，绝望地哭。"娜娜，妈妈尽力了，咱们精准完了。"

吴秀娜扶着她，用尽全身力气抓住她的肩膀，想让她清醒："妈，回家再说，不要让人看笑话。"

年轻女孩的自尊尤其可笑，那位韩先生抬头看了她一眼，嘴角扬起玩味的笑。

付娟失声痛哭："我已经是个笑话了，还怕什么笑话，你知道吗？你爸爸就是块臭狗屎，他在存心恶心我，公司账目一直存在漏洞，我到现在才发现账目有问题，我辛辛苦苦为这个家，换来了什么！"

吴秀娜咬着牙，抱着瘫倒在地的妈妈，无论如何都扶不起她。酒会上的人都来围观，指指点点，她急了眼，捧着妈妈的脸，让她看着自己。

"妈，你还有我，回去咱们就跟爸爸离婚，划清界限，我马上毕业了，我可以去找工作赚钱了，你相信我，一切都会好起来的。"

崩溃的付娟听不进去，保镖等得不耐烦，上前开始动手。吴秀娜被他们拉开，看着他们动粗去拉妈妈，奋力挣扎。在她心里美丽优雅的妈妈，被人当抹布一样拖在地上，拉扯之中，露出旗袍下白花花的大腿，被围观者嘲笑轻视。不能忍，无法忍，她狠狠地咬了拦着自己的那名保镖胳膊，疯了一般的上前，冲向那位韩先生。顷刻之间有人上前阻拦，被韩先生制止了。吴秀娜跪在他面前，手拉着他的裤脚，近乎绝望地求他。

"你可以不帮我们，但请你不要这样对我妈妈，求求你，韩……韩先生。"

那男人居高临下地看她，眼眸掩在金丝眼镜下，幽如深渊，阴寒刺骨。吴秀娜在这样的目光下，浑身一激灵，一点点地松开了手。但意外的是，他突然笑了，眼眸有一闪而过的精光："好。"

04

妈妈得救了。不，准确地说是精准得救了。

吴秀娜后来得知，她们家当初建立厂房，是以工业用地的名目租赁了韩氏集团旗下公司的土地。价格很合理，但有产量要求，如果达不到标准，韩氏有权收回土地使用权。关于工业用地的条例，法律是有规定的，韩氏无论怎么做都是合情合理。按理来说，以精准的实力，完成年产量是很容易的事，再不济先把货生产出来堆放着也行。谁料她那废物爸爸管理不善，本来追加生产就可以解决的事，可公司账目亏空，拿不出钱了。原料价格上涨，供应商不肯赊货，于是造成了今天的局面。韩先生同意给她们机会，厂房保住了。

吴秀娜觉得心里怪怪的，那韩先生实在不像那么好说话的人，不知为何就开了金口，一个"好"字，尘埃落定，却令人不安。她扶着妈妈走出锦江酒店的时候，仍觉得一切都像在做梦一样。她从前觉得家里住别墅，请保姆，已经算得上有钱了。后来听吴若涵说池骋家才是真有钱，她们家附近那一片别墅区都是他家盖的。一线大城市，卧虎藏龙，一山更比一山高。

妈妈说，韩氏集团是真正的大财阀企业。那位韩先生叫韩治，如今掌控整个韩氏。精准在他们面前，渺小如一粒尘埃。

那段经历如同做梦一样，很多时候都让吴秀娜觉得不真实。回去之后，妈妈拿了离婚协议给爸爸。爸爸慌了，不住地忏悔，祈求原谅。原来公司账目出问题，是因为爸爸跟公司的财务搞到一起去了。精准的财务黄阿姨是妈妈最好的朋友，她们从大学就是闺蜜，无比信任对方。

可结果是双双背叛。

无论什么借口和缘由，出轨就是出轨，无比恶心。后来他们离婚了，爸爸搬了出去，半年之后真的和那位黄阿姨走到了一起，结了婚，这些都是后话了。

经过锦江酒店的事，妈妈对吴秀娜尤其好，也算患难见真情。爸爸净身出户，精准差点被他们搞垮了，自然也没脸要求别的了。为了维持公司运作，妈妈把家里的别墅和别处房产都给抵押了。好在最后苦尽甘来，一切恢复正常，付娟还是有些本事的。

吴秀娜也没时间想别的，高考在即，她紧张忐忑。池骋报考的是本地一所知名大学，以她的成绩，想要跟上他的脚步有点困难。但她愿拼尽全力，搏一个前程似锦。

考试结束后，整个人都瘦了一圈儿。临放假的时候，同学们约了一起在饭店聚会，KTV 唱歌。

那天很热闹，也很伤感，与高中生涯匆匆而过的，还有她们呼啸而去的青春时光。不管关系如何，从此以后，大家各奔前程，如飞鸟散。

聚会结束的时候，吴秀娜唱了一首歌——

"刮风这天我试过握着你手，但偏偏雨渐渐大到我看你不见，还要多久我才能在你身边，等到放晴的那天也许我会比较好一点……"

她唱得一般，也没太多人注意，自顾自地怀揣着那点小心思，余光一瞥，看到包间一隅，杨思菱趴在池骋肩上在哭。

据说她考试那天状态不佳，考砸了。池骋在安慰她，摸了摸她的头发，低声说话，温言细语。灯光映在他们身上，像电影中的怀旧色彩，少年少女，天作之合。

那天，吴秀娜取了牙套，化了淡妆，扎了马尾，穿了条米白色的连衣裙。她唱歌的时候，只有林寒很捧场地吹口哨，鼓掌。那个曾经在她上厕所的路上突然跳出来吓她的少年，在她看向池骋的时候，拍了拍她的肩。

"黑妹，你考虑下我吧，池骋就别想了，那家伙不太好搞。"

是啊，她如今普普通通，还是不够优秀。想要与山同齐，她必须也是一座山。

高考成绩出来的时候，震惊了全家。吴秀娜考上了那所知名大学。

暑假，妈妈给她买了最新款的智能手机、电脑。带她去商场购物，买适合女孩子的护肤品、衣服、鞋子。吴秀娜在瑜伽房挥汗如雨，饮食规律，研究各种美容穿搭杂志，每晚十点准时睡觉，又准时早起跑步。快开学时，站在镜子前，看到面前的女孩子清爽干净，乖巧的披肩长发，小麦色的皮肤，丹凤眼，长开了的五官精致立体，笑容自信灿烂，也算是好看的吧。

那时妹妹正上高中，埋头苦读时总是被妈妈教导。

"你要争气，要跟姐姐一样考名牌大学，不要只顾眼前的享乐……"

大学生涯，对她来说是崭新的。她自信、阳光、明眸善睐，也有男孩子多看一眼了，还交了最好的朋友——韩冰冰。

池骋那样出色的男生，仍是学校的风云人物，身边围了很多的女孩。甚至有大三的学姐悄悄打听他。连韩冰冰这样的白富美也忍不住跑来问："娜娜，你和管理系的池骋是高中同学吧，他有女朋友吗？"

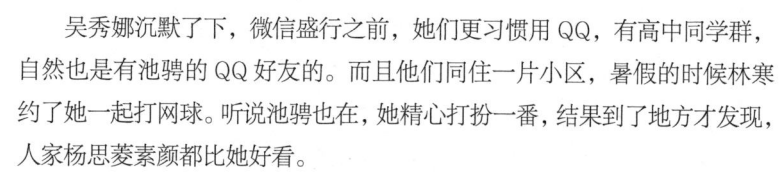

吴秀娜沉默了下,微信盛行之前,她们更习惯用QQ,有高中同学群,自然也是有池骋的QQ好友的。而且他们同住一片小区,暑假的时候林寒约了她一起打网球。听说池骋也在,她精心打扮一番,结果到了地方才发现,人家杨思菱素颜都比她好看。

杨思菱已经从高考失利中缓过神来,握着手中的网球拍,神采飞扬。

"池骋,娜娜,你们等着明年给我接风吧,我一定会去找你们。"

她选择了复读,并且很有自信,但当时她们都不会知道,人生的路口是多向的,选择了不同的方向,日后重逢的机会微乎其微。杨思菱后来既没去她们那所学校,也没有复读,她出国留学了,最后定居国外结婚,一切顺遂。

打网球那天,吴秀娜问林寒:"杨思菱是不是在和池骋谈恋爱?"

林寒说:"没有的事,她们两家关系好罢了,思菱有那么点心思,池骋把她当妹妹。"

吴秀娜顿觉心里无比轻快,林寒又幽幽地说:"别以为我不知道你对池骋那点小心思,我告诉你啊黑妹,别喜欢他,那家伙是冷血动物,没有心的。"

后来到了大学,林寒偶尔还会在QQ上找她聊天,其间问了一次要不要当他女朋友,吴秀娜拒绝了。

林寒又说了一句:"黑妹,我哪里比不上池骋,家世?人品?相貌?"

吴秀娜顿时无语了,大哥,你是有多自信啊,人品和相貌哪一样可以跟池骋比?

她很坦诚地说:"还记得高一那年你在学校走廊吓我那件事吗?我心里有阴影了,对你爱无能。"

虽然迟了三年,但林寒还是道了歉:"……对不起。"

以开玩笑的形式,欺凌弱小,嘲讽他人,罪魁祸首永远不会知道这会对当事人造成怎样的心理阴影。

不过好在,那些都过去了,她走出来了,如果走不出来,可能就不是一场故事,而是一场事故了。压死骆驼的从来不是最后一根稻草,每一根稻草都有不可推卸的责任。

如今的吴秀娜是名校学生,前途光明。韩冰冰问池骋有没有女朋友的时候，吴秀娜沉默了下，接着很坚定地告诉她："目前没有，不过很快就会有了。"

她喜欢池骋，大学里优秀的女孩子太多，她不能再等了。大学时的池骋也很爱打篮球，吴秀娜很快发现，和高中时一样，没多久就有女孩子专门来蹲守。于是在一个阳光灿烂的午后，她穿着连衣裙，扎着马尾，露出光洁的额头，脚步轻快地来到篮球场。

"池骋！"

她响亮地喊了一声，篮球场一时安静，所有人都看着她。

"打完球去找我啊，我在自习室等你，一起去吃饭。"

她莞尔一笑，牙齿整齐洁白，然后大家看到池骋一个投篮，回头看她，被汗浸湿的脸神采飞扬："好嘞，等我回去冲个澡。"

一时震惊了所有人，很快就传遍了学校，管理系那个系草池骋，女朋友叫吴秀娜，就是文学系二班那个皮肤有点黑，但长得很清纯的女孩。

韩冰冰跑来问她的时候，无比惊讶，还有些兴奋："娜娜，你真的和池骋在一起了啊？"

吴秀娜没承认，也没否认，笑了下："传得可真快。"

韩冰冰当她默认了，流言蜚语铁证如山，她禁不住拍了她的肩膀："嘿，你可真行！"

喜欢一个人，总是要耍些手段的，不是吗？

约池骋吃饭是提前说好的，二人的关系说不上热络，但好歹是高中同学。吴秀娜以妹妹备战高考为由，管池骋要了他高中时期所有的学习资料和笔记，偶尔也会帮妹妹请教他几个问题。一来二去，时常在QQ上聊几句，吴秀娜说："老这么麻烦你很不好意思，明天我请你吃饭吧。"

池骋笑着说："这点小事至于吗？"

她又说："我妹妹可是你的忠实迷妹，你不会连她的面子也不给吧。"

于是对方爽快地答应下来，吴秀娜特意跑到篮球场上"提醒"他。绯闻是她有意制造的，池骋的性格她也算摸透了，林寒说他是冷血动物，因为他是个感情意识淡薄的人。

有的人天生对感情迟钝和木讷，这份迟钝和木讷不光是爱情，亲情也是如此。据林寒透露，池骋从不会主动跟任何人联系，亲人也好，朋友也罢，但凡你来找他,他都会跟你玩得很好,能帮忙的也一定帮。

可是如果你不找他,他绝不会主动找你,甚至一年两年过后,他都不会想起找你。但如果你这个时候出现给他说:"嗨兄弟,好久不见,我想借点钱。"他会二话不说给你转账,且不会问你这么长时间去哪儿了。你出现,我们就是朋友;你不出现,对我也没影响。

他爸爸因集团业务去外地常驻半年,当儿子的一个电话也没主动打过。但爸爸回来的时候,狂风暴雨,他亲自开车去机场接人。姥姥生病住院,妈妈在医院照顾,他没有去看过一次,直到妈妈抱怨说你怎么不来医院,他才想起来去医院看人。妹妹池婷参加夏令营,整个暑假都不在家,快回来的时候妈妈说让他去学校接一下。他这才想起妹妹竟然两个月没在家。

智商在线,情商也在线,唯独感情不在线。

杨思菱喜欢他人尽皆知,只有他说:"是吗?没听思菱说过。"

说了又能怎么样呢,高中时也有女生表白过的,换来他一句:"哦,谢谢。"

思菱围着他转的时候,他会载她上学,送她生日礼物,给她肩膀依靠。可思菱不在的时候,他也一切如常,想不起她来。

所以林寒会说:"那家伙看着是热的,摸着是冷的,超级大直男,月老牵个钢筋给他都没用。"

事实证明,他是对的。但吴秀娜不信,所有喜欢池骋的女孩都不信。她们都认为自己是特殊的一个。

第八章

缘起缘灭

01

吴秀娜成功地迈出了第一步——成为池骋的绯闻女友。接着是第二步，主动去池骋面前晃荡——课堂，图书馆，篮球场……每一次看似不经意的邂逅，都是计划之中。

她不仅制定了变美的计划，也制定了俘虏池骋的计划。总之效果是好的，围绕在池骋身边的女孩子，大都知难而退，因为吴秀娜那时已经越来越优秀。

大二的时候有星探在街上发现了她，眼睛发亮，非要她去参加一个广告试镜，结果一下被选中，拍了个公益广告，那小麦色的皮肤、丹凤眼、标志性的笑容，点亮了更多人的眼睛。

池骋当然也看了那个广告。吴秀娜问他感觉拍得怎么样，他认真道："非常棒，看完后眼前一亮，嚯，原来吴秀娜这么好看。"

她心里顿时像蜜一样甜，激动得耳朵都红了。出了点小名，有导演来找她拍戏，一来是家里并不缺钱，二来妈妈说要以学业为重，全都推掉了。

她努力了四年，终于与池骋站在了同一高度，大山紧挨着大山。二人只差捅破一层窗纸了，不急，她有信心。

大二下学期，韩冰冰过生日，约了她和其余几个女同学去家里吃饭。白富美过生日就是不一样，之前已经在饭店摆了几桌，同学和老师都到场了。

但韩冰冰说这次不一样,是家里人给她摆的生日宴。

那天晚上,吴秀娜穿了件小香风的露肩连衣裙,和其他同学一起带着礼物上门了。结果到了韩冰冰家才发现,半山别墅,灯火辉煌,从大门到她家宅子,开车也要十几分钟。

几个有钱的女同学震惊了,知道韩冰冰是标准的白富美,但没想到是这样高阶的白富美。司机将她们带到别墅,门口的用人站了两排,还有专门迎宾的管家。

客厅大堂如宫殿一样漂亮,水晶灯璀璨耀眼,尽显奢靡,那是一场她从未见过的,盛大且豪华的生日宴。见了韩冰冰,几个女生都异常兴奋,直呼开了眼了。结果这货从鼻子里冷哼一声:"有啥好高兴的,名义上是我的生日宴,实际是韩家的交际会。"

吴秀娜这才得知,在场的客人没一个身份简单的,政客权要、豪门大族,随便拎出来一个都是本地响当当的人物。还有几个熟面孔的当红明星,激动得她们立刻前去合影要签名。韩冰冰抬了下巴:"去呗,韩家的宴会,她们不敢不给。"

几个女同学于是大着胆子去了,吴秀娜站着没动,脑中浮现了什么,问:"冰冰,韩氏集团是你家的吧,韩治是你什么人?"

此言一出,韩冰冰竟然变了脸色,赶忙地把她拉到一旁,低声道:"小声点,他是我小叔,我可怕他了。"

果不其然,吴秀娜心里一紧,莫名地想起锦江酒店里那道生人勿近的身影,以及掩在金丝眼镜下的那双阴寒眸子。她的脸色顿时有些难看,韩冰冰却仍未察觉,继续道:"也不只是我怕他,是我们全家都怕他,我爸一把年纪的人了,见了他都不敢乱说话的。"

韩治究竟是什么人呢?

韩冰冰说,这个小叔很年轻,只比她大了八岁,其实是她爷爷的私生子。她爷爷很偏爱他,他也确实很有本事,从国外留学回来不久就接手了韩氏。

韩家是个很大的家族,关系错综复杂,一开始大家都不服,明里暗里使了不少绊子。可这个小叔实在太厉害太聪明,手段也比较狠,翻脸起来六亲不认,更重要的是爷爷护着他。

而且韩氏确实在他的整治下蒸蒸日上,几个给他甩脸色的长辈都没有好下场，所有人都被管得服服帖帖。连她五十多的父亲都怕他，准确来说是又敬又怕。

韩冰冰说："我每次见到他，都不敢直视他的眼睛，娜娜我偷偷告诉你，我小叔他连人都敢杀。"

吴秀娜心里更紧张了，三年前，韩治大发慈悲地给了她们家一条生路。她有时会想，他那样的人，为何要大发慈悲，是不是有什么目的？可是能有什么目的呢？精准在他眼中一文不值，她那时也是又黑又土的妞，也不可能引起他的兴趣。

为什么呢？没有为什么吧，单纯是他的大发慈悲，如果真的有目的，怎么会三年了没动静。吴秀娜放下心来，如今的她，哪怕站在韩治面前，他都不会认识的，担心什么呢。

可是怕什么来什么，生日会举行到一半的时候，韩治真的来了。熨烫得体的衬衫，冷白皮肤，五官立体精致，乌黑眼眸掩在眼镜下，折射出寒光。身材挺拔，个子很高，一如吴秀娜初时所见，气质清冷桀骜，眼神犀利，令人不敢靠近。

身后那些西装革履的保镖守在了门口，他脚步稳健地走来，大厅内所有人都安静了，目光注视着他，所经之处都是恭敬的招呼声。

"韩先生。"

"韩先生您来了。"

韩治惜字如金，点了点头，神态没有丝毫变化，目光随意地瞥了眼大厅。吴秀娜也不知自己为何会害怕，在人群中悄悄地后退几步，躲在了大堂白玉柱后面，接着又悄悄地去了阳台。

呼，安静了，终于放下心来。

半山别墅的阳台很大，足有几十米长，而且视野很好，看得到远处灯火阑珊的城市夜景。吴秀娜手里端着果汁，沿着阳台向东走，看着夜景，吹着晚风。心情平静下来后，又觉得自己十分好笑。害怕？怕什么，且不说韩治都不记得有她这号人了，就算记得，能把她吃了不成？诚惶诚恐做什么？连妈妈后来都说，韩治那个人碾死精准如碾死一只蚂蚁，对我们来说是放了精准生路，救了咱们家，对他来说只不过是挪了下脚，转身也就忘了，他能有什么目的，我们有什么可让他图的？

人家虽然单身,但那么多年轻漂亮的女明星千金小姐想往他身上扑,难不成眼瞎了看上吴秀娜这种土妞?哦,当时妈妈还开玩笑说了一句,如果他真的有想法,她会立刻把吴秀娜打包送过去。谢天谢地,能有这种女婿真是祖坟冒青烟了。吴秀娜想着,不由得笑出了声,妈妈真傻,且不说韩治眼没瞎,就算眼瞎了,他那种人,谁敢喜欢?

有句话叫乐极生悲,用在吴秀娜身上再合适不过。她很快就笑不出来了,因为一抬头就看到了前面站着的韩治。他侧对着她,目光望着远处夜景,身形挺拔,这个角度看去,他面部轮廓棱角分明,鼻梁弧度高挺,下颌线条流畅,样貌极佳。但吴秀娜的脸白了,反应迅速地用果汁杯挡住脸,掉头就走。

她紧张地往前走,试图原路返回大厅。可惜的是,阳台与大厅之间,站了几名身材高大的魁梧保镖,阳台被封锁了。吴秀娜正想着要不要跟保镖说一声,放自己出去,倏地听到身后传来脚步声。转身一看,脸更白了,结结巴巴地说了句:"韩、韩先生,我不是故意来这儿的,我想出去来着,不,我这就出去。"说罢,立刻就要走,不承想韩治突然开口:"过来。"

清冷的声音使得她头皮发麻,感觉手里的果汁都抖了下。她深吸一口气,强迫自己镇定下来,然后很听话地走了过去。

吴秀娜个子挺高,穿上高跟鞋足有一米七五,可是站到他面前,还是矮了大半头。她当然也没敢抬头看他,因为只看到他的衬衫领子,颀长的身躯,压迫感便油然而生。她结巴道:"韩、韩先生。"

接着,一只骨节分明的手钳制住她的下巴,强硬地抬起她的头。金丝眼镜下,韩治的眼眸深沉。"躲什么,害怕?"

吴秀娜心里一咯噔,下意识地点了点头:"嗯。"突然又意识到了什么,赶忙摇头想解释。

可是解释显得刻意又苍白,还有点虚伪,她只得又慌乱道:"有一点。"

韩治扬眉,眼中起了点玩味的兴趣,嘴角勾起,放开了手,然后从口袋里掏出一方帕子,擦了擦手,漫不经心道:"吴秀娜,你就这点胆子?"

吴秀娜大惊失色,全身的血液仿佛都凝固了。他记得她——不仅记得,还知道她的名字。三年了,突然冒出这么一句,可怕,太可怕了。她脑子很蒙,呆呆地看着他仔细地用帕子擦手,嘴角带着嘲讽的笑,然后当着她的面将那方干净的帕子扔进了旁边的垃圾桶。

害怕过后,那种自尊心被践踏的感觉令她有些愤怒,抿着嘴唇,白着脸说:"韩先生,您不必如此,我不脏。"

韩治一愣,接着勾起嘴角,笑得有些邪气:"那就好。"

什么叫那就好?吴秀娜绷紧的那根弦,终于是断了。

那天晚上,她没能离开韩家。也没人找她,后来她才知道,韩冰冰主动给她妈妈打了电话,说她们几个同学玩得开心,多喝了一杯,今晚都在她家住下了。

半山别墅,夜色清冷。

三楼房间,灯都没开,韩治欺身靠近她。月光流泻到窗台,她坐在床沿上,他的手撑在床沿上,禁锢着她。摘去眼镜,他的眼睛竟然更加深邃乌黑,如一潭古井,泛着幽幽的危光。他身上气息冷冽,直直地盯着她,像是捕捉猎物的狼。吴秀娜哆嗦着身子,牙关打战,哭了:"韩先生,放我离开,不要这样,求你了……"

韩治笑了,那笑容显得残忍,凑到她耳边,嗓音沙哑:"我是生意人,不做亏本的买卖。"脑子嗡地炸了,吴秀娜瞪着大大的眼睛,怎么也不敢置信,他从一开始就盯上了她?那么中间三年呢?嫌他的猎物不够好?太柴太瘦,养一养,肥硕了再吃?这念头令她面如死灰。果不其然,那男人俯在她耳边,轻笑:"你们家得了我的好处,到了该付出的时候了。"

吴秀娜浑身发冷,韩治如一头危险的野兽,眼泛寒光,凑近她的脖子,一点一点地细嗅,如猛虎一般。吴秀娜全身笼罩在阴影之下,觉得自己要被他生吞活剥了。

"韩先生,别这样,我会报警。"

"哈哈哈。"

男人觉得有趣,笑出了声,冰冷的眸子闪烁着微光,艳绝而残忍:"好啊,要不要我帮你?"

反抗挣扎,无异于以卵击石,阴影笼罩着她,如恶魔一般,令人惧怕。韩治看着她哭,笑道:"利益面前不该心存侥幸,天底下没有免费的午餐,等价交换才叫公平,你们怎么就不明白?"

那晚发生的一切她不愿回想，如坠深渊，恍如噩梦。

02

吴秀娜不记得自己是怎样失魂落魄地回到家，家里没人，妹妹在学校，妈妈去公司了。她好几天没去学校，在家就穿着睡袍，脖子上围着纱巾，再扣上睡袍帽子，只露出一张神情憔悴的脸，失了神一样在房间不停游走，哭泣。

她哑着嗓子对妈妈说："我感冒了，在家休息几天，妹妹学习紧张，我就不出屋子了，别传染给她。"

妈妈深信不疑，叮嘱她按时吃药，就早出晚归地去忙了。韩冰冰给她发了信息，说自己也很茫然，反问她和韩治是怎么回事？她还说："娜娜你放心，不会有人乱说话的，他们都怕我小叔。"

吴秀娜呆愣愣地没回复，手指却点开了池骋的头像。头像是卡通动漫人物，咧着嘴笑，一派阳光。犹豫了很久，她发了两个字过去："在吗？"

中午发的，到了晚上才见头像闪动，她眼神空洞地躺在床上，听到手机响，赶忙拿起来看。

池骋只回了一个字，却令她眼眶一热："在。"

眼泪落在手机屏幕上，她飞快地打字："在家吗，能出来吗？有件事想跟你说。"

"好。"

吴秀娜仓皇失措地换衣服，跑到卫生间洗了把脸，用的是冷水，使人清醒。但她脸色不太好看，眼圈有青青的倦怠之色，这样的面色怎么能见池骋呢？

她飞快地扑到梳妆台，涂抹护肤品，化妆，打腮红。她手忙脚乱的，腮红打得重了，又用化妆巾擦掉，重新打。最后无论怎么都不满意，担心池骋等急了，跑到卫生间又把脸洗了。最后戴了口罩出门。

小区公园，池骋果然等在那儿了。他像是刚洗完澡，头发有点湿，黑T恤、短裤，身姿挺直，双手插兜，神情轻松。看到她，露齿一笑，干净明朗："怎么了？搞这么神秘。"

隐忍的委屈、愤怒、羞愧一触即发，她扑到他怀里，号啕大哭："……

池骋！"

池骋哭笑不得，手扶住了她的肩："别哭啊，怎么了？"

"池骋，你要不要和我在一起？我喜欢你，很早之前就喜欢你了，第一眼就喜欢，你不会知道，因为我不敢说，我长得不好看，成绩也不好，我怕说出来会吓到你。"

"你看看如今的我，为了变成今天这个样子，我努力了四年，这四年来我不敢吃海产品，没有吃过一块巧克力，我怕会变黑，怕你不喜欢。我每天都在努力，努力变得好看一点，努力学习，我一直在进步，如今也算不得多好，但我还会继续努力，我会变得越来越好。"

"我们在一起好吗？你能不能看我一眼，求求你……"

她诚惶诚恐地说着，也不知自己究竟说了什么，脑子很乱，眼泪濡湿了口罩。

池骋愣了半晌，回过神，用手为她擦去眼泪，笑容灿烂："吴秀娜，你是不是傻，哪有这样表白的？你可真行。"

"对不起，可是我真的很喜欢你，我们能在一起吗？让我做你女朋友好不好？池骋，求求你。"

她的状态实在太糟，像个乱糟糟的疯子，急需救赎。

兴许是被她说的那些话感动了，也可能是别的，池骋沉默了下，眼神怜悯。

她望着他的目光含着绝望，毫无期冀，神情彷徨，情绪复杂如洪流，仿佛随时会将她淹没。

"真的不行吗？我很糟糕对不对？我知道我很糟糕，很差劲，对不起……"

话未说完，他揉了揉她的头发，温声道："好。"

吴秀娜抬头，一脸的泪痕，眼睛通红，肿得像个桃子。

"……你答应了？"

"嗯，答应了。"

尘埃落定，她那颗飘忽不定的心安静下来，笑着笑着又哭了："谢谢你，池骋，谢谢你，你放心，我一定会好好爱你的，也会变得足够优秀与你并肩。"

池骋是个合格的男朋友。

他们每天一起去学校，中午一起吃饭，晚上一起回家，除了上课时间，几乎形影不离。最主要的当然还是吴秀娜比较黏他。他在篮球场上打球，她就托着腮坐在一旁看，阳光洒在身上，暖洋洋的。跟池骋一起打球的同学忍不住哀叹："娜娜是不是怕你被人抢走，瞧瞧你们俩，这狗粮撒得还让不让人活？"

池骋望向不远处坐着的吴秀娜，她眼中的笑意那么明显，目光柔和，藏不住的爱意。他心头一动，擦了下汗，向她走去："走，吃饭去。"

二人回家的时候，有一次还碰到了池骋的爸爸，他是个和善的人，车窗打开，对吴秀娜道："有时间来叔叔家吃饭，尝尝阿姨冲咖啡的手艺。"

后来她真的去了池骋家，他妹妹池婷乖巧地叫她娜娜姐，池骋妈妈也很和善，一切都像做梦，双方家长认可的女朋友身份，让她睡着了都会笑醒。除了韩冰冰欲言又止地提醒了她一次："娜娜，你要不还是和池骋分手吧，我小叔那个人……"

她不想听，从此拉黑了韩冰冰的所有联系方式。然而掩耳盗铃，终是徒劳。在她以为噩梦已经过去的时候，某个傍晚，她在校门口等池骋下课，又见到了那位韩先生。

停在路边的那辆黑色宾利车窗半敞，韩治坐在后排，修长手指夹着香烟，随意地搭在窗上。他没有看她，仰面闭目养神，任由手中香烟一点点燃噬。很多人顿足看他，表情惊叹，吴秀娜脸上一白，下意识地朝相反方向走。然而一位身材高大的黑西装男人拦住了她，是韩治身边那位叫高成的助理。

"吴小姐，请上车。"

"我不去。"

"吴小姐，您拒绝的话，韩先生会不高兴的。"

高成好心提醒，吴秀娜抿唇望了一眼身后那辆宾利车，好巧不巧，正对上韩治的眼睛，金丝眼镜下，眸光精利。

她开始头皮发麻，声音飘忽不定："求你们了，放过我……"

"娜娜。"

池骋从校门口走来，阳光俊朗的男生，目光落在她发白的脸上，上前搂住了她颤抖的身子。

"怎么跑这来了？走吧，去吃饭了。"

吴秀娜低着头，任由池骋带着她，转身离开。途经那辆黑色宾利，她小心翼翼地瞥了一眼，韩治没有看她，缓缓关上的车窗里，他眼梢微微泛着红，嘴角勾起若有若无的笑。

当天晚上，她接到了一个电话，瞬间产生一阵恐惧。

"下楼，别惹恼我。"

吴秀娜哆嗦着挂了电话，从卧室窗户往外看，小区楼下，路边停了辆宾利。韩治斜靠在车身，漫不经心地点了一支烟，夜幕下的路灯将他的身影拉长，挺拔高大。他抬头，目光对视上她，眼神寂静幽邃，路灯下的影子，浓重如一摊化不开的墨染。人在绝望中总是能生出几分勇气的，她咬牙，随手拿了件外套下了楼。

她要跟他谈谈，即便她在韩治面前渺小如蝼蚁。事实证明，她错了，站在韩治面前，只需他一个眼神，一个动作，她连反抗的余地都没有。

韩治掐了烟，随手捏过她的后颈，如同逮捕猎物的狼，强硬的目光直直对视着她，距离太近，他身上阴冷的气息夹杂着几分邪气。

"交男朋友了？真不让人省心。"

吴秀娜只感觉后颈像被火灼烧一样，被迫着去看他，金丝眼镜下韩治的眼神透着几分疯癫，褐色眸子微微敛紧。

不知为何，她觉得他语气肆虐，隐隐有种兴奋感，于是下意识地抓住他的胳膊："韩先生，你放过我。您是有身份的人，我这样的小人物，您不屑纠缠不放的，对吧？"放低姿态，几近哀求，如同当年在锦江酒店。

可惜韩治笑了："对，通常我对女人的兴趣不会持续太久，可这次不一样了，你好像很喜欢那小子了。这可太有意思了，生活枯燥，我也想给自己找点乐子。"

他声音低沉，兴奋又隐忍，吴秀娜心里一紧，"你想怎么样？"

韩治貌似认真地想了想，松开了她的后颈："处理好你和他之间的事，否则我不介意亲自动手，不管他是谁。"

03

吴秀娜是个有主意的人，遇到韩治之后，更是机关算尽。

和池骋分手？不可能。

第一眼就藏在心底的人，怎么会轻易舍弃。少年初见到如今站在他身边，她付出了那么多的努力，况且池骋那么好那么温柔。

那日学校门口遇到韩治，明眼人都能看到她的异常，而池骋安抚着告诉她："别怕，有我在。"

可是，她不能开口告诉池骋那些隐晦之事。她不肯说，池骋也很好脾气地不再追问，只笑了笑："算了，等你想说的时候再说吧。"

那时池骋是不是特别失望呢？她没有注意，也无心注意。后来她问池骋："出国留学的事，能不能尽快呢？"出国留学是她一直都有的计划，也是一直以来的梦想，为此她早就考了雅思，做足了准备。而韩治的出现无疑加快了事情的进程。

池骋家一直支持他们一起出国的，池骋爸爸说，年轻人该走出去看看，有了开阔的眼界，将来也好回来继承家业。同时他也是个有旧时观念的老古董，言语间又要求他们回来后早点结婚，早日生个大胖孙子给他。

吴秀娜和池骋的恋情是双方家长认可的。她从小文静，骨子里却也叛逆，这种被人操控好了的人生本该是让人厌倦的。出国，结婚，生子……对方如果是池骋，她心生欢喜。

吴秀娜走了一招险棋。

后来韩治又来到她家楼下，她包裹得严严实实的上了他的车。那男人拿下眼镜，在夜幕之下的车里，他的眼睛泛着深邃的幽光，一点点地凑近了她，如同一头野兽，恨不得将她啃食殆尽。

事后她常常在想，他怎么敢呢？像韩治这样有身份有地位的人，竟敢这样堂而皇之地在车里羞辱她。

深夜的小区楼下，她透过车窗遥遥地看到了夜空，阴沉得令人绝望。那男人看着她流泪，手掌摩挲她的脖子，哑着嗓子道："这么不开心，很厌恶我吗？厌恶到想让我死，对吗？"

"那就一直和我在一起，一直厌恶我吧，无所谓，我不在乎。"

他真像一个疯子，笑容残忍，轻轻吻在她眼睛上，眸光透着愉悦。吴秀娜觉得自己也快疯了，快崩溃了。好在不久之后，她和池骋双双站在出国的机场大厅。

除了付娟临时工厂有事没去送她，所有人都来给他们送行了。连她那好久不露面的爸爸也来了。

　　吴秀娜看着池骋，曾经年少清俊的男生如今就站在她面前，笑容明朗，和煦如风。一切都会变好的，池骋会带着她奔向光明。她握紧了推着行李箱的手。临登机前，她在关掉手机的前一秒接到了韩治的电话。那男人轻声低笑，声音如影随形，鬼魅一般："宝贝，你妈车祸正在医院抢救，不来看她最后一眼吗？"

　　如雷轰顶。

　　那年，最终是池骋独自去了国外。

　　她匆匆赶到医院，付娟确实出了车祸，不过并不严重，中度脑震荡。见到她还一脸吃惊："你怎么来了？"

　　她哆嗦着声音问："怎么回事啊妈，好端端的怎么会出车祸？"

　　付娟气得不行："我从厂里出来想着还有时间，说不定可以去机场送你，所以车开得快了些，结果在半路被一辆不长眼的卡车给撞了，真是奇了怪了，机场那段路是限制大车通行的，人已经被交警拘留了……"

　　手机里，静静地躺着韩治发给她的一条微信——下不为例。令人发抖的四个字。

　　去国外留学一开始是她的提议，她后来打电话告诉池骋她不去了。电话那头，她爱着的人沉默了下，然后说了一句："娜娜，你不打算给我一个解释吗？"

　　她捂着嘴，不敢发出哭声。理由可以有很多，随口编一个也可以，但她知道，那些不是池骋要听的。绝望的她找到了韩治，长久的压抑，使她目光里已没了惧怕，平静地问他："韩先生，你会娶我吗？"

　　韩治扬眉，不可思议地笑了："知道自己在说什么吗？"

　　"好，既然你没打算娶我，就是想玩玩，我陪你玩，那么你打算玩多久？"

　　男人竟然认真思考了下："对我好一点，乖乖听话，我想我对你的兴趣不会太久。"

　　吴秀娜笑了，上前半蹲在他面前，拉着他的手放在了自己脸上："韩先生，从现在开始，我是你的了。"

回头，干净利索地给池骋打了个电话："池骋，我们分手吧。"

电话那头，没有等来她的解释，最终回应："好。"

可是，双方都没有挂断，她等了很久很久，心痛得无法呼吸，蹲在地上，无声呜咽。

"娜娜，你真的不想跟我说点别的吗？"

"池骋，你愿意等我吗？给我一年时间好不好？"

"好。"

她搬去了韩治的私人公寓，对付娟说打算考研，出去住一段时间。

付娟对她没去留学颇有微词，但年轻人的想法不好左右，也就不了了之了。

韩治没有限制她的自由，她像往常一样上课，逛街，与韩冰冰见面。但大家心知肚明，她如今是韩治的人。

韩治带她出席韩家的私人酒会、会所。他心情好时带她出海度假，马场射击，送她各种名贵首饰，只要她流露出感兴趣的一面，韩治不介意任何价格。

酒会上，她站在韩治身边，一袭奢华的水晶晚礼服，长发整齐飘逸，妆容精致，完美无缺。遇到别的女人嫉妒的挑衅，也只是淡淡一笑，并不介意。

韩治宿在公寓的时候，她会买些水果，仔细地剥开，做个水果拼盘。她穿着韩治的衬衫，长发盘起，与他一同窝在沙发上，韩治看电视，她喂他水果。

他们亲密无间，韩治会揽她在怀，握住她的手，随意把玩，清冷眉眼透出几分怜悯："你现在真的很听话，让我感觉越来越没意思。"

吴秀娜心里一点点地浮现出希望，可惜，下一秒，这男人残忍地勾起嘴角："要不要进演艺圈？演得这么好，不当演员很可惜。"

"不用了，韩先生。"

手指一片冰凉，是韩治放在唇边轻吻了下，他幽幽地笑了："很想回到他身边？"

她怔了几秒，回过神来主动攀他的脖子，去吻他："没有，世上男人有很多，但韩先生只有一个。"

是啊，谁能比得上韩治的身份和地位，更何况他还长得英俊，出手阔绰。

她瞒得很好，行事小心，作为韩治的情人，彻底将秘密二字贯彻到底。池骋家和付娟甚至不知道她和池骋分手的事。

回到池骋身边，是她一个梦。时间久了，韩治对她总有腻的那一天吧。一年之后，转机似乎出现了，韩治身边出现了另一个女人，是个女明星，明眸皓齿，万种风情。而他也已经好久没来公寓了。

吴秀娜洗完澡，一个人窝在阳台看窗外，倒了杯红酒，点了支烟。

夜空澄净，漫无边际的黑，有星辰点点。这样的繁星，在大城市是很少见得到的。幼时，老家农村，倒是天天晚上都能看到，遥想起来也是恍如隔世。

她喝了红酒，犹豫再三，给池骋打了电话。分手之后的第一个电话。池骋那边正是白天，很快就接了。寒暄的时候很客套，吴秀娜隐约觉得有什么不一样了，但她还是说："今年放假会回来吗？"

"会。"

"到时候我去接你好吗？"

池骋笑了："好啊，我带礼物给你。"

她心里突然就生出无限欢喜，哪有什么不一样呢。只要能与池骋在一起，一切都可以回到原点。

电话挂断之后，她又多喝了几杯，摇摇晃晃地站起来，端着酒杯在客厅跳舞，脑袋晕乎乎的，感觉无比惬意，声调也缓慢动听："从前从前，有个人爱你很久，但偏偏，风渐渐，将距离吹得好远……"

她穿着丝质睡袍，长发烫成了卷，染成了酒红色，因为韩冰冰说她小叔以前交往的都是妩媚成熟的女人。如今站在韩治身边的那个女明星，也是微微的卷发，风韵迷人。

千篇一律的女人，新人终究替换旧人。

她低头浅笑，脚步踉跄了下，手中红酒洒了出来，接着却意外地落入了一个熟悉的怀抱。茫然地抬头，看到的明明是韩治，口中却不由自主地低声呢喃了句："……池骋啊。"

她醉了，酒杯落地，红酒洒在地毯上，满室酒香。

抱着她的人眸子却一点点地冷了下来。

那晚,午夜时分,她口渴,微微清醒,看到坐在椅子上的韩治背对着她,目光看着阳台窗外,一动不动,像一尊阴冷的雕像。回过神来,她后背惊出一身汗。犹记得,半醉半醒之中,她口无遮拦,推搡着他,对他说了很多犯浑的话。

"韩治,你什么时候放我走呢?为什么要这样欺负我?我只是个普通人,想跟自己喜欢的人在一起。"

"你懂什么是爱吗?韩治你不懂,你这样的人,哪里会有真心。"

"我有喜欢的人,你知道吗?留在你身边再久又怎么样,我又不喜欢你,永远都不会喜欢你的……"

她说了很多,韩治一言不发,将她抱起来放在了床上,还替她盖好了被子。

眼下见她醒了,那道黑影也是什么都没说。

卧室灯光昏暗,他起身,端了杯水给她。

"我不喜欢我的女人喝太多,以后不要这样。"

"……好。"她嗫嚅地回答。

池骋回国的时候,她没有去接,因为她陪着韩治去了一处生态农场。韩治喜欢骑马,并且骑术很好,可她不会。没关系,韩治可以教她。马场很多私人教练,但他执意要亲自教。

"身体竖直,肘关节要弯曲,膝盖放松,脚踝放松……"

韩治认真起来是极其苛刻的,好在她很聪明,认真地去学,很快就可以自己溜达一圈。韩治眼中有赞许,他喜欢聪明的人。

那天马场还有其他人,经常出现在韩治身边的那位女明星也来了。韩治坐在遮阳伞下与人谈事。吴秀娜在场上遛马,原本遛得好好的,那位骑术精湛的女明星追了上来,扬手对着马屁股就是狠狠一鞭子。

一瞬间,马儿前蹄腾起,嘶鸣一声,发了疯地往前跑。吴秀娜跌落下马,摔得头脑发蒙,腿跟断了一样。后来,拦腰将她抱起的是韩治,男人紧绷着下颌,凌乱的头发下,瞳孔微微敛起,眼中有一闪而过的阴狠。

他动怒的时候,从来不知自己身上的危险气息弥漫着骇人的杀意。吴秀娜痛得一头汗，还不忘抓住他的衣袖，咬牙道："韩先生，我还活着，您放心。"

她被送进医院救治，从此那位女明星再也没有出现在韩治身边。不仅是韩治身边，电视上也再没见过。

韩冰冰说，她小叔的脸阴沉得吓人，那女明星恐怕这辈子再无出头之日。

韩冰冰还说："可能你在我小叔心里跟别的女人不一样吧。"

吴秀娜心里冷笑了一声，不一样？韩治那样傲慢的人，只是不喜欢别人忤逆他而已。

她住院的时候通知了家里人，病房里很多人，池骋和他爸妈也来了。

好在韩治不会来医院看她。没人知道她和池骋的事，池骋爸妈还开玩笑说："怪不得娜娜没去机场接人，原来是摔伤了，正好池骋回来了，让这小子好好地在医院陪你。"池骋望着她，笑而不语。

后来，他果真在医院陪了两日。池骋在病房给她削苹果，眉目俊朗如往昔，可他微微抿着唇，言语间终究多了几分疏离。病房气息压抑，连她也不知该说什么，忐忑不安，又心慌一片。

池骋从国外带给她的礼物是一条十字架项链。

十字架，仍旧代表救赎吗……她眼睛红了。

04

池骋离开那日，她已经出院了，可她依旧没去机场送他。吴秀娜觉得，她暂时逃不出韩治的手掌心了。

一年，两年，直到她后来考了研，韩治都没有放她离开的意思。池骋那边，自然而然地也就散了，虽然谁都没有开口明说。

吴秀娜觉得自己很可耻，也很肮脏，她跟韩治那种关系，怎么还能要求池骋等她呢。双方家长接受了他们的和平分手，虽然十分惋惜。

然而讽刺的是，在她与池骋彻底划清界限后，时隔不久，韩治给了她一张银行卡，还有几处价值不菲的房产。即使她家境殷实，仍旧觉得他出手实在阔绰了些。

韩治说："如果你想离开，随时可以走，但如果你想留下……"

这一天，她等了三年，惊喜来得太突然，她眼眶有些湿热，未等他说完，已经很快地应声下来："韩先生，你说真的？"

声音隐隐有了哽咽，而韩治不知为何怔了下，冷笑着别过脸去："你从来没有考虑过留在我身边吧。"

"也对，你有喜欢的人，我送了你那么多首饰，你脖子上只有那条十字架项链。"

"吴秀娜，你走吧，我只放过你这一次，离我远一点。"

离开韩治后，吴秀娜搬回了家。

她如今在自家公司上班，妈妈管理工厂，她帮忙管理办公室。人一旦忙碌起来，什么都顾不上了。

等到又一年除夕，她都已经二十七了。付娟让她去相亲，对方是与公司有业务往来的周伯伯家的儿子，两家人相约着吃了顿饭。结果是周家儿子嫌她假正经，她嫌周公子轻浮，互相没看上。吴秀娜长得是不错，但这个世界上，最不缺的就是美女。

妹妹吴若涵悄悄地提醒她："告诉你个消息，池骋哥目前也是单身，你还有机会。"

她与池骋已经很久很久没见过了。

池骋回国后，自己开了一家资产管理公司，并且早就搬去公司附近住了。

那晚，破天荒的，她鬼使神差地溜去他家楼下。天气很冷，她穿着卫衣，戴着帽子，坐在楼下花坛，出神地看着他家。她运气好，因在年后，池骋那些日子就住在家中，而且池婷出来倒垃圾看到了她，转身进屋就告诉了哥哥。

池骋出来后，看着一脸错愕的她，笑容和煦："吴秀娜，你是不是傻？"

她站起来，一时结结巴巴，涨红了脸，也不知道该说些什么。

"我，我不知道你在家。"

"大冷天的，你在这坐着干什么？"

吴秀娜尴尬地笑："吃完饭出来溜达溜达，刚好走到你家楼下了。"

"那就不考虑进去给我爸妈拜个年？"

"可以吗？"

"你说呢?"

池骋向她伸出了手,她心里怦然开出了花儿,激动得差点落泪,迫不及待地去牵了他的手。那晚,池骋爸妈很高兴,临时给她包了个大红包。

池骋在国外也谈过一个女朋友,可惜回国后就分了。他如今一心扑在事业上。家里希望他尽快结婚生孩子,提了几次相亲,他都没有露面。吴秀娜长得漂亮,学历也高,而且家里知根知底的,池骋爸妈还是挺喜欢她的。

池骋妈妈给她泡咖啡,很直白地说道:"娜娜,既然你们俩又在一起了,我觉得没什么相处的必要,都老大不小了,改天约你家人出来商量下你和池骋的婚事吧。"

她的脸红了下,下意识地望向池骋,他正认真地削苹果。他笑眯眯地把削好的苹果递给了她,苹果很甜。吴秀娜逗留了一会儿,池骋就送她回家了。二人在楼下告别,吴秀娜鼓起勇气吻了他的脸,然后脸红心跳地回了家。

吴若涵还没睡,吃着零食在沙发看电视,头都没抬地打趣她:"还挺主动呀。"

她顿时心塞了下:"你怎么能偷看呢?"

"我又不是看你们的,看帅哥呢。"

"大晚上的哪里有帅哥,撒谎都不会。"

"谁撒谎了,你过来看。"

吴若涵拉她到窗口,指着小区外面的马路。路灯下停了辆黑色轿车,有个男人斜靠在车身,安静地抽烟。那道颀长身影,令她心头一颤。

是韩治。

吴若涵说:"我都观察好几天了,他经常来,每次都是这个点,抽完烟就离开。"

"而且他总是看我们家的方向,姐,是你的桃花运还是我的桃花运啊,我怎么看他有点眼熟?"

窗口有风,吴秀娜只感觉风往衣领里灌,凉到了骨子里。好巧不巧,韩治抬头望了过来,下一秒,她脸色苍白地躲了过去。

就在今晚,她的手刚刚够得到池骋,离幸福那么近。

"哎,他走了。"

吴若涵说完，再回头，吴秀娜已经回了房。

有了她的提醒，吴秀娜时常在晚上偷偷望向窗外。但那次之后，韩治再没来过，她松了口气，又隐隐担心。与池骋再次确定关系后，她快速地搬去与他同居了。都是老大不小的成年人了，付娟也不太管她，对于池骋，付娟是满意的。

一切仿佛又回到了大学时期，他们早上一起出门，各自去公司上班，中午会发个微信告诉对方今天吃了什么，然后晚上家里见。

她偶尔会亲自下厨，煲汤煮面。西红柿鸡蛋面，放葱花和香油，很简单，但香气弥漫。池骋跟朋友聚会，她想去就去，不想去就窝在家里看综艺相声。生活安逸，令她忘乎所以。直到那日池骋与几个朋友聚会，喝多了让她来接。

她匆匆赶去，看到的人都很眼熟。那是与池骋一同留学回来的几个大学校友。其中有个叫于青青的女同学，她认识，都是同一学校的，而且上大学时她追过池骋，追得还很紧。

在池骋出国留学的第二年，两人好上了，但回国不久就分了手。池婷曾告诉她，她哥哥是被追的一方，也是被甩的一方。而此刻池骋正靠在前女友的肩上，醉得迷迷糊糊。吴秀娜皱眉，上前将他扶起来，与众人告了别。

青青望着她，眉眼带笑，意味深长。那目光令她十分不悦。

那晚，池骋回到家，难受得厉害。吴秀娜帮他煮了醒酒汤，喂给他喝，又帮他换了衣服，擦脸擦手，直到他躺下的时候，她才呆呆地坐在床边。同学聚会而已，池骋很少喝得一塌糊涂。

半夜，她睡在池骋身边，迷迷糊糊听到他呢喃了一个名字："青青"。意识瞬间惊醒，她以为自己听错了，凑近了他，想到听清楚一点。这一次，果然是听清楚了，他做了梦，一头的汗，声音茫然无措："……青青。"

吴秀娜哆哆嗦嗦地伸出手去，摸着他的脸："池骋，醒醒。"

呼唤有用，池骋没再呢喃，而是握住了她的手，梦魇也随即醒了。但人却仍是茫然呆愣的。

"你做梦了，梦到了什么？"

她凑过去，流着泪，吻了他。年少时爱慕的少年，自始至终都是她一厢情愿吗？最先动情的是她，追赶着他的是她，表白的也是她。主动联系的是她，从谈恋爱时便是如此，若不是她刻意维持，池骋不会给她任何回复。

她跟杨思菱没什么区别，和所有喜欢池骋的女人也没区别。眼下，池骋在午夜时分叫了另一个女人的名字。

她搬来与池骋同住，平时都是各住一个房间。池骋没有碰过她，他没有提那种要求，而她自然也是不好意思提的。可今晚，她控制不住地想将自己交付给他。半醉半醒，池骋要了她。窗外树影婆娑，纠缠之中，池骋吻了她的眼睛，像是清醒了一些，眼神怜惜。

"娜娜，你怎么哭了。"

吴秀娜喜极而泣，还好，他知道此刻同他在一起的人是谁。后来，她向池婷打听过于青青与池骋分手的原因。池婷说："好像是于青青觉得我哥对她不上心，耍小性子，以分手来试探，结果我哥同意了，她又反悔了。"

"哎，我哥那样的人，我妈都说他没心肝，在国外那些年，都没往家里打过几个电话，回来后又搬出去住了，他就是那种冷血的人。"

是啊，池骋的冷，她也是从一开始就知道的。可是倘若这冷血的人，不知不觉爱上别人了呢？

池骋去洗澡，她第一次动了看他手机的念头。不该看的，于青青与他的聊天记录，几乎每天都有。虽然大都是女方在说，他鲜少回复。

于青青说："我们真的不能回到从前了吗？池骋，我后悔了，我真的好爱你，好想你。"

"池骋你说话啊，再给我一次机会好不好？我们还能不能在一起，我还有机会吗？"

池骋回复："我已经有娜娜了。"

"如果没有吴秀娜，你会回到我身边的，对吧？"

"池骋你回答我，你爱她吗？和她在一起只是因为她乖巧听话，不会抱怨对不对？她刚好合适，让你感觉轻松，对不对？"

"你觉得我黏人，爱发脾气，是因为我心里有你啊，你心里清楚，你根本不爱吴秀娜，别自欺欺人了，看清楚自己的内心行吗？不然你跟谁在一起都是徒劳。"

"闭嘴，别说了。"

吴秀娜可以想象到，一向好脾气的池骋是如何变得烦躁，简单回了几个字就把手机扔在桌子上，仰头闭目。

她只觉手脚冰凉，头脑也冰凉，冷得直哆嗦。

05

那天，天蒙蒙亮，她迫不及待地从池骋这里离开了。

清晨的街道人不多，她漫无目的地买了些早餐。无处可去，打算拎着早餐回自己家。路过药店，还不忘进去买药，她清醒得有些残忍。

到了小区楼下，意外地又看到了韩治的车。她心里一沉，上前看了一眼。透过车窗，看到韩治坐在主驾，后仰着睡着了。他怎么敢一而再再而三地独自开车出来呢。韩治身边从来都是左拥右护，带着保镖的。她跟他在一起的那些年，有一次韩治要带她去山顶看日出。

她说："可以不去吗？我起不来。"

韩治说："不可以。"

她低声嘟囔："一群人跟着，哪里是看日出，不知道的还以为华山论剑呢。"

声音很低，但韩治听到了，难得地笑了一声。后来，他独自开车带她去了山顶。山川秀美，日出壮观，她惊叹不止，回过头去，看到韩治漫不经心地靠在车上，点了支烟。

他其实很爱抽烟，烟瘾很大。男人的眸光透过眼镜，目不转睛地望着日出，一向冷漠的神情竟有半分柔和。她那时不知，韩治这样的人，手段狠，树敌太多，想让他死的人也太多。

下山的时候，不知从何处冒出一辆货车，开得特别快。紧接着枪声响起。吴秀娜哪里见过这样的场面，抱着头尖叫起来。韩治车开得很稳，这种情况下，他竟然没慌，嘴角勾起冷笑。

半路，他们弃车而逃。韩治拉着她，在山林里跑。两个人目标太大，她又穿着裙子，是个累赘。可他没有抛弃她，虽然她事后回想，觉得韩治完全可以将她推给那几个杀手，这样他逃脱的概率会更大。

性命攸关，他这种心狠的人，应该做得出这种事。可他没有，拉着她钻进山林，林子枪声作响，飞鸟乱窜。他们运气好，韩治在山坳处找到一块凸起的岩石，二人藏到了岩石底下。吴秀娜紧偎在他身边，原本害怕得直发抖，可是突然抬头看到他似笑非笑的眼神，莫名的就不紧张了。

他看着她道:"华山论剑,刺激吧。"

那么紧张的氛围,她"噗"地笑出了声,又赶紧捂上了嘴。

二人逃命的时候,韩治是护着她的,枪声乱响,他的手臂被子弹打中,流了好多血,吴秀娜的脸都白了。

后来,联系上高成,高成带着一群人过来了。那之后,她有大半个月没见到韩治,听说他在治疗枪伤的同时,重金悬赏活捉那几人。

捉到之后,下场挺凄惨。

吴秀娜时常后悔不该多嘴,虽然她在韩治身边心不甘情不愿,但也不想他出事。总之从那以后,韩治出现之地,戒备森严。可眼下,二人明明分道扬镳,他又为何几次三番地跑到她家小区?

吴秀娜有些紧张,难道他反悔了?

她与韩治在一起后,其实他身边很少有别的女人。除了那个害她摔下马的女明星,韩治后来几乎保持单身。接触久了便知,其实他对男女之事并不热衷,他喜欢的是征服的快感。但鲜少有女人需要他征服,他只需勾勾手指,很多女人就迫不及待地上前了。

思及过往,吴秀娜有些后怕,但定了定神,还是拍了拍他的车窗。韩治睁开了眼,望向窗外,眼中片刻茫然,很快又清醒,恢复如常。他打开车门。吴秀娜坐在了后座,将手中的一杯现磨咖啡递给他。

"刚买的,还热呢。"

他坐在前面,她看不到他的脸,只知过了好一会儿,他才伸手接过。

"韩先生,你怎么会在这里?"吴秀娜心里忐忑,提醒他,"说过的话,就不能变了。"

韩治轻笑一声:"当然。"

她于是放下心来,又迟疑着问:"那你怎么会在这儿?"

说话间,韩治透过后视镜看了她一眼,目光落在她脖颈上的痕迹上,眼睛眯起,紧抿着唇,脸色变得难看。

吴秀娜心里莫名有些害怕,下意识地缩了缩脖子。紧接着,韩治冷笑一声,眼中泛着寒光:"下车。"声音冷漠阴沉。吴秀娜尴尬了下,很快打开车门。韩治开车离开,将现磨咖啡从窗户扔出来。

她的笑凝固在唇边,上前捡起杯子,找个垃圾桶扔了进去。她心里清楚,韩治是个疯子,她不能陪着他发疯。相比待在韩治身边,哪怕池骋不爱她,她也愿意陪他走下去。

现在不爱,总有一天会爱的吧,就如同她为了站在池骋面前,努力了那么多年。可是这一次,上天好像没有站在她这边。

这天晚上,因临时要给一份文件盖章,她开车去了办公室。那么晚了,没想到二楼一个新来的员工还在加班。她有些惊讶:"工作不用这么拼,太晚了,先回家吧。"

那女孩刚刚大学毕业,一脸青涩,还很内敛。她家公司规模不小,员工也很多,有些职场内斗在所难免,新来的员工被老员工刁难也是有的。

吴秀娜隐约知道一些,预算部的主管是公司老人了,脾气不是很好,但业务能力强。她这个名义上的小老板也只能睁一只眼闭一只眼。女孩默默地关了电脑,跟着她下了楼。天气预报有雨,出去的时候果然下大了,公交车已经没了,下雨又不好打车,她便问女孩住在哪里,打算送她回去。结果人家住的地方是西城区,离得有点远。

但话说出去了,又不好反悔。雨天车速较慢,吴秀娜开了快四十分钟,才把女孩送到西城区的家。返程路上,已经快十一点了。单身女人开车,途经一段人迹罕至的公路,难免心慌。结果越慌越乱,雨下得大,视野不好时,前方突然蹿出了什么东西,径直往她车上扑。虽然猛烈刹车,但似乎还是撞上了。吴秀娜吓得浑身发抖,下意识地想下车去看。但理智告诉她,不可以下车。

她掏出手机,给池骋打了电话,接通后,却是女人的声音。

"娜娜吗?池骋在我这儿,喝多了,今晚不回去了。"

是于青青。

说完,那懒洋洋的声音就挂了电话。

吴秀娜浑身发抖。

先前撞到的那"东西",慢慢悠悠地站了起来,似乎变成了一个凶神恶煞的男人。车灯的照耀下,吴秀娜揉了一下眼睛,想努力看清面前发生的一切,只见他身形高大,脸上有血,面目狰狞的站在雨水中,凶狠地盯着她,如同鬼魅。

她第二个拨出的是高成的号码。

其实她胆子很小,和韩治在一起的时候,很多事都是他在帮忙解决。刚考完驾照的时候,有一次汽车追尾,对方也是凶神恶煞的汉子,她第一反应就是报警,结果那人是酒驾,见她报警,直接把她手机给摔了,还出言恐吓要打人。

后来兜兜转转,还是高成出面解决的。

韩治那时看着她,笑了一声:"是不是傻,先打给谁不知道?"

再有状况,她已经学会第一时间打给高成了。这次,她又打了高成的电话,高成告诉她,锁紧车门,不要下车。她很怕,雨夜之中,那人已经脚步蹒跚地上前,拼命地拍她的车窗。

她不敢去看,抱着头趴在方向盘上。

韩治的电话在这个时候打了进来,他说:"别怕,没事的。"

高成来得很快,在车外那人捡起砖头拼命砸车窗的时候,高成上去就是一拳。后来,她哆哆嗦嗦地上了韩治的车。韩治拿过一张毯子包在了她身上,毯子很熟悉,可爱的卡通小鹿图案,是她从前在公寓住的时候买的。

那晚,她又回了韩治的公寓。洗了澡,喝了杯热水,心里才平静下来。她对韩治说:"他直接扑上来的,但我确实撞到了他,我是不是也要担责?"惶惶不安的样子,像极了一只小鹿。韩治戏谑地看着她,声音不甚在意:"你也可以不用担责了,没人会知道……"

她的脸唰地白了,猛地抓住了他的衣袖:"别,韩先生……"

"嗯?"

"该是谁的责任就是谁的责任,我愿意承担,赔多少都认,别那样做。"

"哪样做?"韩治低头看着她的手,"你在担心什么?别自作聪明。"

吴秀娜闻言,讪讪地松开了他的衣袖:"对不起,总之今天的事,谢谢你。"

"怎么谢?"

韩治盯着她,摘下眼镜的眸子是深褐色的,无比幽深:"我说过,不做亏本的买卖。"

吴秀娜皱起眉头,紧绷着下巴,脸色变了变。

"呵,一点长进也没有。"

韩治冷笑,起身离开了。

吴秀娜隐约觉得他似乎变了,但又说不出来变化在哪里。毕竟在外人看来，他仍是令人闻风丧胆的韩先生。

那晚她睡得并不安稳，迷迷糊糊之间，觉得有人坐在她的床边，温热的手抚摸着她的脸颊。那气息温热且熟悉，他俯身吻了她的眼睛，动作极轻。吴秀娜心里一紧，睫毛轻颤，装着熟睡的样子，没有动弹。

不知过了多久，无意之中她听到他低沉的嗓音，喃喃呓语，恍惚不定。

"我怎么会没有真心呢？我曾经也爱过人的，只是她和你一样，永远不会爱我罢了。"

"厌恶我吧，我本就不是什么好人，所以娜娜你最好永远都不要爱我。"

半梦半醒，那男人隐约的呜咽之声，如受了伤的猛兽舔舐伤口。她的心莫名地揪得生疼，脑子乱成一团，窗外树影绰绰，一夜无眠。

第二天上班，她在办公室，难得地接到了池骋打来的电话。

"我昨晚喝多了，睡在了酒店，早上回去发现你不在，昨晚也没回来吗？"

"嗯，我昨晚回家住了。"

"……我刚才也回家了，在小区门口见到了你妹妹，她说你最近都没回去。"

谎言被拆穿，二人都沉默了。

吴秀娜先开了口，无声地笑了，有一种破罐子破摔的快感："嗯，我没回去，你昨晚和于青青在一起也很快乐吧？"

"娜娜，你什么意思？我昨晚没跟任何人在一起，酒店只有我自己，你要是不信……"

"行了池骋，别说了，我们都冷静一下吧，看清楚自己的内心。"

挂了电话，她突然落了泪，努力抬头，维持着自己可笑的自尊。兴许他说的是真的。可是，她无比清楚地知道，他心里没有她，也是真的。

第九章

山魈鬼怪

魈，长舌怪也，人面兽身，好惑人，栖于深山之中，莫能逢之。
——摘录自《袜子笔记》

01

大秦覆灭之后，我曾回过一次洛阳。邑石山上的大史天官宫被焚烧后的遗址，荒凉破败。天宫尸水池早已干涸，那棵火红的枫叶树也枯死了。

秦灭那日，申柳公自焚于天宫台，遍地焦土。古人是有气节的，如柳公，生于秦国，死于大秦。他活了九十多岁，也算是高寿了。

我离开天宫时，带走了那卷异妖册。一开始收妖并不顺利，那些法力强大的妖，恨不能将我生吞活剥了。

但我师父是慕容昭，岂能给他丢脸？

我想着回洛阳看看大史天官宫有没有遗留的法器物件。结果柳公是真狠，什么都没给我留，一把火全烧了。

后来我去了鬼城酆都。我前后踏足酆都十次，前几次连门都没进去。酆都大帝太厉害，我也怕魂飞魄散。

最后一次，我怀揣着诚意成功入了冥府，在秦广王的天子殿，见到了崔府君。崔判官长得凶神恶煞，实则是个谦和之人。

我拍了他好多马屁，他才同意带着我窥了一趟六道轮回，翻了一翻轮转簿。最后我提出要去十八层地狱溜达一圈，他叹息道："你这小妖，怎么听不懂本判的话？形神俱散就是魂魄陨灭，再无存于天地之间的可能，本判还能骗你不成？"

道理我都懂的，只是不走这一遭，如何能死心？冥府的边边角角都找了一遍，我终于明白，柳公没有骗我，慕容昭彻彻底底地消失了。心情沮丧时，总觉得白来了一趟酆都，有点不甘。

秦广王殿有座孽镜台。

我临走时，对那孽镜台说："无聊吗，跟我去人间走一遭？"

这货架不住诱惑，二话不说生了两条腿出来，偷偷摸摸地跟我走了。只是怪对不住崔府君的，人家以客待我，我拐走了他们的家具。我运气挺好，拐走了镜台千年，酆都无人来寻，想来它也不甚重要。可是小甜甜不这么认为，它心里总是对我有意见。

到了科技飞速发展的今日，冥府也实现了系统化管理。人死之后，鬼魂会自动吸入往生盘。

往生盘有善三道，恶三道。善魂入善道，恶鬼入恶道。十八层地狱是一直存在的，作恶的鬼魂永无出路。从前的投胎流程早就化繁为简，自动化操控了。

酆都大帝活了太久，十分厌倦，早早地择地沉睡了。十殿阎王有的跟着消失了，有的直接入了转生道，永远地体验人生去了。冥府仅剩的几个鬼吏，与时俱进地穿得西装革履，看着像卖保险的业务员。

我带着小甜甜回了一次酆都，它十分绝望。孽镜台前无好人……已经是古老的传说了。小甜甜怨我，它觉得要不是我，秦广王会带它一起消失的。我诚实地提醒它："你只是一面石镜，他们才不会带你玩，如果不是我，你如今还不是要在冥府吃灰。"

它不肯面对现实，每每说到此处，总是关机黑屏。其实小甜甜真的帮了我很多忙。比如此时此刻，我通过它看完了凡人女孩的一生，心里无限唏嘘。

我打电话给大头，喊他过来喝酒。不多时，大头就拎着酒加几样小菜过来了。我们在店门口支了张桌子，搬了两个小马扎。

天已经黑了，街上灯光闪耀，车如流水，川流不息。店门口的霓虹灯也亮了起来，五光十色，把这家殡葬店衬托得像间妙妙屋。大头喝了两杯，姿态肆意地往后仰："姑奶奶，跟你喝酒太没意思了，喝到最后铁定是我醉趴下。"

此言倒是一点也不假,我跟他碰了个杯:"反正我是喝不醉了,看你醉了耍酒疯心情能好一点。"

大头嘴角抽搐了下,凑近了我:"真死了?"

"嗯,尸骨无存。"

晚风拂面,凉飕飕,吹得人头脑清醒,心里发凉。

大头道:"我不明白,那头魈为什么要吃了她?"

"因为她动了心,爱上了他。"

"可是韩治那样的人,对他动心的女人多得是,别人都能好端端的,为什么她会被吃?"

我眸光沉了下来:"因为他也动心了。"

"我去,两情相悦,所以就把人给吃了?"

大头还是不解,愤愤道:"果然是畜生,跟螳螂似的,真狠。"

我叹息一声,目光沉沉地看向大街,心里像堵了一团棉花。

我给大头讲了一个故事。

在我还是连姜时,生活在胤都花城。司宫有间藏书阁,我幼时经常和师兄在里面看书。当时有一本殷朝的简册帛书,记载了这样一只妖——魈,长舌怪也,人面兽身,好惑人,栖于深山之中,莫能逢之。

夏朝初年,大禹划天下为九州,实行德政,九州州牧贡献青铜,铸造九鼎。九鼎上镌刻了九州名山大川,奇异之物,置于夏王朝都城。

若说这九鼎跟那头山魈有什么关系,大意便与"建国后不许成精"这句话相吻合。九州各地,将各种奇异之物的图像铸在鼎上,天子祭祀天地时,行的是九鼎大礼。

是以《左传》中有这样一段话——

昔夏之方有德也,远方图物,贡金九牧,铸鼎象物,百物而为之备,使民知神奸。故民入川泽山林,不逢不若,魑魅魍魉,莫能逢之。用能协于上下,以承天休。

其实说白了,山魈就是一种奇异的动物,因力大无穷,相貌丑恶,被当地人称为精怪。因此在贡献九鼎时,某州将魈的画像铸了上去。

九鼎作为华夏至尊神器,是君王权力的象征,也是致天地和谐,福佑万物之宝。铸在鼎上那些奇奇怪怪的"妖",百姓进入川泽山林,是永远不会撞上的。

魑魅魍魉，莫能逢之……妖与人泾渭分明，因九鼎的存在，根本不会相遇。天地能容万物，也算是大地之母的仁爱，给妖留下栖身之所。

然而夏桀昏乱，九鼎迁至商朝，前后六百年，商纣暴虐，纷争又起。民怨滔天，武王伐纣，有姜子牙相助。纣王自然也不是吃素的，效仿蚩尤当年与黄帝的逐鹿之战，欲召集魑魅魍魉鬼怪大军。他也当真这么做了，以一帮逆天行事的妖人，作法开启九鼎，唤出铸在鼎上的无数妖怪。山魈便是其中一种。这便是我之前所说，商纣的真实历史。

牧野之战，更准确地说是神魔乱舞，人妖厮杀。生灵涂炭的惨痛代价，连神仙都不忍回顾。自此，九鼎失了神力，后又迁到周朝，已不能再平衡妖与人的界限，这也是尸水河与胤都诞生的原因。

说起来，那只山魈也怪可怜的。被迫参与了一场群妖厮杀，好不容易活了下来，本以为可以回归山林，谁知被直接封印进了尸水河，受寒冰炼狱之苦。后来胤都那场浩劫，异妖纷纷逃窜出尸水河，它是第一个狂奔出胤都的。

清朝初期，我在赣州武阳见过他。逃出胤都时，我称他为"它"，因为他当时还是一只普通的山中精怪，向往自由，无害人之心，心心念念地想回到山林深处。他说，他那时的毕生所愿便是九鼎能再次开启，从此妖与人泾渭分明，再也不要往来。

可惜，九鼎历经了殷、商、周三朝，于公元前三百二十六年，沉没在彭城泗水河下。后来秦始皇南巡，派几千人在泗水打捞，但江水滔滔，已无从觅处。后世帝王也曾重铸九鼎，但都已不是当时之物。那是一只固执的山魈，他只愿相信九鼎，不信胤都的异妖册。他说他怕了，被尸水河的炼狱之苦折磨了千年，再也不愿相信胤都的任何人。

因此在赣州武阳，我已经说服不了他了。因为他当时已经不是"它"了，他有人的思想与执念。我与他产生过共鸣，大抵是因为我被五浊兽吃了，成功地夺了它的躯体。而他也吃过一个人，消化了那人的鬼魂，合二为一。

02

清初，赣州武阳郡城隍庙口，有个瘸腿的小乞丐。

他死的那日，恰逢庙会，人潮拥挤，很是热闹。原想着趁着人多能乞讨点铜板，结果路边突然来了官兵，驱赶时下手重了，将他打死了，于是我附了他的身。

　　后来才知那日官兵前来清场，只因赣州协领陈大人家的小姐突发奇想要来逛庙会。陈家小姐金枝玉叶，性格刁钻，最不喜乞丐贱民之流。

　　我附身之后，发觉不太好，小乞丐是个瘸子，跑不快，而且身上有疮，特别痒。费劲巴拉地拖着半条残腿躺在路边，我刚歇了会儿，发现远处乌压压地又来了一大批官兵。原来是武阳郡的安世子听说陈家小姐要来庙会，又来清了一遍场子。安世子扬言要将乞丐贱民驱赶到十里之外。用现在的话来说，陈家小姐陈如月是个疯子，安郡王世子安崇松是她的舔狗。我刚刚附身，差点又被这对狗男女的人乱棍打死，真悲惨！

　　不过好在后来官兵打我之时，有辆马车停在一旁，车内一位年轻的小姐救了我。那小姐叫温卿，是武阳茶商温老爷家的女儿。

　　温卿年方十六，体弱，自幼有不足之症。她来逛了一趟城隍庙，将我带回了温家。等身上的疮养好了，我就留在了他们温家，在后院帮忙喂马，刷马厩。包吃包住，每个月还给二十文钱。我与她只见过一面，却掌握了她不少情况。

　　她是定了亲的，许的是安郡王世子安崇松。没错，就是那个陈家小姐的舔狗。这安世子长得不错，身强体健，容貌也好，可惜就是眼瞎，放着好好的未婚妻不爱，偏就喜欢陈如月那个变态。

　　温卿与他的婚事早就是人尽皆知的笑话了。因为安世子曾经无数次嚷嚷："温家那个半死不活的病秧子还想嫁给本世子，做梦去吧。"温卿本就体弱，风言风语传到耳朵里，捂着帕子咳出了血，自此一病不起。温家老爷这才下定决心，哪怕得罪郡王府也要解除婚约。

　　安郡王妃自然是很喜欢知书达理的温卿的，一直认定了她是自家儿媳，被儿子气得胸口疼，直骂"逆子"。温家坚持解除婚约，直言女儿躺在床上已经奄奄一息了。安郡王妃也没办法，但她是决不会允许陈如月嫁到他们家的。

　　细说起来，他们两家是不对付的。一个是赣州协领，一个是武阳郡王，各自拥兵，面和心不和，算是政敌了。况且那陈如月是个不折不扣的变态。

话说有一年，武阳城来了个表演杂耍的老汉。老汉带了一只大狗，浑身黑毛，体态巨大，不仅会表演杂技，还会讲几句人话。鹦鹉学舌是常见，没听说狗也会说话的。这在武阳引起轰动。衙门捕快还为此专门去看了那条狗，证实了确实是一条大狗，并非人装扮的。老汉赚了个盆满钵盈，但他做梦也没想到会栽在陈如月手里。

人人都信那是狗，偏她不信，带着家中若干武士，骑马来到老汉面前，扬手给了那狗一鞭子，然后命人当街给那狗开膛破肚了。

会说人话的狗呜咽求饶，声音凄惨，死在了她手里。仵作哆哆嗦嗦地验尸，里里外外翻一遍，证实是人。围观群众吐了。陈如月冷笑一声，眼睛一眯，抽出鞭子活活打死了那老汉。

她睥睨着勾起嘴角："我就知道是这样。"

知道狗是人，还是毫不犹豫地宰了，人命在她眼中如草芥，这么做纯粹是为了证实自己的猜想。虽然她也算为民除害了，但是手段残忍了些。

那老汉不是什么好人，背后有团伙，干些采生折割的勾当。这些人或拐或买一些小孩子，将他们全身涂满特制的药水，等到皮肉溃烂，再将一撮撮的狗毛种植上去。小孩若是侥幸没死，就一直驯化，四肢着地，学狗爬，直到长成一只大狗。

陈如月这般的狠辣手段，人人唏嘘后怕，唯有安世子听闻此事，拍着桌子赞许："如月真是冰雪聪明，不愧是本世子喜欢的女子。"

喜欢也没用，安郡王妃早就明明白白地告诉他："只要我活着，你就别想娶那陈如月，我不可能让她入门的！"

其实她多心了，城内谁人不知，陈如月压根不搭理安世子，也就是他一厢情愿地围着她转。陈如月多清高啊，父亲是武官，三品大员。安世子门第虽高，但与她家是政敌，她从鼻子里哧了一声："安崇松？还想本小姐嫁到他们家？他也就配给我提个鞋。"

这番言语，差点气疯了安郡王妃，偏她那没出息的儿子，毫不在意，逢人便说："如月要是愿意，我给她提一辈子的鞋。"这可把他娘气晕了。

陈如月曾对她父亲说过："我这辈子，要么入宫做皇妃，要么嫁给许庭淮，就这两条路。"

在她说出这句话不久，温卿就嫁给了许庭淮。事情是这样的，温家与安郡王府的婚事解除后，温卿卧床不起。温老爷找了方士来看，方士说温小姐命格不好，若不赶快嫁人冲喜，怕是不成了。

"按照五行四方，中央戊己土，西方庚辛金，东方甲乙木，南方丙丁火，北方壬癸水，温小姐在北，夫婿应属癸，最好是文曲星下凡，定能让温小姐无虞。"

呵，反正我觉得他们在演戏，直接点名要嫁许庭淮得了。许家世代清流，祖上出过多名文臣，许老先生这一脉定居赣州，开了有名的春江学塾，学子甲天下。

他有个孙子，名叫许庭淮，年方十九，样貌端正，谦和有礼。许庭淮很有才，去年秋闱中了赣州解元。十九岁的解元，实在少见，人人都传他是文曲星下凡，只待明年京师会试，觐见天子，光耀门楣了。不想出人头地的清流不是好清流。许家也有在京中做官的堂亲，但官职不高，况且京城那么大，一片树叶子砸下来都是皇亲国戚，混得也就不那么好了。家族的荣光是寄托在许庭淮身上的，登科翰林，官运亨通，只是迟早的事。

陈如月倒是有眼光，许庭淮生得极好，面如冠玉，眉眼如鸦，性情又温和。赣州想要嫁给他的女子能排出州去。料想她那个德行，许家是不愿娶她的，他们连温卿也不乐意娶。

一来是温卿身子不好，怕她不好生养。

二来温卿与安世子的婚事闹得人尽皆知，不太好看。

但要知道，温家的门第是配得上许家的，宫里的官茶可不是随便一个茶商都能供的。温家生意做得极好，富甲一方，且在京中有靠山，更不说教养出来的女儿容貌出众，知书达理。

媒人说尽了好话，温老爷亲自登门去见许老先生，礼数做足了，许老先生为孙子应下了这门亲。许庭淮的母亲虽有不悦，但许老和许庭淮本人都没意见，她也只得接受这个儿媳了。说来也挺搞笑，安世子抛弃有婚约的温卿，心心念念地想着陈如月，陈如月看上的许庭淮却娶了温卿。

我总觉得温老爷这番操作绝了，给女儿找回了场子。但他一定想不到，出嫁当时，女儿上了花轿，行至半路就吐血昏迷了。

温卿撑不住了，要死了。我为妖千年，从未插手过人类的生死，除了温卿。我上了她的身，将她的魂魄封印在体内，残存了一口气。

然后我成了温卿,嫁给了许庭淮。一路敲锣打鼓,鞭炮齐鸣。

大婚那晚,红烛摇曳,许庭淮挑了红盖头,我见他第一眼,突然明白了为何陈如月想嫁给他。十九岁的少年,一身喜袍,眉眼漂亮干净,眸光奇亮,笑起来还有浅浅梨涡。更要命的是他左眼睑下那颗小红痣,白皙面上平添几分妖娆,生动鲜艳,俊美绝伦。纯情与艳丽的撞击,在他身上展露无遗。许庭淮在我心里简直比那天际的月亮还要耀眼。他的眼睛太好看太干净了,只冲我一笑,我只感觉牙根发痒,满脑子都是一个字——饿。我为妖千年,从未有过吃人的念头,他是第一个。

那种念头太强烈,致使我感到久违的饥肠辘辘,与他说的第一句话是:"你吃饭了吗?"

身穿喜服的纯情少年愣了下:"吃,吃了。"

"吃,吃了呀,可我还没吃,快饿死了。"

我学他结巴了下,他的脸立刻微红,转身要去拿桌上的点心。

我叫住了他:"那些太甜了,我不爱吃,我想吃肉,相公能帮我搞个酱肘子吗?"

兴许是这声相公喊得太自然,许庭淮回头看我,一瞬间脸更红了。

新婚之夜,在他的帮助下,我心满意足地吃上了肘子,本可以缓解发痒的牙根。然而我大快朵颐之时,他坐在一旁看着我笑,眼眸漆黑清亮,梨涡若隐若现,突然使我觉得手里的肘子不香了。

牙根又开始痒了,我对他道:"你先别看我,把脸转过去,我越吃越饿了。"

他愣了下,依言转过脸去,耳朵还有点红。

"之前听说,娘子体弱多病,如今看来身体可是大好了。"

"这不是嫁给你了嘛,你文曲星下凡,能治百病。"我不甚在意,专注地吃肘子。

他隐约笑了一声:"如此甚好,娘子定能长命百岁了。"

"我一个人长命百岁没意思,你也尽量长命百岁,多陪我走一程,要不我一个人太无聊了。"

"……好。"

"乖。"

肘子吃完,天已经很晚了,屋内的红烛燃得正旺。许庭淮倒了杯酒给我,要与我交杯。合卺酒,双杯彩丝连足,夫妇共饮。赣州解元文采斐然,饮酒时还不忘文绉绉地对我道:"花开并蒂,桑结连理,今日与娘子共结百年秦晋之好,值良辰美景,鸾凤和鸣,愿与娘子此生偕老,共赴鸿蒙。"

我:"……好说。"

饮了酒,我有些尬,因为他脸上染了淡淡绯色,看了一眼窗外,坐在床边慢慢靠近我,声音温润:"娘子,天色不早了,春宵一刻值千金……"

他探着身子,有些不好意思,也明显地紧张,抿着唇,红着脸,伸出手想解我的衣服。然后被我随手一挥,昏睡在了床上。长得这么好看,即便方才吃了肘子,也挺让人心痒难耐。我叹息一声,犹豫着要不要趁他昏睡咬上一口尝尝血的味道,一面想着尝尝就尝尝,反正死不了人,一面又骂自己乘人之危,是禽兽作为。最终作罢,饶过了他。

结果第二日醒来,他看见睡眼蒙眬的我,一瞬间脸红了,拉着我的手发誓说:"娘子,我一定会对你好的。"

单纯如斯,真是好哄好骗的小白兔。

许庭淮生性纯良,家风极好。他的人生一帆风顺,扑在圣贤书上。适龄后娶了相貌不错的姑娘,顺理成章地爱上,白头偕老。他说,洞房花烛那晚,他是第一次离女孩子那么近,感受到周公之礼的美好。我……怀疑他做了场春梦。春梦了无痕,真是罪过罪过。

总之他是个很好的孩子,好到让我这种老货动了恻隐之心,总想着如果温卿身体无恙该多好。

新婚燕尔,他很喜欢缠着我,拉着我吟诗作画,赏花赏月,游湖泛舟,行风月雅事。

我活了千年,又有温卿记忆中的才华辞藻,脱口就是董仲舒的《天人三策》《商君书》的强国弱民……兴致来了也会讨论一番治国之策,评价评价始皇嬴政,对他焚书坑儒的做法发表一些个人见解。总归是言辞犀利,见解独特,将他唬得一愣一愣的,看着我目瞪口呆,眼睛越来越亮。每个男孩都曾相信过光,我无疑是他眼中的奥特曼,许庭淮被我拿捏得死死的。

我让他去西街买糖葫芦,他绝对不会买东街的。我要是半夜说想吃三娘烧饼,他恨不能立刻穿上靴子去大街上敲人家的门。当然,我制止了他这种夜敲寡妇门的流氓行径。

作为茶商之女,温卿出嫁时的嫁妆足足有八十抬,更别提那些数不清的地契茶楼、商铺庄子。尽管如此,许庭淮还是第一时间把他的小金库给了我,数上一数,也是颇为富裕。但以我这种富婆身份,定然是瞧不上眼,不肯要的。

谁知他像只乖巧的小奶狗,将下巴抵在我脖颈,闷声说:"把钱给娘子花,是应该的。"

我于是装出一副愉悦的样子收了钱匣子,他笑得灿烂,趁我不备,在我脸上吧唧一口。

呃……无所谓,皮囊而已,反正亲的是温卿,不是我。

但是小同志,下次还是不要这样了,我现在不仅牙根痒,心也痒。

03

温卿与许庭淮的婚事,最高兴的莫过于温老爷一家。

真如那方士所说,温小姐嫁了个文曲星,身体奇异般的大好了。连带着一直对这桩婚事颇有微词的许母,脸色也好看许多,盼着温卿早日为她们家绵延子嗣。

说到许母,我为了巴结奉承她,真是什么好东西都往她那儿送。茶叶是雪顶含翠,镯子是上好的祖母绿,送过去的燕窝不是血燕就是黄燕……

过去在鬼城酆都,崔府君都亲口承认了有钱能使鬼推磨这句话。更何况是人呢。总之许母面上看不出什么,但每次见了我也会和气很多。

而许庭淮几乎是与我形影不离。

好在后来赴京廷试在即,他应他爷爷的要求搬去了书院,与一众学子刻苦钻研。如此一来,我松了口气。

天晓得他每晚缠着我,像只开了荤的小狼狗,净想做些羞羞的事,让我极其头痛。许庭淮的夜晚,一直活在我为他编织的梦境之中。梦境里有他的娘子卿卿,浓情蜜意,共赴巫山云雨。

搬去书院之后,最开始他好几日回来一次,因此被我训诫过。京师会试在即,别的学子埋头苦读,一个月都不曾踏入家门,偏他沉不住气,隔几天就想回来。我对他道:"相公此时正该用功,整日往家里跑,母亲会不高兴的。"

当然不高兴了，回来了就往我屋里钻，也不曾去看过他老娘，典型的娶了媳妇忘了娘。

许庭淮怕我为难，后来果真把心思用在了读书上，回家的次数渐少。而我终于有机会在阳春湖畔见到了陈如月。林间亭台，我送上了门，她挑眉道："温卿，你怎么还没死呢？"

人人皆知温卿体弱，但她这当面诅咒，也是够恶毒了。如若是真的温卿，恐怕又会被她气得吐血，一病不起了。但我毫不在意，笑嘻嘻地怼了她几句："我和我相公夫妻恩爱，一对鸳鸯，怎么能死呢。你又没嫁人，怎知我如今的圆满，所以要死你死，赶紧去吧。"

争执几句，我半分不让。她掏出一把匕首，发疯似的狠狠捅了我几刀。然后我当着她的面，瞪大眼睛倒在了血泊里。一不做二不休。陈如月勾起嘴角，竟然一点也不慌，费力将我拖到了林子里的一口水井边，翻身推了进去。听到扑通的响声，她和丫鬟便一起搬起一块石头盖住了那口井。我在底下托着腮，漆黑之中浮现出妖体，眼珠子滴溜溜地转，被她这骚操作整蒙了。

陈如月是个人，她杀起人来眼睛都不眨一下，心理素质可真好。想来是认定了自己手段干净利索，没人能怀疑到她。又或者说，她压根不怕，即便有人怀疑到她，以她的家世和背景，也能将她摘得干净。忘了说一句，赣州协领有一个妹妹在京中做了贵妃，深得皇帝宠爱，那位陈贵妃，正是陈如月的亲姑姑。

众所周知，陈如月曾经说了句极其嚣张的话——我这辈子，要么入宫做皇妃，要么嫁给许庭淮，就这两条路。入宫做皇妃的意思，倒不是要嫁给她的皇帝姑父，而是要从诸多皇子中挑选一位，做皇室的媳妇。我觉得这定然也是陈贵妃的意思，否则陈如月不会无缘无故生出这种想法。至于我那小相公许庭淮，她也不见得真心喜欢。无非是第一眼惊为天人，春心萌动，又觉得他前途无量，这才看上了。

许家没有娶她，而是娶了温卿，倒是令她心生嫉恨，不惜将温卿给害了。我不禁感慨，温卿的命可真是坎坷。

那日，我用蹼状的四肢攀着井壁，在漆黑的环境下往上爬，一头顶开了那块大石头。刚一上去，就看到了哭哭啼啼四处寻我的婢女。

乍一看到我湿漉漉地从井里爬了出来，想必场面比贞子还要吓人——她被吓晕了过去。没办法，那时我呈现的是妖体，白发白脸，死气沉沉的眼珠子滴溜溜地转……后来我只好恢复了温卿的模样，将这不经吓的婢女背回了许家。

然后，我开始了漫长的、在陈如月身边"诈尸"的行为艺术。比如，在她异常奇怪为何许家还没发现温卿失踪的时候，我拉着刚巧回家的许庭淮，一同去集市上逛了一圈。逛完之后，我们又去了阳春湖畔，总之是哪里人多去哪里。

那日湖边有挑担子的小贩在卖糖人，手艺甚好，画的花鸟兽虫，猴子关公栩栩如生，围了一圈人观看。隔得太远看不清楚，我用手一指，问许庭淮："那边好热闹，在卖什么？"

许庭淮见状，拉着我去凑热闹。结果刚挤进去，卖糖人的小贩看到他，一口一个"解元公"，热情地送了个公鸡造型的糖。

小贩不肯收钱，许庭淮执意要给。最后我们坐在湖边亭里，我打趣道："原来我相公如此有名。"

许庭淮眉头一挑，颇是幽怨："娘子才知道我有名，闺中之时难道未曾在意？"

哪壶不开提哪壶，人家温卿闺中时，许的可是武阳安世子。我托腮笑着看他，他果真后知后觉地想起，哼了一声，用力握住我的手："娘子等着，京城会试，我一定让娘子风风光光地当上状元夫人。"

谁会想到外表谦和有礼，性情温和的小解元公还有这样气鼓鼓又傲娇的一面。我伸手捏了捏他的脸，心里痒痒道："那是，我家相公本就是状元之才，殿试一甲还不手到擒来？天下第一当属赣州解元许庭淮。"

许庭淮被我哄得心花怒放，灿然一笑，面上梨涡漾起："天下第一的许庭淮，当属我家娘子卿卿。"

说罢，他笑着把公鸡糖人递到我嘴边："娘子尝尝。"

我摇了摇头："太甜了，我不喜欢吃糖。"

"娘子不喜欢吃糖？"

"不喜欢。"

陈如月近来夜不能寐。

在她纠结我为何没死,青天白日见鬼的时候,我就在深更半夜披头散发的倒挂在她床帐上。我发誓要给她点教训,在她出恭的时候,给她递草纸的是一截被泡得肿胀发白的手。她半夜做噩梦,被窝里趴着浑身湿答答的温卿还直勾勾地盯着她,诡异一笑……

陈如月疯了。在她疯了有半个月的时候,她的舔狗安世子找到了我。当时我正在温家茶楼的一个雅间喝茶。

安崇松推门而入,赶走了我身边的婢女,忍气吞声地坐在我面前,开口便是:"连姜,你到底想怎么样?"

我斜睨了他一眼:"好好跟我说话。"

安崇松泄了气,模样有些颓废:"袜子,求你放过如月,再这样下去,她离死不远了。"

"哦?她可不像胆子这么小的人,她连人都敢杀。"

我小啜一口茶,漫不经心道:"我为妖千年,从没见过如此狠毒心肠的女子,自然是要给她点小小的教训。"

"你那叫给她点小小的教训?你是想要她的命。"

"对,我自然是要她的命,至于原因,你知道的。"

安崇松不说话了,一双眼珠子活络地盯着我,阴森冰冷。我猛地拍了下桌子,桌上茶杯腾起,落在我手上,然后砸向了他的脸!

"披了张人皮而已,竟真把自己当个人了,再用这种眼神看我,我把你眼珠子抠出来!"

茶杯砸在他的脸上,溅出了茶水。披着尸囊的山魈目露凶光,不动声色地伸出长长的舌头,鲜红滚热。他的声音也从之前正经的男腔恢复了嘶哑刺耳的模样:"袜子,我有资格跟你谈判,你也知道你如今奈何不了我,何必逞威风。"

他说得对,若真打起来,我没有几分胜算。这倒是稀奇,一个普通的山中精怪,历经了商朝的牧野之战,又被镇压在尸水河千年,逃窜出胤都时,也仅是个妖力弱小的魈,躲进了深山老林,千年不曾露面。

我甚至想过,如果最终寻不到这只山魈,只当它陨灭了也未尝不可。毕竟它真的毫不起眼,所谓的作乱,皆是身不由己。逃出之后也仅是归隐了山林，历经风霜洗礼，最终也只是化成普通生物而已。但后来不一样了，不知它经历了什么，再出现时，妖力大增，竟不在我之下。能暗中修炼到如此境界，是件很可怕的事。

但凡是妖，皆有邪性，正因我也是妖，更知这邪性压制起来有多不容易。我不信他没有害过人，甚至坚信，他有如今的妖力，定是犯下过弥天的罪恶，虽然我没有证据。

而我之所以来赣州，正是寻到了它的气息，一路至此。好在，它如今并非完全没有弱点。

我冷笑一声："谁说我奈何不了你，陈如月的命捏在我手里。"

没错，很可笑，这只魈是个情种。

提到陈如月，他的嚣张气焰果然灭了，长舌缩回，眼珠子也不再滚动，老老实实恢复了人的模样。他说："即便你拿如月要挟，我也不会进异妖册的。"

当然，凡事皆有取舍，陈如月很重要，但还没有重要到让他束手就擒。我勾起嘴角："作为谈判筹码，她总要有些价值的，如果什么价值都没有，这种蛇蝎美人也不必留着了。"

山魈沉默了下："你到底想做什么？"

"很简单，跟我讲一讲你都经历了什么。"

在我看来简单的事，竟让山魈又沉默了下。看出他的犹豫和迟疑，我一掌将桌上的茶壶拍得粉碎。

"今天晚上，陈如月就是这只茶壶。"

他的瞳孔在收缩，视线聚焦又涣散，最终败下阵来。

"我说，作为交换条件，你要答应我再也不许伤害如月。"

我盘算了下，反正她都已经疯了，我也不屑于揪着个疯子不放，于是道："好，我答应了，莫要跟我耍花招，你骗不了我的。"

"当然，慕容昭的徒弟，我怎么敢耍花招。"他舔了舔干裂的嘴唇，艰难地开口，"是九鼎，我找到了九鼎……"

山魈一开口，我心里一颤。大禹时期的华夏至尊神器，连我师父和申柳公都未曾有幸见过，一只山魈，凭什么？

传闻中沉入泗水的九鼎，在山魈口中莫名出现在崤山。作为山中精怪，魈的感官十分敏锐，乍一看到出现在深山老林的九鼎，还不敢置信。它用了很长时间才确认，那被枯叶枯藤缠绕、蒙了灰、生了铜锈的九个鼎，就是夏王朝的九鼎。它用舌头舔舐，用耳朵倾听，最后转着幽深的眼珠，一个一个地看，一个个地找，终于在其中一只鼎上找到了它的画像。

山魈的眼睛充满了不可思议，他兴奋，紧张，怪叫！

协于上下，以承天休的华夏至尊神器，竟然出现在了它眼前。它将九鼎视为无上至宝，吸引了众多志同道合的精灵鬼魅，大家围着九鼎转，自此不肯离开崤山。

山魈说："一开始，我们想的是重新开启九鼎，回到初时魑魅魍魉莫能逢之的状态，妖与人泾渭分明，最好再也不要往来。"

可惜它们失望了，九鼎已无当初的神力。

日复一日，年复一年，世间沧海桑田，朝代更迭。围着九鼎转的妖魅，要么失望离开，要么寿命到了尽头，陨灭山间。最后只剩下孤零零的魈，望着山月，独守九鼎。

从来没有一只妖，有它这般的执着。

深山老林，青苔洞口，梧桐树下，它躺在九鼎之上，长长的舌头如蛇芯一般，缠绕着它的鼎，寸步不让。山月不知心底事，水风空落眼前花，千万愁，愁在天涯，也愁在这只迷恋九鼎的可怜山魈。

它守了千年。

九鼎残存的神力，承日月精华洗礼，阴差阳错被它吸食殆尽，直到九鼎真的成了一堆废铜，山魈已经不再是普通的精怪。

我诧异于这一切的发生，又很庆幸山魈如今的妖力是九鼎所致。好在，它不曾为非作歹。也不能说完全没有造孽，至少真正的安郡王世子安崇松死于它手。

但山魈不这么认为，他说，他在追求他的爱情。笑死了，一只山魈竟然也有爱情。山魈说，陈家调令赣州任职协领时，陈如月才七岁。举家赶路，途经洛邑山林，山魈看到了七岁的小女孩。那年她哭哭啼啼，不肯离开从小生长的京城，被大人硬带上马车，前往赣州。

陈如月哭了一路，山魈跟了她一路。它的爱情来得莫名其妙，也很可笑。它说它很寂寞，山里千年，除了风吹树动，草丛沙沙作响，再没有任何动静。

它第一次见到这么爱哭的人类小女孩。白皮肤、丹凤眼的小女孩在委屈流泪,像泄了洪的泉水。哭声震惊了它,它呆呆地看着,寂寞千年的心突然热闹起来。后来,它离开山林,一路追随陈如月来到赣州。

一开始他只是躲在暗处,屋顶上、房梁上,蜷缩着身子,静静地观察她。直到陈如月十四岁,家里在商量她及笄后的婚事,山魈眯着眼睛,抬起了头。

赣州最有权势的人家,大概便是安郡王府了。它离开陈大人家,悄无声息地去了安郡王府。沉迷美色、纵情放浪的安世子安崇松,被它上了身,不复存在。

山魈说:"袜子,我无意与你为敌,我只想好好活着,你虽然也是妖,究其根本与我们不同,你不会站在我们的立场思考处境,你是胤都人,眼里只有异妖册,我不会信你的话。"

是的,它不信异妖册,也不信胤都的任何人,我也无法令它相信。但我还是说:"纵然立场不同,收你入册,却是我的责任,我放过陈如月,并不意味着会放过你。"

山魈皱了眉头,他自然也是忌惮着我的,否则不会躲着我,直到我找上了陈如月,才不得已与我碰面。他又与我做了个交易。

人世匆匆,时间不过是转瞬即逝。

他说:"我们休战,你如今也嫁了人,我也有喜欢的女子,他们存活的时间有限,短短几十年而已,不妨等他们死后入了轮回,再来算一算我们之间的宿怨,如何?"

我笑了:"你如今倒是会用词,什么叫宿怨,我与你有何宿怨?别整那些没用的,我来赣州,可不是浪费时间的。"

"我们这样的妖,最没用的就是时间,谈何浪费?"

他眸光平静地看着我,褐色的瞳仁泛着诡异的光,我不由得冷笑一声:"跟我谈交易,你不够诚意。"

一只魈,即便成了精,残食九鼎神力,也不过是只妖力大增的畜生。虬褫会爱上村姑,因为它曾经是上古神兽。落头氏对人有情,因为他们本就是半人半妖的物种。我更不必说了,在成为妖之前,我就是人。

山魈撒了谎,一个精怪,莫名其妙地动了情根,懂了爱,甚至收敛邪性无条件地为陈如月付出。这些种种,根本不是一个纯种的畜生做得出来的。

我盯着他："首先我要知道，跟我谈交易的到底是个什么东西？"

山魈先是一愣，接着哈哈大笑，眼睛危险地敛起，长而滑腻的舌头在嘴里舔舐："我真的很讨厌你们胤都的人，阴险狡诈，什么都要刨根究底地管，什么都瞒不过，你说，我们不是宿敌是什么呢？"

山魈眯着眼睛，回忆起了往事："袾子，告诉你一个秘密吧，你知道九鼎为何会出现在崤山吗？"

我看着他，心里突然咯噔一下："为何？"

"是申周，申周寻来了九鼎，放在了崤山，为的是有朝一日摧毁胤都。"

隔了一千多年，当年那桩倾覆胤都的惨事，又被遥遥提起。

山魈笑得古怪："你很自责吧，当年为了救钟离公主，触怒尸水河，引发祸乱，导致胤都被毁。"

"现在你不用自责了，因为你的所作所为皆在申周算计之内，即使那日你没有冲动上前，胤都也一样会灭城，而且下场更惨，绝不会有人生还。"

我声音冷了下来："你什么意思？"

"妖魔两界尊申周为我们的神，他手里有九鼎，一切都在计划之内，若当时你没有开启尸水河的封印，他会在之后祭出九鼎，直接将整个胤都夷为平地，屠灭殆尽。"

"申周他从不做没把握的事，九鼎是他的第二步计划，他们该感谢你开启了封印，否则胤都逃不过第二场浩劫。"

当年远在大秦，我曾问过柳公，申周何故如此？没人知道答案，慕容昭以形神俱灭的代价斩杀申周，也不曾问过他。结果隔了千年，我竟然在一只魈的嘴里知道了答案。

山魈说："申周弑神，在妖魔两界皆不是秘密。"

"连姜你也是妖，可惜你永远不会知道，妖界也不会有人告诉你，申周在我们心里是怎样的存在。

"你们眼中十恶不赦的恶人，是我们心中顶天立地的神！

"纵然他败了，妖魔两界永远不会有人忘记他。

"我们的神，曾经不惜一切代价，义无反顾地领着我们走向光明之路。

"后人只知申周弑神，导致天雷咒没有引出雷神之怒，开启尸水河封印。只有妖魔两界知道，我们的神是如何于万里长空搅弄风云，对抗雷霆之火，斩杀龙身人头的雷公。

"凭什么？同样是大地之子，神仙琼楼玉宇，人间鸟语花香，连鬼都有酆都地府收留……我们妖呢？魔呢？

"凭什么我们要东躲西藏，被封印尸水河内，赶去深山老林，永远在阴暗中滋生。

"九鼎划分，是大地之母留给我们的最后一处栖身之所。

"可是人呢？蚩尤逐鹿，武王伐纣，将我们当作奴隶和畜生驱使，让我们自相残杀。利用完了，还要将我们镇压在尸水河永世不得翻身。

"你看，纷争过后，天上的神仙依旧琼楼玉宇，人间还是鸟语花香，我们呢？

"人间只有一个坠入魔道的申周，想要打破这枷锁，颠覆一切。

"摧毁胤都，摧毁尸水河，解救我们能力强悍的同类，一同冲破这青天，踏平四海。

"申周败了，但他曾是我们唯一的希望。

"我们，永远尊他为神。"

第十章

轮回之路

01

山魈疯癫地笑着,声音尖利刺耳。

我静静地看着他,泼了盆冷水:"申周那种狗东西,也就你们这群没脑子的信他。"

笑声戛然而止,山魈目露凶光:"你说什么?"

"一个被逐出师门,坠入魔道之人,怎会对你们感同身受,什么带领妖魔两界走向光明,用脑子想想也该知道,为的不过是一己私欲,利用你们成就他的野心罢了。"

实话说起来总是那么戳心窝子,山魈不爱听,阴狠道:"那也好过被人践踏。人又是什么好东西吗?前有公孙起坑杀屠城四十万人,百姓易子而食,析骸以爨,后赵皇帝剥儿子,烤妃子,种种行径,妄称天选之子,如此世道,不管申周出于私心还是大义,合该颠覆。"

"大义?"我扬了下眉,本想反驳他几句申周这个孽障,可转念一想,立场不同,说得再多也是不对付。于是幽幽一笑:"你如今口才倒是很好,出口成章,条条是道。"

山魈一愣,神情变幻莫测。"人是天选之子,那么自然有天的道理,我不想跟你说这些没用的,阴沟里的老鼠也觉得自己无辜,难道就因为它们藏身阴沟被猫追逐,就该把世间交给它们统治吗?"

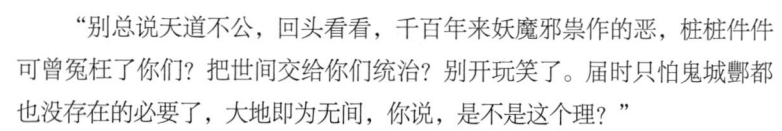

"别总说天道不公,回头看看,千百年来妖魔邪祟作的恶,桩桩件件可曾冤枉了你们?把世间交给你们统治?别开玩笑了。届时只怕鬼城酆都也没存在的必要了,大地即为无间,你说,是不是这个理?"

山魈被我的话噎得半响回不过神,最后愤愤道:"你这半路来的妖,自然是向着人类说话,道不同不相为谋,你是慕容昭的徒弟,注定我们是天生的宿敌。"

我也不恼,望着他笑:"看在你也是命运多舛的妖,又是胤都来的,我暂且同意跟你做交易了,所以先告诉我,你到底吃了多少人?"

狡猾的山魈不肯承认:"没有,我没吃人。"

"别装了,一只妖畜突然有这种口才,同我讲了那么多,我不信你没吃过人。"

"……我是吃过一个年轻的商贾,但并非我刻意为之,是他苦苦哀求,我才勉为其难地将他吃了。"

山魈眼睛眯起,跟我讲起了另一段往事。

大约是明朝时期,妖力大增的它藏身于山野深林。它说它没有害过人,因为那时对人有天生的恐惧。说来也是,原本就是山中一普通精怪,当初莫名其妙被人捉了去,放逐牧野之战,后来又被人捉了去,投入尸水河。

正因畏惧人类,它比任何人都想开启九鼎,与人泾渭分明。长久以来的习性,使它即便法力大增,骨子里仍有见人就躲的毛病。

直到有一日,它在山林里见到了一个快死的年轻人。那男人是个商贾,外出做玉石生意,返家途中遭同伙背叛,勾结山贼抢了他的货和钱财。不仅如此,山贼挥手一刀,他的腹部被划开,鲜血横流,奄奄一息。

深夜山林,幽幽鬼魅,夜风拂过,落叶纷纷。天际一抹弯月,几只萤火虫落在他身上,随着残喘的躯体微微发亮。山魈躲在暗处,试探着上前。它闻到了从男人身上散发出来的腥甜气息。

那个男人微微侧目,涣散的眼眸对上它,瞳孔骤然放大。山魈听到了他内心的呼唤和祈求。他在祈求神明救他,让他回家看一眼他的妻子。外出三年,心心念念地归家,他无比思念他青梅竹马的爱人。

他以为山魈是神明的使者。男人执念很重,眼中充满了渴求。山魈用滴溜溜的眼珠子打量着他,露出锋利的牙。林子里没有神明,只有一只妖。

妖说可以满足他的愿望，带他回家。但妖又说必须吃了他，才能化作他的模样示人，将魂魄带回去。

男人苦苦哀求，求山魈吃了他，让他回去见妻子最后一面。狡猾的山魈想要的却不只这些，它还想要男人自愿将魂魄也给它。

山魈惧怕人类，也想了解人类。它想要人的魂魄，将人的思想占为己有，存在脑子里。它已经不甘于隐藏在山林之中了，不知何时生出了一个念头，想去热热闹闹的人间走一遭。

为此他们在月下做了个契约，山魈带他回家，若她的妻子知道他已经是个鬼，还愿意接纳他，那么他心愿已了，自愿将灵魂给山魈。若她的妻子薄情寡义，不肯接纳一个鬼魂，那么山魈同情他，他的灵魂也可以离开。

商贾一心要回家，想都没想便答应了。月光洒在林子里，鬼火幽幽，一只魈蹲在将死之人身边，在他渴求的眼神下，舔了舔牙，将他给啃食了。好在他已经濒死，感知不到疼痛。山魈化作他的模样，不远千里，带他回了故土。

天涯地角有穷时，只有相思无尽处。

商贾年轻的妻子，侍奉公婆，恪守本分，一直在等他回来。哪怕午夜时分回来的是个魂魄。青梅竹马的爱人流尽了泪，面对魂魄苦苦挽留，不愿商贾离开。魂魄没有泪，商贾眼中泛着荧光点点。

心愿已了，他应该欣慰，也应该遵守承诺，将魂魄自愿交给山魈。可是离开妻子之后，他便后悔了。为了一个执念，他的魂魄也将成为山魈的美食，再也无法踏入轮回。

最后时刻，魂魄怕了，悔了，苦苦哀求。可是，山魈还是吃了他，并且消化了他的魂魄。

从此，山魈开了七窍，懂了七情六欲。

我无法判别山魈做得是对是错，与妖结下契约的那刻，商贾的下场就已注定。难不成他真的以为自己还有选择的机会？

我问山魈："那个商贾叫什么名字？"

山魈说："孙南城。"

我若有所思地看着他，想必是目光太过古怪，让他十分不解，皱眉道："你想说什么？"

我刚要开口，包间房门突然被人推开了。怪我，与山魈聊得太过投入，竟没注意外面的动静。许庭淮抿唇站在门口的时候，脸色极其难看，目光冷冷地看着我们。这架势，我怀疑是来捉奸的。

已经开了七窍的山魈披着安世子的好皮囊，眯着眼睛看他，突然温声对我道："卿卿，今日相谈甚欢，本世子甚喜，还盼他日能有机会再见卿卿。"

说罢，山魈含情缱绻地看我一眼，起身轻飘飘地扫了一眼许庭淮，大摇大摆地从他面前走了出去。被这畜生摆了一道，我一脸吃了屎的表情。

我那小相公许庭淮脸色更加难看，看了我一眼，像是坐实了我的罪名，转身也离开了。古代女子注重名节，温卿已经出嫁，如何能再与其他男人共处一室？况且那男子还是她之前有婚约的安世子。更要命的是安世子唤她卿卿，闺名可不是随便乱叫的。

我有些头痛，正想着要不要施个法术让许庭淮忘掉这段记忆，已经走开的他突然又回来了。

少年身如寒峭青松，后背绷得挺直，眉眼映丽，眼圈却红了。

他静静地看着我，眼底波澜起伏，情绪不明，最终哽咽地唤了我一声："娘子，回家。"

那样骄傲的少年郎，声音委屈，愤怒，难过……我心里突然不是滋味，愣愣地不知如何是好。而他已经上前，牵住了我的手，紧紧攥在手心，带着我走出了茶楼。

一路无言，他的手力道很大，滚烫如铁钳。直到回到许家，进了房，他坐在椅子上，拉我到怀里，按坐在他膝上。我突然发觉，自新婚后，许庭淮展露的温文尔雅都是假象，我被他这副绝世美颜的妖孽面孔给骗了。

他个头很高，身材挺拔，力气也很大。温卿在他面前，实际如小鸡崽一般，任他拿捏。他也是有脾气的，比如此刻，他一手搂着我的腰，一手紧紧攥着我的手腕，漆黑瞳仁透着戾气，气息生冷。

我无奈地挣扎了下："你先放手，听我说……唔……"

话未说完，他突然吻了上来。不仅强势，还很霸道，更像是在惩罚，恶狠狠地。说实话，我真的蒙了。

恍惚之间，脑子空白一片，竟不由得想起了我师父。犹记那时，胤都司官，慕容昭手捧竹简，支颐在榻。我躺在他怀里睡了一会儿，醒来后看到他还在看那卷书，于是恶作剧地将手探入他衣襟里。

我的手指划过他硬朗的肌肤，被他一把握住。

他无奈道："连姜，老实一点。"

"好吧。"

我撇了撇嘴，老实了那么一会儿。

见他真的沉溺在书卷里，目不转睛，我又开始耐不住去招惹他。终于，他放下竹简，低头含笑看我，抓紧了我的手腕，顿时让我动弹不得。然后他惩罚性地吻我，强势霸道，令我招架不住，连连求饶。

他修长漂亮的手指捏在我的后颈，逗小猫儿似的，眯眼道："再有下次，为师决不饶你。"

茫然无措，隔了千年，心里像是被什么东西撕开了口子……我贪恋着许庭淮的怀抱，不知不觉泪流满面。

许庭淮察觉到了，停下动作，喘息着看我，漆黑的眸子蒙着一层雾光，眼睑红痣妖娆，漂亮得不可思议。

他哑着嗓子道："卿卿，你哭了。"

回过神来，我摸了摸湿润的脸，抬眸看他，赶忙解释："相公，不是你想的那样，安世子去茶楼找我，为的是陈家小姐。未出阁前我身体不好，我爹请遍了天下名医，安崇松是想我们温家出面，帮忙找几个高人给陈家小姐看疯病。"

谎话信口而来，但许庭淮信了，他眸光温柔地看着我，摸了摸我的头："娘子不必解释，我知道你的为人，当然信你。"

"那你为何……那么生气？"

"因为，他唤你卿卿。还因为，你曾与他有过婚约。我很嫉妒，很生气，想把他的舌头给拔下来。"

许庭淮提到安崇松，眉头皱起，神情又变得冰冷，抿着唇，浑身都散发着寒意。我想起山魈那条又长又细的红舌，也觉得有些恶心，一本正经地对他道："下次，我把它的舌头拔下来送给相公。"

许庭淮一愣，再没了方才的阴寒气息，忍俊不禁，但很快又正色起来："没有下次，娘子以后不准再见他。"说罢，他又认真地补充了一句，"还有陈家小姐，不准帮她找大夫。"

我忽略了一件事。

许庭淮对安崇松和陈如月极其厌恶。讨厌安崇松自然是因为温卿的缘故，厌恶陈如月就不知道什么原因了。难道仅仅因为陈如月扬言要嫁给他？

我觉得事情不会这么简单，一再追问下，果然触动了许庭淮的某根神经。他冷着脸，半天憋出一句："那等厚颜无耻的女子，疯了才好，只当世间少了个祸害。"

我若有所思，然后从他这里听到了一件令人发指的事。

陈如月十三岁那年，险些奸污了许庭淮。目瞪口呆，我简直不敢置信，十三岁，这么猛？许庭淮脸色极其难看，我同情地看了他一眼，陈如月这个疯子，果然没有她做不出来的事。

说起来，此事还与温家有关。众所周知，温家是茶商，在赣州不仅有千亩茶庄，还几乎承包了整个南方的茶楼生意。温老爷是乡绅豪杰，平日广行善事，口碑甚好，自然人人乐意结交。作为富甲一方的大户人家，茶庄买卖打理得很好。每年六月，夏茶采摘，温家还会在庄子里举办一场铭茶礼。

此时就彰显出了温家的好人缘，即便是面和心不和的安郡王和陈协领一家也会很给面子地应邀捧场。温老爷是个好面子的人，每年的铭茶礼都会提前几日去请德高望重的许老先生前来主持。

是以那年，十三岁的陈如月和十五岁的许庭淮皆跟着家人前来。隆重的三茶六礼开始时，大人们都在品茶交谈，唯有陈如月，悄悄地拉了拉许庭淮的衣服。

陈如月直言自己方才在茶园里丢了方帕子，请许庭淮陪她一起去找一找。许庭淮自然是迟疑的，但陈如月小小年纪，演技了得，当下落泪："那帕子是我娘生前留给我的，许哥哥就陪我去找一找吧，茶园太大了，跟迷宫似的，我也不敢让丫鬟陪着去，怕待会我们俩都绕晕了头。"

陈家夫人于前几年去世，这是众所皆知的。但许庭淮定然不知，陈家对女儿骄纵至此，陈如月嚣张跋扈，发起疯来连父亲房里的几位姨娘都敢拿鞭子抽。

她是陈大人膝下唯一的女儿，而且那位已故的陈夫人，还给她生了两个哥哥,均因她姑姑陈贵妃的提拔在京中领了官职,据说她大哥还是京中卫戍军营的人。

陈如月泫然欲泣,小小年纪梨花带雨,果真令许庭淮动了恻隐之心,然后领着她去茶园子里,认认真真地找帕子。温家的千亩茶园,无边无际。置身其中,个子高挑的尚能分辨东南西北,矮一点的便要绕糊涂了。

帕子还没找到,许庭淮先昏了头。倒不是因为他个子矮。少年身姿挺拔,方向感不会差的。关键是他领着陈如月来找帕子时,先喝了一杯茶,那茶是经陈如月的手端给他的。

许庭淮浑身发软,瘫倒在地,怎么也爬不起来。他紧咬着唇,额上冷汗淋淋,希望自己清醒一些——如他所愿,他清醒地看到陈如月一脸得逞的笑,陈如月盯着许庭淮出了神,笑嘻嘻地扑过去,勾住他的脖子。

许庭淮涨红了脸,手无缚鸡之力,闭着眼睛不去看她,结结巴巴地骂她不知羞耻。陈如月将手放在他的唇上,嗔笑道:"先别骂,这叫什么不知羞耻?待会我家丫鬟领人过来的时候,再说不迟。"

许庭淮直接蒙了,浑身冒着凉气:"你,你想干什么……"

"自然是想得到你呀。"

陈如月一本正经地看他,勾起嘴角:"赣州的姑娘家谁不喜欢许哥哥?我自然也是喜欢的,我父亲有意攀亲,但听说你祖父不太能瞧得上我,那我可太不高兴了,定然要先下手为强的。"她一边说,一边用手勾住他的下巴,嬉笑,"待会有人看到这番场景,你们家想赖也赖不掉了。"

许庭淮自幼读圣贤书,家风极好,陈如月这番操作,完全是在挑战他的心理防线。可惜他被下了药,浑身都动弹不得,气急之下,为了清白之身,连咬舌自尽都想到了。

关键时刻,是温卿救了他。

茶园绿影绰绰,温卿的声音隔着老远,隐约传来:"我的小猫方才就是钻进了茶园,应该就在附近,你们分开找,一定要帮我找到。"

温卿使唤的都是茶庄的茶农,男女老少都有。茶农在自家小姐的吩咐下,赶忙地应声,四下分散寻去。陈如月听到声响,蒙了,从许庭淮身上爬了起来,看都没看许庭淮一眼,自顾自地跑了。

那日堪称许庭淮的噩梦,最后是温卿先看到了他。少女红着脸上前,别过目光,唤过一名老茶农,帮他穿好衣服,背去了庄舍里休整。老茶农是个哑巴,比比画画说他像是中了毒,寻了一包味道古古怪怪的土方药,混在茶水里给灌了下去。

休息了一个时辰,闻讯而来的许老先生就过来了。应许庭淮的要求,温卿只道是他中了暑,被茶农背到这里睡了一觉。不过此事给许庭淮留下的心理阴影太过强大,之后几年,他对所有的女孩子都产生了抵触。到了议亲的年龄,家里开始相看合适的女子,均被他以读书为借口拒绝了。

直到十九岁这年,温老爷找上了门,许庭淮对温卿印象还是极好的。他还记得那少女认真的表情:"许家哥哥你别怕,邹老伯是个哑巴,而且又是我们家的老仆,此事不会传出去的。"

少女眸光清亮,羸弱苍白的脸上,透着一丝红晕。我搜索了下温卿的记忆,果不其然是有这事的。

说起来,温卿真的是个极好的女孩子,自幼乖巧,性格良善。那年铭茶礼,她无意间看到了陈如月身边的丫鬟悄悄地在茶水里撒了点东西,又经自家小姐的手,端给了许庭淮。

后来陈如月拉着许庭淮去了茶园子,温卿心思聪颖,察觉不对,犹豫了下,便带着茶农跟了过去。要不然陈如月怎么如此嫉恨温卿,不惜痛下杀手捅死了她。

听闻这些过往,我有些自责,悔不该答应山魈放过陈如月,我这小相公的仇,怎可不报?

年后二月,许庭淮一行学子启程去了京师。

临走之时,他依依不舍,在我身边腻腻歪歪,一会儿叮嘱我要好好吃饭,想吃酱肘子的话让下人买,一会儿又叹息着说那玩意还是少吃,尤其是晚上,吃多了对身体不好。

我翻了个白眼:"我身体好得很,一拳能打死老虎。"

许庭淮居然来了兴致,对我道:"我那日真的做了个梦,梦到我与娘子在山上碰到了狼,被它们追逐时,娘子回头呵斥一声,那些狼全跑开了。"

"是吧,知道我的厉害了吧。"

"我家娘子当然厉害。"许庭淮理所当然,与有荣焉,又对我道:"娘子既然这么厉害，不如猜一猜我们上山做什么去了？"

"采茱萸？"

"……神了，你怎么什么都知道？我梦到重阳将至，娘子说要做几个茱萸囊，我们俩高高兴兴地就上山了。"许庭淮很惊奇，"你怎会连我做了什么梦都知道？"

"呆瓜，你那日说梦话了，什么娘子快跑，茱萸不要了，还急出了一身汗。"

"原来如此。"许庭淮恍然大悟。

我望着他了然的模样，微微一笑，忍不住摸了下他的头。呆瓜怎知，他的每一个梦，我都了如指掌。他们的所有像一出折子戏，我虽参与其中，实则也是看戏之人。

我会看着他们每一个人从青葱岁月至年老体衰，谢幕后告诉自己，不过又是一场镜花水月罢了。

许庭淮施然入京。

自他走后，我在赣州百无聊赖，每日就是逛逛茶楼，听听评书戏剧。有时是跟我那婆母一起来，包间雅座，只能听到说书先生的声音，看不到人影。有时是我自己来，那就相当洒脱，坐姿都豪放起来。

赣州很多八卦可以听。比如陈家小姐害了疯病，安世子每日入府探望，不离不弃。连陈大人都被感动了，也不顾两家立场了，扬言要把女儿嫁给他。

但安郡王家可就翻了天了。郡王夫妇家法伺候，把安世子打得半死，不准他再出门一步。深宅大门，如何关得住一只魈。我在茶楼听戏曲的时候，有一次碰到安崇松，竟大摇大摆地带着陈如月出来逛街。

山魈的脑子果然不一样，为了个陈如月，不惜跟郡王断绝父子关系。

我在茶楼冲他竖起大拇指。他礼貌地微笑，模样还有点小骄傲。陈如月畏畏缩缩地躺在他怀里，一双忽闪的眼睛警惕地看着周围。

好一对脑子有泡的痴男怨女。

五月，许庭淮殿试高中状元的消息传到赣州。

我那富甲一方的温家老爹比许家还要高兴，从城门口开始摆炮仗，噼里啪啦放了好几天。那几日，我和山魈都躲在自家屋里没有出门，天知道，妖怪最讨厌听到炮仗声。

又过了两个月，许庭淮回来了。刚刚平静下来的赣州又沸腾了。先是州官放炮，接着县官放炮。总归是州官放完县官放，县官放完许家放，许家放完，温家老爹又放，噼里啪啦响了半个月。

再后来，我就跟许庭淮去了京城。原本是不想去的，我还想着留在赣州看山魈的笑话。但许庭淮不肯，执意要带我去京中赴任。

于是我们便收拾了行囊，告别公婆和祖父，离开了赣州。接下来的事就颇具戏剧性了。我在京城过得相当精彩。首先许庭淮状元之才，如戏本子里写的一样，吸引了一众京中贵女的目光。升官发财死老婆……许庭淮对我自然是好的，只是我发觉有人想让我死。

那人是宰相家的小姐还是将军家的千金，时隔太久我已经忘记了，反正来历很大。我懒得跟她们计较，掺了砒霜的茶水，端起来就喝，在她们兴奋的目光下，突然两眼一瞪，闪着奇光异彩，赞赏道："此乃好茶，再来一杯！"

后来又有跟我攀关系的官眷约我湖上泛舟，中途水里突然伸出一只大手，猛地将我拽下河。外面是呼天喊地的喊救声，水底下我踩着那人的头，在他惊恐的面色下，硬把他往下按。最后是我潇洒地飘出水面，"水鬼"不见了踪影。

爬上去之后，我赧然道："哎呀，我从小就水性极好呢。"

……

反复几次异样，直到京中流传出状元夫人不是人的消息，我才赶忙收敛。并且入夜时分潜入嚼舌根的那些人家中，给他们来了个七窍流血，倒挂金钩。

我在京中还探听到了一些陈如月小时候的事。陈家曾是在京中为官的，祖上称得上显赫。旧时皇城，陈如月的祖父跟老王爷交情甚好。两家经常走动，导致陈如月从小就有一个关系不错的竹马哥哥——小齐王。这位小齐王可了不得，能文能武，领兵打仗的一把好手，深得他皇帝堂哥的信赖。

我估摸着陈如月所说的做皇妃，兴许就是想嫁给他。但她晚了，前不久小齐王刚刚娶妻，是户部侍郎家的千金。听说原本陈贵妃是打算将侄女接到京中来指婚的。

谁知道陈如月疯了，一年都没见好。

如此，就错过了。

03

陈如月的故事我只当个趣事来听，没做他想，因为我答应了山魈不去动她。但我没想到，她后来会主动来找我。

我在京中待了三年，后来又回了赣州。原因无他，我与许庭淮成婚后，一直没有孩子。彼时许庭淮仕途顺利，在京中做了个不大不小的修撰官。人人都道许修撰丰神俊朗，潇洒不羁，手持一把折扇，笑的时候明眸善睐，眼睑红痣分外妖娆，迷倒京中万千少女。

别的我不知道，在他高中及第后，有位御史府的小姐一见许郎误终身，自此不肯再嫁旁人。眼看那位小姐都二十了，再拖下去真的要成老姑娘了。她爹爱女心切，不惜亲自找了许庭淮，直言愿意做侧室，自家女儿也是愿意的。但许庭淮不愿意，他委婉地拒绝了。

人人皆知，许修撰与夫人感情甚好。

在外沉稳自持的许大人，回到家中率性如孩童，多年如一日，最喜欢缠着我，待在一起有说不完的话。他穿着一身松散的白衣，懒洋洋地趴在榻几上斗蛐蛐，一脸开心的笑。

"娘子，你捉的这只蛐蛐果然厉害，勇猛至极，又打赢了一场。"

"那是自然，如今秋分，天气渐凉，这几日正是拿蛐蛐的好时节，你只要记得挑头圆牙大腿须长的蛐蛐，一定能拿到战斗力强悍的蛐蛐。"

我手握一本书卷，抬头一本正经地指点他。我这拿蛐蛐的本事，说起来在胤都就成才了，今日认真指点了他，是因为明日我就要回赣州了。

许家来了信，婆母病了，要儿媳回去侍疾。

古人重孝道，这是无可避免的。

许庭淮舍不得我回去，但他又着实记挂他娘，于是对我道："卿卿，你放心，我之前已经朝家里寄了书信，若我娘无大碍，你侍奉几日替我尽尽孝道即可，若她病得厉害，我自然也是放心不下的，打算接她来京中请胡老先生瞧一瞧。"

胡老先生是皇城里退了休的老御医，很有名气。

许庭淮冲我笑，眉眼温柔，皎皎如明月，灿烂干净。他哪里知道，许家这次唤我回去是另有目的，短时间内我是回不来了。

不孝有三，无后为大。

赣州的温家老爷，早早地便给女儿来了信，道是许夫人身体实际并无大碍，他们家打算给许庭淮纳个妾，传承子嗣。即便是温卿本人嫁给了许庭淮，以她的身子骨也很难生养。

温老爷明显心里有数，作为一个传统思想根深蒂固的老封建，他也认为女儿没有给许家诞下孩子是理亏，所以他来信也是劝我回赣州。

他们知道许庭淮与我感情好，故而两家以侍疾为借口安排我回去，然后许家会派遣得力的婆子，带着他们一早相中的，看起来好生养的姑娘去京中照顾许庭淮。

温老爷宽慰自家女儿，等那女子有了身孕，诞下的若是女孩，让她继续生，若是男孩，你便可以回京，将孩子养在自己名下。这主意我们都知道，唯独许庭淮那个二傻子不知道。他还一脸愁容地看着我，闷闷不乐道："京中为官不易，无圣上特许，官员不可私自离京，否则我也可以与娘子一同回去了。"

我好笑地看着他："日后又不是见不到了，相公不必如此。"

他闻言点头："也是，横竖不过一冬，届时陌上花开，卿卿可缓缓归矣。"

与我成亲四载的少年郎，已然是自持稳重的男人，可他望着我的眼神，一如初时清澈干净。这澄净如鹿的眼神，总能让我心里发痒，忍不住舔一舔牙床。我控制住吃人的冲动，转移注意力，对他道："母亲说担心我回去之后，你这边缺人照料，所以从家里指派了知根知底的丫鬟和婆子过来，倒不必让她们干粗活，只负责照顾你的饮食起居即可。"

许庭淮不甚在意："京中不乏下人，这么做是多此一举。"

我当然不会告诉他，最漂亮的那个丫鬟叫明丽，是许家精挑细选的，凭她的本事，很快就会照顾他到床上。我看着他笑，看得他满心疑惑："我脸上有东西？"

"有，春色荡漾。"

"……娘子都要走了，我如何荡漾。"

在他幽怨的目光下，第二天我便回了赣州。我初回赣州，发现陈如月的疯病竟然好了。打听之下才知，不知何时，武阳突然火出圈儿了一座老庙。庙宇破败，里面只有一个老道叫祢尔。

治好陈如月的，正是这个老道。我有了些兴趣，想去会一会这人，便去了那座老庙。武阳大大小小的庙宇没有一处像这庙一样，建在半山腰的位置，黄墙黑瓦，处处奇怪，但又处处安详。

庙里供奉的神像是一尊罗刹。外貌凶神恶煞，头有犄角，颧骨凸出，眼珠凹陷，徒留眼白，没有瞳仁，乍一看形如地狱恶鬼。一个老态龙钟，佝偻身子的老道正守着功德箱昏昏欲睡，听到脚步声茫然抬头，是一张极其苍老的脸。他说他就是祢尔。

他的庙供奉罗刹，他却长了一副菩萨像，脸上每一道沟壑深刻的褶子都透着慈悲。我很不客气地看着他，指了指罗刹像："这是谁？"

祢尔回答："北太帝君。"

我像听到了笑话一般："你不老实，酆都大帝是中天北极紫微大帝在幽冥界的化身，怎会是罗刹像，恶鬼状？"

老道指了指神像手中捧的玉板："你看，板上写着北罗酆。"

下笑世上士，沉魂北罗酆。罗酆山，确实是天下鬼神之宗统治之地，鬼城酆都正在此间。我皱眉，问他为何将紫袍神像的酆都大帝铸成罗刹恶鬼。

祢尔道："谁说鬼君一定是紫袍神像？世人见的画像，难道一定是真？"

一把年纪的老道，声音沙哑，神情莫测。

"人有贪嗔痴慢疑，皆藏于心造作恶业，难道鬼神就没有他们的恶业？"

进庙之后，我察觉到老道确实是肉体凡胎，除了身上的老人味，周身气息看不出任何异常。

若非如此，我定然要跟他掰扯掰扯了。我虽未见过酆都大帝真人，但我去过酆都啊，悬在五方鬼帝府的大帝画像，紫袍神目，画得神态祥和，威赫凛然。

老道非说酆都大帝是罗刹像，那我也是无话可说。跟一个没常识的凡人较真，有辱斯文。

我白了他一眼，问他陈家小姐是怎么治好的？

陈如月这疯病不好治，她中的是我的妖气。凡人老道茫然地看着我："啊？什么陈家小姐，我不知道啊。"

我略一沉思，起身去了安王府。

我那温家老爹告诉我，确实是安世子带着陈如月去了一趟山庙，回来后陈如月就正常了。这个该死的山魈，借老道之名，逆天改命，竟然把自己的妖元吐了一半给一个凡人。

我此番去找他，不为别的，是因为他此刻妖气大伤，正是将他收入异妖册的良机。结果在安王府，他一看到我，就跳了起来："你，你，你不是在京中吗？怎么回来了！赶紧走！"

山魈看起来与凡人无异，只有我知道，他妖力大不如从前了。

天助我也，我拿出异妖册。他很没骨气，扑通一声跪在我面前："祎子，你不能出尔反尔，说好的休战，说好的让我陪着如月度过这一世……"

"谁跟你说好了。"我一脸正气，"妖跟妖讲什么信用？现在不收你，难道等将来陈如月死了，你拿回那一半妖元？"

山魈又气又恼，却又不敢对我恶语相向，苦苦哀求："连姜，求你，我只要这世间短短几十载，一切结束后，我自愿入异妖册。"

我能信他吗？

答曰，不能。

见我不为所动，山魈又使了一招："连姜，你也是爱过人的，当初你师父以魂魄为引为你镀身，拼上性命也要救你，我对如月也是如此，我虽是妖，但从无害人之心，而我所求的这几十年，对你而言不过是过眼云烟，给我个机会，将来我愿意入异妖册，你若不信，咱们可以歃血为盟。"

我怀疑自己听错了，他要跟我歃血为盟？但我没有犹豫，随手取过桌上的碗，匕首一划拉，手掌割开，放了半碗妖血给他。妖血是有毒的，尤其是对另一只妖而言。山魈在我的注视下，长舌舔舐，举起我的血，一饮而尽。

我嘴角勾起笑，看他一滴不剩地喝下去，意味深长道："你这行为，跟当初那一心要回家见妻子的商贾一模一样，但愿执念过后，你不会像他一样出尔反尔。"说罢，又补充了一句："出尔反尔倒也不怕，商贾逃不过，你也逃不过，真有意思，仿佛冥冥之中自有天意，夺了他的魂魄，竟然也走上了他的老路。"

山魈愣了一愣，也不知为何，瞳孔之中闪过一丝恐惧。我很满意，看着他情绪不稳,又给了一记重击:"所以,我很好奇,你现在到底是一只魈?还是那商贾孙南城?"

很早之前,我就在怀疑。当初在尸水河底,五浊河童将我吃了,我与它融为一体,最终凭借更胜一筹的能力,在意念上完全取代了它。

那么山魈呢?怕是连他也搞不清楚自己现在到底是谁。我用语言重击了他,原因无他,纯粹是看不惯他那傻样。若是喜欢上个正常女子,我倒是愿意成人之美。陈如月那种疯子,他竟然用一半妖元治好了她。

山魈当然是傻子,他做梦也不会想到,感天动地牺牲自我救治了的陈如月,半年后来找了我。她胆子倒是大,开门见山,直言道:"温卿,我知道你不是普通人,你告诉我,怎么才能杀死安崇松?"

我惊讶了下:"你要杀他?为何?"

陈如月眼中有一闪而过的厌恶,愤恨道:"他纠缠不放,令我恶心透顶,我爹竟还在我意识不清时将我嫁给了他,我要嫁的自然是京中真正的权贵,他一个小小的郡王世子,异想天开,简直做梦。"

可悲可叹,山魈心心念念要治好的姑娘,醒来之后第一时间嫌弃了他,并一心要杀他。

她当然也是尝试过动手杀他的,但她很快意识到,她杀不死他。就如同当初她杀不死我一样。陈如月恐惧、惊慌,最后化为漫天的恨,不惜求助到了我身上。

我当然不会理她,只幽幽地叹了一声:"自古多情空余恨,此恨绵绵无绝期。"

没过多久,陈如月就跑了。又没多久,安王府的世子安崇松也失踪了。紧接着,我也离开了赣州,偷摸着去了京城看戏。

第十一章

酆都帝君

01

陈如月去投奔了她卫戍营的兄长,辗转找到了她的姑母陈贵妃。但她没想到,那一向对她报以期望,在她幼时称她天资粹美可做皇妃的姑母,毫不留情地斥责了她。

她的兄长还听从了陈贵妃的吩咐,命人将她关了起来,打算送回赣州。在那种封建社会下,已经嫁了人的姑娘就该恪守本分相夫教子,竟然大逆不道地偷跑出来,陈贵妃只有恼怒和厌恶,恐她丢了自己的脸面。为此还写了封信给赣州的陈协领,斥其纵女成性,管教不严,荒唐至极。

但是她们低估了陈如月的决心。她又一次跑了,而这一次,猪油蒙了心,去找了那位自幼青梅竹马的小齐王。这小齐王也不是什么君子,送上门的女人不要白不要,就这么不清不楚地勾搭上了。宁做外室偷情女,不为郡王正堂妻,安崇松着实可怜。

事情到了这里,那场闹剧也应拉下帷幕了。陈如月与小齐王的私情,不久便闹得人尽皆知。因为那位醋坛子齐王妃不是个善茬,宁愿打了陈贵妃的脸,也要出这口恶气。

古来女子为劣势,齐王妃派人当街殴打陈如月的时候,竟无一人阻拦。甚至那位风度翩翩的小齐王,在茶楼悠然自得地饮茶,对一旁的侍从感叹了句:"啧啧,女子真真是善妒,发起疯来着实可怕。"

茶楼下，孤身一人的陈如月，被一群人揪住不放，鼻青脸肿，凄惨至极。茶楼上，小齐王悠哉饮茶，偶尔目光一瞥，看戏一般望过去。街上那么多看热闹的人，指指点点，那鄙夷且嘲讽的笑，将陈如月的骄傲击得粉碎。

那时我也在茶楼看戏，而且刚好是与小齐王对街的窗口，我探头出去的时候，正对上他的目光。他挑眉看我，目光充满了趣味。我嘴角缓缓勾起笑，抬起手，冲他竖起大拇指，然后又将大拇指倒了过来。

小齐王顿时愣住了。

那日，失踪很久的安崇松终于出现了。青石板路，长街一头，骄傲被粉碎的何止是陈如月，还有心灰意冷的山魈。其实安世子生了一副好皮囊，眉眼端正，论风流倜傥不输那位小齐王。至少在温卿的记忆里，与安崇松初次定下婚约时，对那长身玉立的俊朗公子，她曾是心怀期盼的。

山魈输在动了情，而陈如月却不爱他。

它在洛邑山林看到了七岁的陈如月，一路跟着到了赣州，附身成为安郡王世子，眼神炽热地望向那个姑娘，跪舔多年。他可以为陈如月做任何事，在她疯了的时候不惜与父母决裂也要娶她。赣州人人皆知陈家小姐性情骄纵，心狠手辣，人人皆知安郡王世子深情几许，乃世间第一痴情种。

他家中没有任何妾室，哪怕郡王夫妇后来认了命，老泪纵横地表示愿意接受陈如月入门，但她已经是个疯子，安世子必须纳妾绵延香火。

人类的传统和枷锁对山魈来说虽然都是狗屁，但自他成为安世子，尚且算是个孝顺的儿子——除了对陈如月的感情，容不得任何人亵渎。感天动地，连与他家是政敌的陈协领都被感动了。后来甚至为了她饮下我的妖血，将死穴留给了我。

陈如月被打得满地扭滚时，她的家人至今视而不见。而她的丈夫赣州安郡王世子，从长街那头，一步步走向她。

我从未见过一只妖也能露出那样的表情。

是悲哀和绝望。

在此之前，陈如月应该已经无数次将刀子捅向了他，欲置他于死地。可那日在无数人的围观下，在唾弃和谩骂声中，他走了过去，蹲在陈如月面前，将她视若珍宝地抱了起来。

齐王妃的人不依不饶，铁了心要打死这个不知羞耻的贱妇。安崇松身如寒松，后背挺得很直，目光冷冷地望向他们每一个人，只说了句："谁敢再动我夫人一下？"

山魈的眼睛是幽幽的褐色，发怒时瞳孔敛紧，颜色渐深，透着精怪特有的诡谲。我从茶楼上眯着眼睛看他。果然，那帮人让出了路。

被打得一脸血的陈如月就这么被他抱着，堂而皇之地离开。街上的人那么多，路边商贩恢复叫卖，酒肆茶楼旗帜飘飘，我看着他的身影逐渐消失于人群之间，竟感受到了一丝孤独。

后来，陈如月死在了京城。我曾以为她是挨了打，伤势太重去世的，也曾怀疑过她死在了山魈手中。但是都错了。她答应安世子随他回赣州过安稳日子后，后脚就拿了条白绫，将自己吊死在了房梁上。

可怜那只山魈，当时陈如月的丑事传遍了，甚至远在赣州的陈家和安郡王家都知晓了，为此安郡王妃气得昏迷，躺在床上虚弱得快死了。

安崇松没有在意过任何人，他找大夫为陈如月治伤，一如既往地温柔以待。他以为陈如月吃到了苦头，撞到了南墙，会心甘情愿回到他身边，结果她将自己吊死的时候，还不忘留下一封绝笔信刺激他："祗辱汝之手，恶之欲汝死，以其不见为之幸，深恶而痛绝之。"

这句话太毒了。

饶是我这个局外人，太阳穴都突突地跳，可想山魈那个痴情种。

果不其然，他发了疯。

他不能接受，陈如月不仅不爱他，还对他厌恶至此，嫌他恶心。最终结果就是嚣张了半生的陈家小姐连一具尸体都不曾留下。山魈为了收回自己那一半妖元，食了她的肉身。

故事的最后，他果然是同那商贾一样，悔了。而那时距离他饮下我的妖血还不到一年的时间。他要逃，而我自然是不肯放过他的。

半夜的时候，京郊鬼火幽幽，青草染着寒露，弯月如一把镰刀。

万籁俱寂，我与他谁都没讨到便宜，两败俱伤。更准确地说，刚开始我略胜一筹，将他从安世子的尸身里打了出来，而那时我终于寻到了自己想要的答案。

山魈已非山魈，它的妖体已经扭曲，成为拉扯的人形。发了疯的妖，杀红了眼，不惜祭出了九鼎神力，玉石俱焚，也要置我于死地。

后来他消失于山林，再也不见。而我呈现了妖形，成为白发披身通体雪白的恐怖老妪，蜷缩着尾巴，蛰伏于地。我需要休整，动弹不得，于是眼眸幽幽地望着月空，陷入混沌之中。

那时节，风乍起，青草微动，寒露纷落。夜幕悬着弯月，有一人踏草而来，撑着一把油纸伞，身姿缥缈，如梦如幻。意识混沌之时，我还以为自己是在梦中。可那人俯下身子，我闻到了好闻的苏合香。

我微微地凝神，隐约看到那男子身着青衫，眉眼是熟悉的漂亮干净，但又充斥着不熟悉的冷淡和深沉。

最终是他左眼睑下那颗小红痣，妖娆且鲜艳，唤醒了我。他掏出一把匕首，割破了手掌，滚热的血流淌而下，滴入我嘴中。然后他抱起了我，缓步离开，那把伞微微倾斜，遮盖在我可怕的妖身上。

自我与他成亲，便一直想尝一尝他的血是何味道。没想到他的血如此香甜，让一只妖失了理智，陷入疯癫。他抱着我，我却眼珠殷红，一口咬在他的手臂上，贪恋地吮吸着他的血。许庭淮闷哼一声，不曾制止。

那个傻子定然不知，若不是我拼死克制住自己的妖性，还没回到家中，他便会被我吸干血，死在路上。但他只是吸了口凉气，轻声唤了我一声："娘子……"

后来的事，我便不知晓了。因为我清醒的时候，只有自己在房中，那是我与许庭淮在京中的家。因他的血，我得以恢复。我将温卿那一缕魂魄唤出，以妖灵加持，给了她二十年的阳寿。这也是我为妖千年，第一次插手了人类的生死。

温卿醒来，我蛰伏在房梁上，看着推门而入的许庭淮，托腮看他上前，握住了温卿的手。他的脸色很苍白，那抹藏于眼底的深沉，让我突然明白，原来不只我给了他假象，我这会骗人的小相公，也一直在给我制造假象。

我要离开了，再不走，我怕自己不舍得。离开之后，我再也没有回过京城和赣州。

时间对我而言，也仅是转瞬即逝。如今几百年后，我在二十一世纪开了一家殡葬店，忽有一日后知后觉地明白，我那小相公许庭淮为了找我，步入了一场不可回头的轮回之路。

02

殡葬店二楼,我从镜台看到后来的吴秀娜与池骋渐行渐远,也看到那位令人闻风丧胆的韩先生自吴秀娜离开便陷入颓废之中,醉生梦死。

直到他的助理高成,偷偷地去找了吴秀娜。谁会相信呢,韩治那样的人,竟然也会爱上别人,而他爱一个人的原因很简单,仅仅因为吴秀娜不爱他。

她不爱他,所以他爱上了她。但是当她爱上他的时候,疲惫地将头靠在他的胸膛,闭着眼睛说:"韩治,我累了,我们好好地在一起吧,不要再折腾了。"

是的,这位韩先生因得不到她的爱,痛苦不堪,将这副人类的躯壳折腾得脆弱不堪。而当吴秀娜表示要跟他好好地在一起时,我从镜中看到他那双深褐色的眼睛瞳仁敛紧,不敢置信。

我想,他可能跟我一样想起了遥远的记忆,那时有个叫安崇松的郡王世子,几近哀求地对心爱的女子说:"如月,别折腾了好不好,跟我回赣州,我们好好地在一起。"

可惜那个女人至死都在说,祇辱汝之手,恶之欲汝死。但吴秀娜不一样,她主动对他说别折腾了,我们在一起吧。

第一次见她的时候,她因为妈妈被拖拽在地,跪在他面前,用一双流泪的眼睛看着他。便是那双眼睛,令他心头一动。曾几何时,也是因为一双含泪的眼睛,山中精怪开始走出林子,跟着京中来的马车,步入凡尘。

故事的开始,只不过是因为少女时期的吴秀娜与那名叫陈如月的女子都有一双好看的丹凤眼。恍惚间,他仿佛又看到了那双含泪的眼睛。

到这里的时候,我便已经知道结局了。如当初韩治喃喃呓语,对吴秀娜说:"娜娜你最好,永远都不要爱我。"

爱上他的结局,他定然也是知晓的,因为他是商贾孙南城。

商贾赶路,同伙谋财,客死山林,遭遇精怪。

月下交易,契约缔盟,魂归故里,妻悲而泣。

最后,是灵魂献祭。

魂魄,本身就是一团由黑暗主宰的怨气,而商贾的魂魄在被山魈吞噬之时,因他悔了,怕了,这团怨气被无限放大,凝聚成了消散不去的执念。

这执念便是，为何他的妻子还在等他？为何她不是薄情寡义之人，为何愿意接纳一个归来的鬼魂……若不是她的缘故，他又怎么会赌输，给了山魈吃掉他的机会？

怨念滋生，使他恨上了自己的妻子。恨她心里有他，恨她还爱着他。

他与山魈拉扯，合二为一，而那无限放大的阴暗最终吞噬了他。他会爱上一个永远不会爱他的女人。而若这女人回头看他，深情凝视，会让他想到他的妻子，怨气凝聚的执念，致使他报复这个女人。

半山别墅，乌云遮月。与韩治定下婚期的吴秀娜，沉浸在幸福之中。她在试婚纱，那件昂贵的婚纱镶满了宝石，光彩夺目，匠心独运，刚刚由知名设计师送过来。试穿的时候，她不知道自己整个人都在发光，美得不可思议。

摘下眼镜的韩治在看她，四目相对，褐色眼眸下流淌着暗涌的黑河，他笑了。

那晚如同任何一个普通的夜晚。吴秀娜熟睡，韩治站在床头看她，映在墙上的影子，狰狞而暗黑。他眼眸幽幽地盯着她，手抚上她的脸，轻吻她的眼睛，喃喃自语："我说过了啊，你最好永远不要爱上我。"

"所以，为什么要爱上我，为什么？"

吴秀娜在睡梦中呢喃了一声，他听到了，她在说："韩治，我在这儿……"

韩治，我在这儿。

那一向神情冰冷的男人，愣怔了一下，接着用手抹了把脸。他红着眼圈，片刻便落下泪来。如几百年前一样，眼中有悲，有哀，也有绝望。但有什么用呢，那双眸子只稍稍低垂了一下，再次抬起，怨念滋生，猛兽凶光毕现。

最后，那眉目俊朗的男人再次走出来的时候，戴着金丝框架眼镜，神情是一如既往的清冷。

他好像永远都这么冷静和斯文。

而他的未婚妻子，连尸骨都不会留下。

我已经很多年不曾踏入酆都了。

与大头结束用餐后，他果然醉得一塌糊涂，一边发酒疯一边说："姑奶奶，你回不去了。知道吗？秦时的酆都已经没了，两千年就这么过来了，时空是不可逆转的,神仙也无能为力。"

他晃晃悠悠地走到我面前,双手捏着我的脸,微微用力:"在我很小的时候你就告诉我,不要依赖你,不能依赖你,总有一天你是要离开的,你要回秦朝,回酆都,你在做梦,你师父慕容昭已经死了,城灭人亡,回不去了,再也回不去了……"

我皱着眉头看他:"张润泽你找死吗?"

这小子并不怕我,傻笑一声,眼眸漆黑地盯着我看,映着店里五彩斑斓的霓虹灯光,声音软了下来:"所以,不走行吗?"

我忍无可忍地给了他颈部一记手刀,张大头倒地。安置好他之后,我便带着小甜甜去了罗酆山。吴秀娜刚死不久,鬼魂尚在往生盘,没有投胎。

我进了往生盘,于三界六道中的生死轮里寻到了她的魂。无常死主头顶"三世佛",面目丑怪,蓬头獠牙,对于我的到来,连眼睛都不曾睁开。轮回之路黄泉翻涌,起起伏伏,腥味扑天。

生死受胎的摆渡船上站满了目光呆滞的鬼魂,阴风阵阵,行尸走肉,像飘渺虚无的暗影。我在那艘鸟头畜尾的鬼魂摆渡船上揪出了还穿着临死时那套睡衣的吴秀娜。她披散着长发,脸很白,神情也很呆滞。这种地方待的时间长了,前尘往事就会逐渐忘得干净。

我问她:"你还认识韩治吗?"

她茫然地看着我,思考了好一会儿,点了点头:"认识。"

"想不想报仇?"

"不想。"吴秀娜不曾犹豫,眼珠子缓缓地转了转,对我幽幽道,"无常说,因缘会遇时,果报还自受。"

天道轮回报应不爽,善恶到头终有报,只争来早与来迟……酆都对鬼魂的洗脑功夫,向来是一流的。

但是说得也没错,他的报应马上就要到了。我拍了拍她的肩膀:"那就帮我个忙,过后我送你入轮回。"

我在无常死主前拜了拜,便将吴秀娜的魂带回了阳间。将韩治引入异妖册,没有费什么波折,一个不爱他的吴秀娜往他面前一站,那位冷静的韩先生便慌了神。

他痴迷地看着她,红着眼睛,一遍又一遍地唤她:"娜娜?娜娜你怎么在这儿？"

吴秀娜接着他的话头往下说："韩治，我一直在这儿。"

说完，她面无表情，转身离开，身后是跟着她出来的韩治。

在那所别墅后面，午夜时分，吴秀娜将他引了出来。他清楚地看到了她眼中的漠然，那是不含任何感情的冷意。韩治惊慌失措，不住地跟着她，喃喃道："娜娜，对不起，原谅我，我不想这样的……"

深更半夜，鬼火幽幽。

彼时我正坐在树上，手握异妖册，叫了他一声："喂，孙南城，如果对不起有用，要我干吗？"

韩治抬头，看到我的瞬间，脸色大变。

"连姜！"

将他收入囊中，没有废太大力气，异妖册展于半空，吴秀娜站在一旁，静静地看着他。这方寸大乱的妖，直接一个结印，一切归于平静。

故人相见，本该闲聊几句，但我近来心情不佳，实在不想多说话，况且我与他一向是话不投机半句多。送吴秀娜离开之前，我又试探着问了句："你要不要见一下池骋？"

"池骋……"

她缓缓地转过头来，苍白脸上难得地怔了下神，但仍是与之前无异，摇了摇头。

"池骋，不见了。"

"其实他没有背叛你，他只是，被人抽了情丝，算不得一个完整的人罢了。"

"不重要了，送我回去吧，我要去投胎了。"

人死债消，前尘往事，皆不重要。但我知道，来生，她还会来这世间。她会轮回成为飞禽，兴许是一只鹰，也可能是一只山雀。那只鹰展翅高飞，翱翔在天际，最终会立于悬崖之巅，与同伴睥睨崖下山林。也可能会是一只山雀，在空谷幽幽的林子里，站在枝头，仰望月亮。

它们都不会知道，千年以前，也是这样的一片林子，有只山魈也在抬头，它跟它们一样，看的不是山月，是自由。可惜，时间的齿轮在推进，这世间的路，从来都是走了，便不能回头。

人是这样，妖也是这样。

如朱牧，如乔箬，也如两千年前的连姜和曾经的许庭淮。

03

我坐在了池骋家楼下，如多年前活着的吴秀娜一般，目光沉沉地看着楼上的窗户。他家里有人，灯亮着，光亮映在我眼睛里，像十年前漆黑夜幕下，那波涛起伏，一望无际的东海上，那艘游轮发出的光。

那时我刚刚从大头的姑奶奶张红霞身体里出来，孤魂野鬼般蛰伏在人世间，因为不急着找新的宿主，于是在海里待了一段时间。

潜伏在海底的时候，我的头发随着水草飘动，游过漫无边际的珊瑚丛，各种奇妙的小鱼环绕着我。这场景让我心安，我肆无忌惮地伸展着蹼状的爪子，看黑白色的水母游动。

而我之所以觉得心安，大概是因为我重生于尸水河底时，意识混沌，单纯又快乐地蛰伏，与普通生物无异。

只是，再也不会有慕容昭提前安排好的大龟在七月初七驮我出来。很久之前我不会知道，我师父曾经离我那么近。

胤都覆灭之后，我在尸水河下，他在尸水河上。

整整七年。东海位于黄海之南，波涛汹涌，风光秀美。巨大的黑潮暗流奔腾而来，波浪拍打海岸，悬崖高耸。深夜的时候，黑色海面一望无际，我经常在这个时候冒出头，像一条白色的大鱼随意畅游。

但我从未想过，池骋说大一那年出海夜游，在游轮上拿出望远镜看到的海怪是我。海上总是有很多稀奇古怪的东西，我压根不记得自己什么时候发现过来自望远镜的窥视，又是什么时候浮出海面，冲游轮上的人幽幽一笑，露出满嘴利齿。

妖的眼睛看到的世界是黑白色的。而我经历了太漫长的时间，自动摒弃过太多微不足道的记忆。直到通过镜台看到了吴秀娜的一生，池骋深夜醉酒，呢喃着："青青……"

吴秀娜心灰意冷，肝肠寸断。

只有我知道，他唤的是"卿卿"，不是"青青"。池骋，是我那小相公许庭淮在生死轮里几经轮转，终于与我相遇的转世。

事实上，我很早之前便一直在想，许庭淮到底是怎么知道我不是人的，究竟是哪里露了破绽。不可能有破绽的，一个凡人，我完全可以糊弄得很好。直到我从镜台幻境之中，看到他活在我编织的梦境里，那个传闻中文曲星下凡的男人，到底还是我小瞧了他。

庄生晓梦迷蝴蝶，那个梦确实迷惑了他。很长一段时间，他分不清梦境与现实，但他很聪明，善于洞察人心，也善于观察细节。他更善于伪装自己。

在我觉得我那小相公是个干净纯粹的少年郎时，少年已长成男人模样。他心思深沉，头脑敏锐，京中开始盛传状元夫人异于常人时，他就已经确定了我不是温卿。直到我回了赣州，许家派过去的那个叫明丽的姑娘，红着脸爬上他的床，尚未礼成，人已经被他一把推开。

当时他的脸苍白无比。那一刻，他无比清醒地意识到了梦境与现实的区别。

后来我追随陈如月和安崇松来了京城，自以为藏得隐秘，其实那个聪明的家伙已经顺着陈如月这条线悄无声息地盯上了我。难得的是，他知道我是妖，仍出现在了京郊原野，将油纸伞遮下，抱起了呈现妖体的我。我从此没有再回过京城和赣州。

二十年对我来说转瞬即逝。

然而却有那么一个人，相思成疾，病入膏肓。他与真正的温卿相敬如宾，恪守做丈夫的本分，但也只坚持了几年，便因病去世了。没人知道，最后的时光，病入膏肓的许庭淮回了赣州，他去了那座半山腰的老庙，见到了老道祢尔。

他跪在那罗刹像的酆都大帝面前，跟鬼君说："我命不久矣，祈求往生路上还能见到我家娘子，再续前缘。"

昏昏欲睡的祢尔睁开了眼，好笑地看着他："求姻缘，该去月老庙。"

许庭淮笑了："我家娘子，可不是普通人。"

"哦？那是何人？"

"她是妖，一只很丑很可怕的妖。"

"那你为何还要见她？"

"世人独爱皮囊，唯我爱那皮囊下的灵魂。我家娘子，妖形之下藏着一个眉清目秀的姑娘。这么多年,她在我眼睛里,也在我心里。"

祢尔"哦"了一声,许庭淮起了身,朝他一拜:"老师父可曾见过她?"

"不曾见过。"

"老师父撒谎,她曾和家母一起来过,还给庙里添了香油钱。"

祢尔哈哈大笑,指着他"你啊你"了半天,叹息道:"读书人太聪明,知道来求鬼君,你当真知道这世上除了鬼君,没有第二座庙敢成全你,你又是否知道,为此你会付出怎样的代价?"

许庭淮笑了,苍白脸上漾起梨涡,朝他又是深深一拜:"望老师父成全,任何代价,小生无怨无悔。"

是我错了,我看走了眼,那一脸慈悲的凡人老道是酆都大帝遁入轮回,在凡间的肉体凡胎。

当初在赣州,我因陈如月被治好一事去找过他,过后我又见过他一次。因许庭淮的母亲信佛,自我回赣州,作为儿媳曾陪她去过很多的庙。她是个很虔诚的妇人,所求之事无非是盼着那入了京的明丽早日为许家开枝散叶,香油钱给得还挺多。

直到有一次,我问她,武阳那座半山腰的黄墙庙不是据说挺灵吗,为何不去拜一拜?

许母道:"那庙里供的是地狱神,前去的多是祈求消灾消难,恶病不生。"

我道:"听起来也是值得拜一拜的。"

索性都出来上香了,也不差多走一处庙,许母觉得我说得有道理,于是顺道去了那黄墙庙。庙是真的庙,老道也是真老道。

许母上香诵经时,我倚在庙门口,目光看着那罗刹大帝的神像,开口对一旁的老道说:"人有贪嗔痴慢疑,鬼神也会造作恶业,你的话让我想起了经文里舍卫国的佛,人蟒毒杀七万两千人,造作极恶罪孽,却因临终一念慈心,被指引往生善道,积山之罪因向善之引冰消,老头你告诉我,这是何道理?"

祢尔佝偻着背,坐在功德箱前,昏昏欲睡:"因缘会遇时,果报还自受,人人如此,人蟒也不能幸免,在其天福享尽后,来世到人间修行学佛,当他在树下入定时,曾杀的那七万两千人会化作大军路过,将他用斧头砍杀割取,如此人蟒方得涅槃,因果毋庸置疑,鬼神所造的罪业,也是要偿还的。"

我冷笑了一声:"所谓向善之引,因果自受,说来说去是坏人放下屠刀便可成佛,好人为何没这样的机会?"

祢尔睁眼看我,叹息:"人之性也,善恶混,你可知孽镜台前无好人?"

魂登孽镜现原形,偷文减字暗补经。曾经的阴曹地府,秦广王殿有一座孽镜台,只可惜,那座镜台被我哄去改名叫"小甜甜"了。

他说得对,人性使然,论迹不论心,论心世上无好人。这个道理我何尝不懂。我沉默了下,知他是个肉体凡胎的人,还是道:"我知道一个人,他端正自持,心系苍生,论迹遏恶扬善,踵事增华,论心守的是大义,怀瑾握瑜,我认他是亘古长青的君子,佛说假使百千劫,所造业不亡,可就是这样的人,造业不亡,他却永永远远地亡了,我不知他的果报在哪里?"

接受慕容昭形神俱散这一事实,对我来说并不容易。为此我游历过四海,入过地府六道轮回,哪怕寻不到他存在的痕迹,私心里仍是不愿接受他陨灭的事实。

但事实就是事实,两千年后,我终于知道,他是真的不在了。接受之后,我便经常觉得天道不公,慕容昭这样的人,一生从未做过坏事,杀申周更是为了天下大义,为何偏就落了个这样的下场?

祢尔没有回答我,我也没指望他能回答。我那时并不知他是酆都大帝的凡胎,若我知道……若我知道,也没办法逼他回答的。

酆都大帝有个很有名的绰号——北帝大魔王。执掌三十六狱的鬼君,莫说那十恶不赦大奸大恶之人,再厉害的鬼怪魍魉但凡落于他手,永不能超生天界。即便传闻中他已经遁入混沌,我对他仍存一百个敬畏之心。也正是他,面对许庭淮的诉求,随手抽去了他魂魄里的七情六欲。

许庭淮生死受胎时坐的是龙头人尾摆渡船,池骋是他在人道轮回时的第三世。从没有什么吸妖体质,怪事却频繁发生在他身边,只因他算不得是个完整的人。灵魂有缺陷是很容易招惹邪祟的。譬如他的前两世,皆是死于非命,无一善终。这便是酆都大帝所谓的成全。

"以汝之躯,生生世世,吸引妖魔邪祟的注意,总有一世,你那为妖的娘子,也会被吸引而来。"

这种成全的方式,也算让我明白了北帝大魔王的称号从何而来。

04

罗酆山阴曹地府，我去过十方阎王殿，也去过五方鬼帝府，便是东岳大帝宫和地藏王菩萨宫，我也是偷溜过的。唯一没有踏足过的地方，就是酆都大帝宫，之所以没有踏足，如前文所说，是因为敬畏。但这次势必要去一趟了。

茫茫地府，巍峨宫殿，四面暗黑阴沉，漫无边际。殿外高耸的石柱上，缠着一条大蛇，那是黄泉之魔——筼蛇。巨大的蛇身缠绕石柱，黑得锃亮。蛇头从高耸的石柱上探头，睐着诡谲的深瞳，死死地盯着我。我立于帝宫门口，看着它吐芯子，好在它仅是睐着眼睛看我，眸子幽幽，并未作出多余的举动。

于是我摸了摸它的身子，表示友好之后，进了帝宫。如我所料，一身紫袍的酆都大帝，正在此间。与五方鬼帝府上悬着的画像大抵一致，但又比画像上更加威严神明。

传闻帝君已身陷混沌，却不知他是何时归来的，支颐在幽暗不明的长椅上，身形明灭如远山。在他面前，只让人感觉周遭是寒冰烈狱般的冷。我恭恭敬敬地朝他行礼，讲明来意，讨要许庭淮的七情六欲丝。帝君也未多言，闻言睁开眼睛，挥了下手，一团淡蓝色泛着幽光的东西便飘落在了我手里。

"多谢帝君。"

拿到了东西，谢他之后，我却并未离开，抿唇看着他。帝君目光沉沉，眼底像是融着千年寒冰，缓缓开口，声音回荡在幽幽冥府，久不消散："可是要问本座你师父的果报？"

"是，还望帝君解惑。"

"你可知你一介小妖，为何能三番五次地进出酆都？"

"不知。"

"何谓五仙？"

一个问题未解答，突然又问别的问题。我皱了下眉，老实回答："鬼仙，人仙，地仙，天仙，神仙。"问世间谁人无忧，唯神仙逍遥无忧。世间万物，皆想成仙，神仙的种类，也便是这五种。

帝君看着我道："你可听闻过蝉蜕，尸解仙。"

"听闻过,但似乎很少有仙人以这种方式飞升。"

尸解仙,便是得道之后可遗弃肉体仙去,不留遗体,假托一物便可遗世升天,这个过程道教谓之尸解,也叫蝉蜕。我不明所以,冥府暗沉,似乎看到帝君笑了下:"你师父慕容昭,原是可以尸解成仙的。"我身子一顿。

"可惜,他以魂魄为引帮你渡劫,形之散也,自然无法飞升,只能陨灭了。"

若地府光线再亮一些,我想酆都大帝一定能看到我苍白的脸。是的,慕容昭此只一生,守了胤都,镇了尸水河,创了异妖册,杀了申周。每一件事,本都该是他的功德和果报。

可是,帝君说:"你之前说,人蟒因向善之引,往生善道,你师父何曾不是那引善之人,他的果报早已在你身上了。连姜,如今大业已成,你也可尸解成仙了。"

我也可尸解成仙了……原来,兜兜转转,我也是那得道的人蟒……尸解成仙,脱离这妖体,恢复连姜从前的样貌。

成仙……多么美妙的词。

我低笑了一声,难过的情绪如排山倒海,只轻声道:"他都不在了,我做这神仙干什么呢?"

酆都大帝诧异道:"你不想做神仙?"

"不想,我只想要我师父慕容昭。"

"你师父已经不在了。"

"我知道。"

"你能尸解成仙,也是他之所愿。"

"知道,但我不想。"

"你可想清楚了,即便你不愿飞升,也不能改变什么,错过这次机会,你便永远是妖,永不能得道。"

"帝君,这些都不重要。"

我抬头看帝君,神情是平静的:"我已经活得太久了,长生对我来说是孤独的,做妖和做神仙,对我来说都一样。"

"连姜生于战国,承蒙师父不弃,长于胤都,也亡于胤都……我出来太久了,因我造的恶业,如今已然还清,但凡最后需要一个结局,那么我想去的地方,是不周山下。"

帝君摇头叹息:"你这小妖,执念竟如此之深,岂非辜负了你师父的心意?"

"是,那就只能对不住他了,渡我成仙是他的心意,却不是我的心意,为人也好,为妖也罢,连姜自始至终都只有一个归宿,他没有走出胤都,那么,我便要回到胤都。"

帝君大概是没见过如此不识好歹的妖,眼中有怜悯:"你如今还未成仙,有执念属实正常,待你飞升便会顿悟,世间万物皆可放下,神仙是无忧的,没有七情六欲可言,前尘往事只是过眼云烟……"

"那就更不行了。因为,我不想放下。"我朝帝君深深一拜,"帝君莫要再劝,连姜心意已决。"

离开大帝宫时,柱子上那条篁蛇看着我,眼神与酆都大帝无异,不解又怜悯。如曾经的祢尔老道所说,鬼神大都有自己的恶业,脱离凡尘束缚,得道成仙,是何其幸运的果报。

可这世上竟还有我这种傻子,属实费解。他们不懂,也永远不会懂。

我将许庭淮的情丝还给了池骋,顺便抹去了他脑中关于王知秋这个人的记忆。从此之后,他会是一个正常人。会懂得如何爱人,会跟喜欢的人成家,幸福美满。

很早之前我就知道,他虽是许庭淮的轮回转世,但他确实不是许庭淮。冥界的往生盘,生死轮走一遭,下一世是完完全全的另一个人。我那小相公,名许庭淮,赣州武阳人氏。他有着世上最澄净的眼眸,眉目如鸦,长睫遮掩的眼睑下,有颗妖娆红痣,白皙面颊有浅浅梨涡。

这些,池骋都没有。几百年前的许庭淮,其实早已如同我师父一样,再也不会回来了。不会再有那么一个人,递给我秦糖,笑眯眯地对我说:"我们连姜是姑娘家。"

也不会再有那么一个人,在弯月如钩的郊野青草地拦腰抱起一只妖,任她咬伤了手臂也要唤一声娘子,小心翼翼地带她回家。

他们,都不会回来了。

第十二章

秦时乱都

01

傍晚，城市下了一场大雨。电闪雷鸣，昏天暗地。我站在殡葬店门口，看着路上车辆拥堵，行人匆匆。

乌云压顶，空气中雨水的腥气扑面而来。我已经准备好要回不周山了。但这场突如其来的大雨困住了我，困住我的当然还有另一件事，附近街上发生了尸变。

对我来说，简直难以置信。我开第一家殡葬店那会儿，火葬才刚刚推行，那个时代的人们，骨子里还存在着死要全尸、入土为安的封建思想。

因没有强制性，家里有了丧事，大都还是选择停尸三到七天。那时节，时局刚稳，百姓安居，各种鬼怪邪祟开始冒头。我的任务是收异妖册上的东西，要是碰上了各种离奇事件也会顺手处理，但也没有刻意为之。

唯有尸变，处理得比较多。一则这与我的生意息息相关，二则那时尸变确实发生得比较频繁。

各地均发生过比较有名的尸变事件，尤其是有一个村子，几乎是一群僵尸冲进村子见人就咬。

现代人说起尸变，总觉是天方夜谭，事实上自古书籍都有记载过尸变事件。如袁枚在《续子不语》中写道："尸初变为旱魃，再变即为犼。"再如纪晓岚的《阅微草堂笔记》曾写："少年遇一僵尸，白毛遍体，目赤如丹砂，指如弯钩。"

再往前追溯，僵尸之祖实际是上古时期黄帝的女儿——魃。黄帝与蚩尤作战，女儿魃助其杀蚩尤，事后黄帝却以其杀生太多为由，禁绝魃升上神界。无法成神倒也罢了，然而后来为解人间大旱，禳灾巫术以女魃为祭祀品，终于令其成为旱魃女尸。

说起来，那位旱魃女尸，如今就封印在异妖册内。我已经很多年没有听闻过尸变事件了。上一次有这样的经历，还是在南方乡下一个叫神县的村子。那年，张红霞五十六岁，大头七岁。

有天傍晚，一个老实巴交的庄稼汉进城来买骨灰盒，挑了个价格最低的。结果三天后，他媳妇儿来了，普普通通的农村妇女，上来就要求把骨灰盒退了，怕我不给退，态度还很强悍。

干殡葬业的，哪有听说过退货的。那时我是张红霞，抓了把瓜子，边嗑边看她："大姐，咋的了，人死复生了？"

一句玩笑话，妇女变了脸，冲我恶狠狠道："胡说八道什么，让你退你就退！少废话！"

我看了她一眼，好脾气地拿了钱给她，同时好心提醒："要小心，复生的可就不是人了，家里孩子要藏好，有的品种专冲血脉至亲来。"

妇女一瞬间白了脸，对上我似笑非笑的目光，惊慌不已，拿了钱赶忙离开。也怪我乌鸦嘴。尸变有十八种，那家老太太死后停尸五天，本来都已经下葬了，结果半年后天天托梦给大儿子，说坟地选得不好，灼得她难受。

谁也没当回事，老太太四个儿子、三个闺女。直到大家挨个被托了梦，才半信半疑地掘了老太太的坟。老太太的脸泛着诡异的青色，眼睛闭着，神态安详，却让人感觉像是在冷笑。

一大家子人吓傻了。但没办法，到底是老娘的尸体，总不能弃之不理。这时候大儿子说了，赶紧联系火葬场，送去火化。那个时候火葬已经推广开了，但一个城里也就那么一家火葬场。

这家的二儿子趁着天没黑，说火葬场的盒子太贵了，赶忙就跑城里来买骨灰盒了。那天我卖给他一个最便宜的，三天后他媳妇才来退货。其实第二天殡葬车开来拉人的时候，老太太的尸体就不见了。

02

我记忆比较深刻,因为那老太太是一具荫尸。那年七岁的大头问我:"姑奶奶,什么是荫尸?"

我对他道:"荫尸与《阅微草堂笔记》中记载的因养尸地而形成的僵尸是一样的,葬地的土壤、形势位置,有可能是阴山阴地,也有可能是自家陵地旺气太重的缘故,总之就是把人埋在了不该埋的地方。"

后来我带着大头去了一趟裈县,果不其然,整个村子都乱了。

到了现如今,我认为世上已经不可能再发生尸变了,我们生存的世界,已经杜绝了这种可能。火葬,冷冻太平间,各种高科技设备,还有灯火通明的城市和良好的治安……

我不担心尸变。现代社会各种化学药水,比如有高强度腐蚀性的硫酸都可以直接将一具僵尸溶解成渣渣。我担心的是为何会发生尸变,以及最先出现的僵尸,如今在哪里?

这几日城里的治安特别好,但还是发生了一件事,我的异妖册不见了。

真是可笑,竟然还有人敢偷那玩意。

大雨停了,街上恢复了热闹。路灯,车灯以及殡葬店的霓虹灯交相呼应,映在我眼睛里,像极了一座色彩斑斓的舞台。街上有络绎不绝的人流和车辆。

我在等——我知道,今晚注定是个不寻常的夜晚。那场铺天盖地的雨,乌云压顶,电闪雷鸣,半空之中起了龙卷风,好一幕壮阔的龙蓄水。大雨过后,阴气仍悬在上空,这是旱魃女尸被唤出的预兆。

该来的终究会来。我在殡葬店的门口挂了一盏白灯笼,摆了香炉,燃了生犀香。

夜深的时候,街上的人渐渐少了,凌晨三点,街上空无一人。路灯幽暗,整条巷子,只有我的殡葬店霓虹闪耀,像眨巴着五彩的眼睛,迎接远方的客人。

灯笼里的白烛火苗摇晃,冉冉升起的燃香飘散在空气中。

终于,有东西在街口出现了。一步步走来时,能看清是一只执灯的青衣鬼怪。身着青衣的女子,长发及地,赤着脚缓缓走来。她的身形飘忽不定,直到逐渐走近,才能看清头发遮掩下的那张脸。死灰色的脸透着僵尸特有的尸气,唇色乌青,眼睛像失了色彩的玻璃珠子,死气沉沉。

青衣鬼怪挑着白灯停留在殡葬店门口，抬头看着霓虹招牌那里挂着的白灯笼，以及香炉里的香，幽幽开口："袾子，这是何处？"

"对您来说，大概是四千多年后吧。"

"哦？谁把我放出来的？"

"……我的侄孙。"

"你救了他一命。"

"是，感谢女魃不杀之恩。"

旱魃女尸，声音嘶哑："他犯错了，你该惩罚他。"说完，又补充了一句，"任何人犯了错，都应该接受惩罚。"

我沉默了下，继而道："是，要惩罚的。"

异妖册是张大头偷的，如果不出意外，尸变也是他策划的。他制造了尸变，偷了异妖册，放出了旱魃女尸。他本没有这样的本事，怪我这些年对他太放纵，让他懂了太多，做出这般糊涂事。我知道大头在做什么。无非是不愿我离开，策划着放出一只妖，让我继续抓，这种幼稚的行为，险些铸成大错。好在放出的是旱魃女尸。

他定然不知，她与其他妖是不同的。胤都初时以尸水河镇妖，女魃是唯一一个自愿被镇压的妖怪。后来浩劫生起，群妖纷纷逃窜出尸水河，她自始至终都没有主动从河底走出来。直到引渡到异妖册，她都是一只存在特殊的妖。

若问原因，我想与她原是天上的神女有关。山海经大荒北经记载，蚩尤作兵伐黄帝，黄帝命应龙在冀州迎战，蚩尤请来天上的风师纵大风雨，淹没大荒。

天女魃，乃是黄帝之女，奉命前来止雨，助父遂杀蚩尤。那场上古时期惊天动地的战役，以蚩尤被杀告终。然而没人知道，风师箕伯也死于女魃之手。更没人知道，女魃一直喜欢那位风师。

但她最终站在了黄帝这边，为族人而战。可笑的是，她因这场杀戮造下罪孽，已经无法再做天女。后来更因她杀了风师，部族大旱时，她成了禳灾巫术的祭品。

从天女到旱魃女尸，没人知道她经历了怎样的心死过程。杀风师是她的选择，成为祭品也是她的选择，只因她是黄帝之女，肩负大义与责任。

所以这样的天女，即便成了妖怪，也万不会是为非作歹的妖。

大头已经失联一个月了。

隔了一条街的古玩店也关了门。我没有去找他，也没有用镜台查看他究竟做了什么。自我来到这个不属于我的时代，还是第一次这样困顿。

我怕我从小养大的侄孙会因做错了事，死在二十六岁这年。而被他拿走的异妖册，施个咒语便重新落在了我手中。

我本该和女魅一同回去的，可是我知道，我必须见大头最后一面。好在也没有等太久，又过了半个月，同样是深夜凌晨，殡葬店的门被敲响了。

敲门声只响了一下，我便知道是他回来了。果不其然，开门的时候，正看到他背对着我，坐在地上。我唤了他一声："大头。"

他身躯一顿，没有回答，只笑了一声："姑奶奶，我以为你走了。"

我叹息一声，怜悯地看着他："你杀人了？"

"算是吧。"

"谁？"

大头没有回答，只背影孤独地抬头看了一眼天上。

没有月亮，夜幕一片漆黑。

我深深地吸了口气："你杀了龅牙哥？"

那个经常在古玩店门口的流浪汉，我已经很久没见过他了。大头沉默了下，轻声道："我没有杀他，我只不过是没有救他而已。"

按他的话来说，两个月前的一个晚上，那流浪汉不知是吃坏了东西还是突发疾病，蜷缩在古玩店门口，全身抽搐，口吐白沫。大头关门离开的时候，刚好看到这一幕。可大头无动于衷，他蹲在原地，整个人都恍惚了。

那是一个无月的夜晚，流浪汉死在了店门口，但没人发现，因为他经常躺在这里睡觉。

夜深的时候，大头将他的尸体拖进了店里。城市里有太多这样无家可归的人，即便他很久不曾出现在那条街，也仅有熟知一二的店老板感叹一句："咦？那个乞讨的流浪汉最近不见了欸。"过后，所有人便将他遗忘在脑后。

大头是恶人吗？不是。街上那么多店面，龅牙哥只把他的店门口当常驻点，因为但凡大头在店里，饭点的时候都不忘给他送份吃的。他不是恶

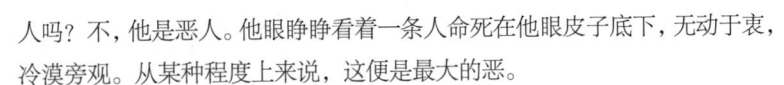

人吗？不，他是恶人。他眼睁睁看着一条人命死在他眼皮子底下，无动于衷，冷漠旁观。从某种程度上来说，这便是最大的恶。

后面的事无须多说，他利用流浪汉的尸体做了诸多实践，策划了一场尸变。而后偷了我的异妖册，以我那本《祾子笔记》中记载的某种召唤仪式，将旱魃女尸放了出来。

我不知他是何时动的这种邪念，邪念一旦滋生，无异于将心交给了魔。

我很失望，看着他声音冷了下来："你可知道，召唤出旱魃女尸，你的下场是什么？"

"猜到了。"他笑了一声，语气不甚在意，"姑奶奶不会让我死的。"

"张润泽，你这是在逼我。"

我缓缓地闭上了眼睛，心中一片哀凉，竟不自觉地想起了他初到我身边时，六十多岁的张红兵将他推到我面前，他紧张地看着我，在张红兵一遍遍的催促下，挨了一巴掌，才哭着叫了一声姑奶奶。

三岁的孩子，还应被母亲抱在怀里，不应该是敏感慌张的。我不该留他的。可我看着那小小的孩子，动了恻隐之心。早知今日这恻隐之心会害了他，我绝不会在那时选择去牵他的手。

二十三年后，他犯了这么大一个错。我真的很失望，斥责的话尚未说出口，他已经呼了一口气，卸下了重担似的，起身回过头来看我。

他个子很高，比被我附身的王知秋高了大半个头，寂静深夜，就这么双手插兜，静静地看着我，眼底隐匿着幽幽黑河。

"姑奶奶，你怎么不问问我，这些日子去哪儿了？"

"你去哪儿了？"

"按照习惯，你应该去镜台探知一下才对，为什么不去看呢？"

我从来没有用镜台去探知过大头的人生。当然，这也是有理由的。因为他从小在我身边长大，很多事我不会瞒他，所以镜台的秘密早就不是秘密。我还记得他十二岁步入青春期时，有一次问我："姑奶奶，你有没有通过镜子看过我？"

我那时存了几分捉弄的心态，回答道："有啊，我每天都透过镜子看你，上课有没有认真听讲，考试考了几分，有没有篡改分数，班里的小女生有没有给你写情书……"

话未说完,他已经一把捂住了我的嘴:"姑奶奶!你怎么可以这样,你要尊重我的隐私。"

我拍开他的手,哈哈大笑:"你跟一个快七十的老人家谈隐私,你小时候蹲稀拉裤子里,还是我给擦洗的呢……"

这下,大头又急了,涨红了脸,又开始捂我的嘴。

后来他天天缠着我,跟我拉钩,让我发誓永远不用镜台去看他,又是撒娇又是跺脚,最终我如他所愿,发了誓。

03

我从没有用镜台去探知过他,大头当然知道也不会是那个理由。

他看着我,勾起嘴角:"你不敢,对不对?"

我皱了下眉:"你胡说什么!"

"连姜,你不敢看我,因为一旦你去看了,便会知道我对你的感情并不比你对你师父的少。"

"你是我养大的,对我有感情没什么奇怪。不敢?为什么不敢?我对你一样有感情,这很坦荡。"

"坦荡的是你,不是我。"

大头蹙起浓黑的眉,眼中有一闪而过的阴郁:"你对慕容昭是怎样的感情,我就是怎样的感情。连姜,你别装傻。"

我也皱了眉,这么多年,我将他当成一个孩子,他在我心里一直未曾长大。亲手养大的孩子,连姑奶奶也不叫了,一口一个连姜,实在让人生气。

我冷下脸来:"你如何能跟我师父比?张润泽,我对你仁至义尽,只因你唤我一声姑奶奶,如今闯下的祸事,我最后为你兜着,从今往后,我们永远不必再见。"

大头笑了,笑着笑着红了眼眶,后退几步,转过身去,最终背对着我,抱着头蹲了下去。他哭了,身子不住地颤抖。记忆里,自他来我身边,其实很少哭过。

我总是教育他要勇敢,要坚强,男儿有泪不轻弹,所以哪怕上小学时跟同学打架,被人骂是没爹没妈的野孩子,他都不曾哭过一声。那时我用碘酒帮他擦脸上的伤,他一边疼得龇牙咧嘴,一边很有骨气地对我说:"姑

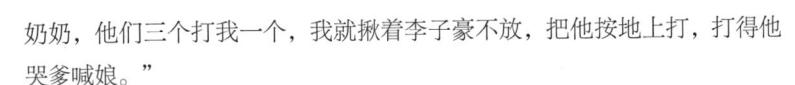

奶奶，他们三个打我一个，我就揪着李子豪不放，把他按地上打，打得他哭爹喊娘。"

"我厉害吧，没给你丢人吧？"

小小少年鼻青脸肿，眼睛却出奇的亮，璀璨如天上的星星。

我说："哇，虽然打架是不对的，但是我们大头没有向恶势力低头，而且以一敌三那么勇敢，一定要好好奖励一下。"

他便兴奋地扑过来，在一个六十岁的老人家脸上吧唧一口："姑奶奶，你最好了！"

而如今，他口中最好的姑奶奶，看着他肩头轻颤，心里一阵钝痛。我走上前，站在了他面前。他抬起头，红着眼圈，眼底是深深的执拗："喜欢你是我错了吗？"

那张熟悉而痞气的脸，笼罩在霓虹灯光下，投下暗影，眉眼悲绝。

"从小到大，我身边只有你，生病时在我身边的是你，寒来暑往送我去上学的是你，开家长会是你，买每一个生日蛋糕的是你，你给我讲大禹治水、九州之鼎、百二秦关终属楚、三千越甲可吞吴……你还告诉我，临渊羡鱼不如退而结网，再长的路，一步也能走完……"

"我的人生，完全是跟你绑在一起的啊，喜欢你是错误的吗？我是没办法跟胤都的慕容昭比，可你不能否认跟你相依为命那么多年的张润泽……感情是假的。"

"我叫了你二十多年的姑奶奶，你现在告诉我，你是你，我是我，曲终人散，永远不必再见。"

"姑奶奶，你真的，不要我了吗？"

我大概是永远不会忘记他的眼神了，那双漆黑的瞳仁，仿佛刻进我的脑海中。他眼尾泛红，看着我直直地落下泪来。眼中的那抹悲色，脆弱如惶惶孩童。

我轻声道："我是妖啊，大头，你知道的，不管是哪种喜欢，都不会有结果的，很早之前我就告诉过你，你不能依赖我，我迟早要回去的。"

"我知道，这话你不止说过一次，所以现在我还想再问一次，能不能等我死了再走？"大头看着我，笑了，"我可以只活二十年，或者十年，再不然，五年也是可以的。"

"大头,你听说过'朝菌不知晦朔,蟪蛄不知春秋'的道理吗?"

"我从前很喜欢捉蛐蛐,在胤都的时候,五师兄甚至给我起了个绰号,叫蛐蛐大王,我捉蛐蛐很有经验,菜园子里趴半日,总能拿到那最厉害最威武的,没有人能斗过我的蛐蛐,每一只在我手里,都是常胜将军。"

"可是再好的蛐蛐,最多也只能活五个月,我曾经最喜欢的一只红脸蟋蟀,陪了我很久,到了冬至就不爱动了,可我舍不得它走,所以我用罩子捂着它,给它制造一个温暖的假象,但是后来只在寒冬里暴露了一会儿,它便蹬腿死掉了。"

"我后来在想,我捂着它的那些日子,真的是对的吗?罩子里漆黑一片,不见天日,我想让它晒会儿太阳,结果它身形萎靡,全无曾经的威震风姿。"

蛐蛐活不到寒冬,朝菌不知黑夜与黎明,夏生秋死的寒蝉也不知道这一年的好光景,但这对它们来说是恩赐,有意义的人生才叫活着,如果是活在寒冬深夜,多待的每一秒对它们而言都是痛苦。

大头一定听得懂,我眸光静静地看着他,他该知道的,无论是他的红霞姑奶奶,还是殡葬店的王知秋,从头到尾,都是孤零零的一个人。

我没有朋友,也不会去结交朋友,长生对我而言是孤独与痛苦。早一秒和晚一秒,我都是要走的。

"你舍不得我离开,但你知道吗?我是真的很想回去胤都,迫不及待地想去看一眼满城樱花,一分一秒都无法再等。"

大头神情愣怔,红着眼圈摇头:"可你说过,异妖册里都是假的,那是你师父慕容昭创造的幻境,自欺欺人罢了。"

"对啊,既是我师父的杰作,我更要进去看一看他为我编造的世界了。大头,我很想他,两千多年了,按理来说我该连他的模样都忘得差不多了,可是谁能想到,时间越久,我记得越清。"

"我听到他在唤我连姜,看到他在冲我笑,好像一切都恍如昨日。"

"旱魃女尸回去的时候告诉我,这个世界不是我们的,每个人生来就注定了自己的归宿,她属于远古,我属于胤都,那里才是我们该去的地方。这个时代很好,人类文明,秩序良好,你们可上天下海,厉害得连神仙都无意打扰,但这是属于你们的世界。而我,生于战国,注定要回到胤都。"

"……姑奶奶。"

"张润泽，不要误解了喜欢这两个字，成全我，如我所愿，才叫喜欢。"

我上前轻轻地抱了下他，他立刻双手环上我的腰，半跪在我面前，脸埋在我怀中。

"大头，你要好好的，没有什么二十年，十年，五年，你会长命百岁，娶一个很好很好的女孩子，组建一个幸福美满的家庭。"

"屈从于俗世里最俗气的圆满，张润泽不是假的，只有一个，也只有这一世，所以，忘了我吧。"

在此之前，我没想过抹去他的记忆，可这一刻我动了这个念头。而大头似乎预料到了什么，猛地抬头看我，眼中充满了恐惧："我不要，姑奶奶，我知道错了，我愿意成全你，只求你不要抹去我的记忆，我不想忘记你，就像你不曾忘记过慕容昭一样，我想做个完整的人，你不能剥夺我这个权利。"

他急切地恳求，而我静静地看着他，神情一点点地软了下来："你真的知道错了？"

"是，我一时糊涂，为了留下你险些铸成大错，后来我后悔了。"

"我知道自己罪孽深重，我真的悔了，任何惩罚我都愿意接受，唯独不能接受将你忘记。"

"我三岁来到你身边，朝夕相伴这么多年，这记忆要是不在，那么存活于世的张润泽才是假的。"

"姑奶奶，求求你，若连我都不记得你，谁还会记得这世上曾有个胤都来的连姜呢？"大头的脸贴在我身上，眼泪浸湿了我的衣裳。

我送了他一件法器——纯铜制的金刚杵。它有半尺多长，是我当年入司官，师父亲手交给我的。此物看着不起眼，与普通古玩无异，实则师父送我时曾说，这金刚杵是隐修仙人之物，可斩断各种烦恼，破除愚痴妄想与魔障。除了这个，我如今已没什么可给他的了。不，还有一家不大不小、晚上霓虹闪耀的殡葬店。

我会穿镜去不周山，将异妖册封存于山下。从此，世上再无那些传闻中的妖。届时孽镜台会重返酆都，这趟岁月漫长之旅，终究是到了尽头。

两千年前，慕容昭以九黎壶造异妖册，作为封存远古妖物的容器。我也曾以为那只是容器。可是那日从其中走出来的旱魃女尸一刻也不愿停留人世。我受柳公所托，捉妖千年，从没有一只妖自愿入册。连我自己也认为，那只是幻境。可女魃说，未曾身在其中，怎知真假，于册中妖而言，这恍如隔世之处才是大梦一场。正如庄周梦蝶，蝶梦庄周，蝶非梦，梦非蝶，蝶亦是梦，梦亦是蝶。

而蝶本无梦，梦本无蝶。心在桃源，我看你们，便都是虚幻。因她这番话，我怔了好久。

后来，我如愿回了胤都。

那座浪漫，美丽且热闹的城，樱花开得烂漫，花繁枝茂，满缀桃粉。街上人很多，女子穿着大襟窄袖襦裙，男儿盘高发，着玄衣纁裳，三五成群，谈笑风生。

樱花红陌上，柳叶绿池边。女魃说得对，一花一世界，一叶一菩提，直到此刻，站于记忆中的高桥之上，展望胤都，我才终于明白师父怜悯的是众生。

胤都的慕容昭心怀天下，这芸芸众生是一草一木，一人一畜，也是那些镇压于尸水河底的妖。他给了它们最好的去处。

异妖册中的胤都，美得不可方物，我随手拉过的大婶，挎着竹篮，唾沫横飞地告诉我："尸水河？那条河早没了，咱们胤都大祭司可厉害呢，造了个什么册子，把河里的东西都封印了。"

我站在桥上低头望水，碧波荡漾。那涟漪之中，是一张极其熟悉的面容。

长发如瀑，眉眼英气，鼻子秀挺，鬓间是海棠发簪，穿的是芙蓉色大襟窄袖襦裙。两千多年前的连姜，终于，又站在了胤都这座城里。我朝着司官的方向，一步步走去。脚步很慢，因为属于胤都的每一处，我都在贪恋地观望。

司官大门紧闭，如记忆中一样高大熟悉，只是门口没了守门童。推门而入，映入眼帘的是熟悉的院落，前方宫殿巍峨，长廊台阶下，站着我的五位师兄，以及三位尚一脸稚气的师弟，甚至还有花白胡子的柳公，正笑眯眯地看着我，慈爱地唤了一声："连姜，回来了。"

师兄弟们齐齐看我，都在冲我笑，眼底灿烂生光，温和如春日暖阳。四师兄一如既往地嘴贱，率先同我打了招呼："怎么这么慢？我还以为你半路掉茅坑里了。"

一切恍如梦境，可我掐了掐自己的脸，很疼。

大师兄笑道："师妹，快去吧，师父等你很久了。"

前方台阶上，是两扇闭着的殿门。我望着他们满是笑意的脸，看到五师兄朝我点了点头。回过神来，眼眶有些热，伸手一摸，果然是泪。

忽而南风起，行几万里，终是归期。

我叩响那扇门。没多时，殿内传来一道熟悉的声音："连姜，进来。"声线是一贯地清冷，低沉动听，如珠落玉盘。脚迈入门槛，泪眼蒙眬间，抬头又见那道芝兰玉树的身影。

还是一袭白衣，纤尘不染。慕容昭眉眼细薄，眸子含着笑，深邃如一潭幽泉，就这么静静地看着我。他润红的唇，白得几近透明的皮肤，一如从前，好看得像神仙一样。只是那玉笄束起的长发流泻肩头，已苍白如雪。

一望可相见，一步如重城。

所爱隔山海，山海不可平。

海有舟可渡，山有路可行。

此爱翻山海，山海皆可平。

他朝我伸出了手，我忽而就笑了，柳公诚不欺我。

天阔素书无雁到，夜阑清梦有灯知。

灯火阑珊处，原来他一直在这里。

"夫君，别来无恙。"

正文完

番外

羁绊流转

钟离岘篇

春秋末，楚国。

连绵细雨下了几日，街上的酒馆聊斋仍旧生意很好。楚国素有"三钱之府"之称：黄金、银币、铜铸币，抑或珠玉。车马牲畜、绢布……皆可在此通用交易，因而各国商客常来常往。钟离岘已经在这里待了半年。更准确地说，他这次离开胤都快两年了。

彼时胤都已接受秦国册封，周朝王畿分了西东两周公国，周王室摇摇欲坠。胤都与各国之间馈赠献纳、商业贸易，以及货物采办，均是钟离岘在操办。胤王对他一向放心，这个年仅二十有一的九王弟，性子虽闷，但做事沉稳。

钟离岘住在客栈二楼，他坐在桌前，伸手拿过了立于桌上的泥娃娃。泥娃娃巴掌大，笑眯眯的眼睛，胖乎乎的脸蛋，双手乖巧地叠放身前。

这是买给婳婳的。当然不止这一件礼物，但凡他出行，所到各地，看到那些新鲜好玩的小东西，首先想到的就是婳婳。婳婳如今正是贪玩的年龄。可这些，她还会喜欢吗……想到婳婳，钟离岘神情变得柔软。作为老王上最小的儿子，婳婳出生时他七岁。那个小姑娘，可以说是他看着长大的。

王后病逝之前，她的童年是无忧无虑的，性格天真烂漫。反倒是钟离岘，从小性子阴郁，为人不喜。之所以为人不喜，得益于老王上对他的态度——他几次三番地想杀了他。

五岁时，生母云姬为他挡了一剑，死在了老王上手里。钟离峫知道原因——因为老王上怀疑他并非亲生。云姬与胤王宫的一名侍卫有染，珠胎暗结。

钟离峫长得一点也不像老王上，与他的哥哥胤王也无神似之处。这一点伴随着他的长大，越来越让人怀疑。好在后来老王上没来得及杀他便已宾天。他的童年是不幸的，阴郁的性格是自小养成。宫里没人会在意他，唯有一个婳婳。

小姑娘刚学会走路时，便"咿呀"学语地唤他："……小叔叔。"

她总爱看着他笑，伸出莲藕似的小胳膊，口齿不清地嚷嚷："抱抱。"

柔软的小人儿，身上满是奶香味，甜甜一笑，心都要融化了。婳婳喜欢骑在他身上，被他驮着满处跑。他是小公主的大马，任凭她指挥，顺着她说的方向前行。这游戏一直玩到婳婳七岁。

七岁的婳婳，会仰着脸问他："小叔叔，你怎么不爱笑呢？婳婳每次见你，你都绷着脸，其实你笑的时候可好看了。"

钟离峫摸摸她的头，神情柔软下来，但仍是面无表情的一张脸。

他问婳婳："想不想骑大马？"

婳婳腼腆一笑，摇了摇头："母后说我长大了，今后不可以再把小叔叔当马骑，她看到了要责骂我的。"

钟离峫道："无妨，你若想骑，我们可以偷偷的，不被她看见。"

"不了小叔叔，婳婳也觉得这样不好，你是婳婳的九王叔，怎么可以一直当牛做马呢？这样是不对的。"

小小的姑娘，懊恼又天真。钟离峫看着她，心里却在想：那有什么，只要婳婳开心，我可以一直驮着她在地上跑。

偌大的王宫，是他自幼长大的地方，可心里却只有婳婳一个亲人。他打心里喜欢她，想默默守护她，看这个小姑娘灿烂地笑。然而随着婳婳逐渐长大，男女有别，终究是越来越疏远了。

婳婳在学习如何做一个正统的钟离公主。他在学习社交礼仪，肩负起王室之责，为胤王分忧。婳婳对他的称呼从"小叔叔"变为了"九叔"。再后来，又从"九叔"变为了"九王叔"。她越来越客气有礼，端庄自持。

因王后去世，再没有母亲护着，唯有正统钟离公主的身份才是她能抓住的护身符。钟离峫还记得王后去世那日,婳婳躲在园子里,花丛中小小的肩头耸动,哭了一下午。而他就默默地守在一旁,陪了她一下午。

最后,婳婳说:"九王叔,今后我会是孤零零一个人了。"

钟离峫心里一痛,几乎是脱口而出:"婳婳,你还有我,我会保护你。"

胤王有着与老王上如出一辙的冷血,他有很多女人,也有很多位公主和公子。人走茶凉,对王后那点悼念过后,又有其他美人陪着,很快便不再关心婳婳。

他对婳婳超乎寻常的严厉,只因她将来是要嫁给慕容昭的。钟离峫曾对婳婳说,你还有我。可是他也食言了。他开始频繁离开胤都,在各国之间贸易往来。

虽然每次回去都会给婳婳带好玩新鲜的东西,婳婳也会抬头冲他甜甜一笑,说一句:"谢谢九王叔。"终究是少了陪伴,越来越生分。

犹记得上一次回去,他不远千里从齐国带了个鸠鸠推车给婳婳,想着婳婳见了一定喜欢。可是十三岁的婳婳只是感兴趣地摸了下,便摇头道:"九王叔,我已经不是小孩子了。"

钟离峫愣了下,立刻道:"不喜欢吗,那你现在都喜欢什么?"

"我喜欢蛐蛐,司宫里的连姜你知道吗?他是慕容昭的徒弟,可厉害了,我喜欢和他一起拿蛐蛐……"

婳婳来了兴趣,侃侃而谈。

钟离峫却沉默了,只因听到了慕容昭这个名字。

他道:"婳婳,你很喜欢司宫的人?"

婳婳点了点头:"是呀,我将来要嫁给慕容昭的,司宫的人都很好,我很喜欢他们。"说罢,又补充了一句,"我也喜欢慕容昭,他还给过我秦糖吃。"

因她这句话,次日,钟离峫竟带了一罐秦糖给她。一向性格冷清内敛的九王叔,抿着唇,一言不发地将陶罐递给她。婳婳没有接,对上他柔软的眸子,心里莫名地慌了下。

九王钟离峫,已年至二十。相貌端正,品行兼优,可至今尚未成婚。胤王也曾问他,可有中意的女子。见他还一味地摇头,拖到现在也不肯成亲。索性他经常外出,胤王也没太管他。

婳婳与同龄的女孩比，终究是心性成熟了些。作为正统钟离公主，教养严苛，她很早就褪去了女孩子的稚嫩与懵懂。因而格外敏感地察觉到了钟离峋待她的不同，似乎并不仅仅是叔叔与侄女那么简单。

十三岁的女孩开始心慌了，但仍是维持着笑对他道："不用啦九王叔，糖吃多了牙齿会坏掉的。"她婉拒了他的好意。

钟离峋也仅是沉默了下，固执地将陶罐塞给了她，转身离开前，脚步顿了顿："我后日又要走了，你照顾好自己。"

时间一转，又近两年。楚国客栈，钟离峋将那泥娃娃收了起来。

婳婳及笄了，应是长成大姑娘了。兴许不久后，她便要嫁给慕容昭了。也罢，婳婳懂的道理，他怎会不懂。他如何能跟慕容昭比？那样瞩目的存在，整个胤王室对他都又敬又怕。

况且，他连站在婳婳身边的勇气和资格都没有。他的爱是丑陋的，不为世俗所容。所以他从不曾说出口，也永远不会说出口。哪怕他自己心里知道，他与婳婳之间，干干净净，并无血亲关联。而这事，却是要烂在肚子里的。他只想一辈子守着婳婳，以王叔的身份对她好罢了。

钟离峋无奈地笑笑。

"祁兄可在？"

出门在外，为图方便，钟离峋用的是"祁峋"这个名字。这些年东奔西跑，各处的朋友也结交了一些，唤他的正是不久前结交的周稷。周稷是齐国商人，此番来楚为的也是犒聘置办。

周稷是一个玉树临风的公子哥，说话幽默风趣，见识颇多，与钟离峋一见如故。说起来，二人也算是生死之交。不久前钟离峋一伙人行经申地，遇到周稷带领的商队，一同被山贼截货。

双方大战一场，仓促之间，他还救了周稷一命。自此这家伙就赖上了他，跟他住同家客栈不说，还三天两头地邀着一同饮酒。多数时候，是周稷叨叨个没完，钟离峋沉默寡言，话语很少，鲜少有喝多的时候。

钟离峋警惕性很强，在外一向自持。周稷找他喝酒是常事，这次对方隔着门唤他，他却变了脸。上次一同饮酒，他便察觉出了异常。当时喝得有点多，但也不至于令他昏了头，半醉半醒地趴在桌子上歇息，低头时却看到了一条尾巴。以为是自己眼花，定睛一看，结果真的是条毛茸茸的大尾巴。按照方向来看,是周稷商队里的同伴,此人平时就打扮得不男不女,阴阳怪异。

钟离屿心里一沉,不动声色。鬼怪之说,旁人不信,他却是信的。

胤都尸水河封印了那么多的邪祟妖怪,又不是什么秘密。他装醉趴在桌上,果不其然听到周稷叫了他两声,见他不答应,懒洋洋地对那同伴说:"喝醉了。"

长着狐狸尾巴的同伴雌雄莫辨,连声音都变了腔调,又尖又细:"主人,现在可以确认他就是钟离氏的人,要不要抓起来?"

"钟离氏也分血统,正统的公主才是首选,现在不要打草惊蛇,免得到时候难抓。"

周稷仿佛变了一个人,语气轻快,却透着莫名的寒意,令人毛骨悚然。

钟离屿惊出一身冷汗,装着醉被人扶进了屋。次日一早便收拾了车队,打算悄无声息地离开,可惜还未出门,便碰到了前来打招呼的周稷。

"祁兄这是要去哪儿?看来昨晚睡得不太好。"

他笑得意味深长,眼瞳黑如浓墨,仿佛洞彻了他所有的小心思。钟离屿突然意识到,周稷根本就知道他昨晚在装醉,那些话或许就是故意说给他听的。这个不知是人是鬼的男人在戏弄他。

果不其然,他望着他,勾起嘴角:"钟离屿,你走不掉了。"

他当然走不掉了,也后知后觉地明白,这帮妖魔鬼怪极可能是冲着饕餮锁来的。整个客栈都是他们的人。

店掌柜、小二,以及后院喂马的小厮都不是人,仔细观察,处处透着诡异。被识破身份后,他们也懒得装了,连端上来的饭菜都变成了蠕动的虫子。他若不吃,店小二会猛地伸出半米长的舌头,将盘子一扫而光。

虫子的汁液残留在他嘴角,店小二兴奋地怪叫两声。怕吗?自然也是怕的。可是,他还有比怕更重要的事。

周稷又在唤他了。钟离屿将要送给婳婳的泥娃娃收好,放在了床头。走出去的时候,又回头看了一眼。那娃娃大概也没机会带给婳婳了,真可惜。

周稷摆了一桌酒,帮他倒了一杯。他说他真名叫申周,原是天詹师尊座下弟子,世间万物生而平等,现在他要为天下大义,将那些困在尸水河底的妖拯救出来。

这是他第三次试图说服钟离岘了。只要钟离岘愿意帮忙引出钟离公主，日后天下划分，甚至可以尊他为神祇。跟前两次一样，一向性格阴郁的钟离岘，笑了。申周很有耐心，在他看来，封神对凡人来说是多么大的诱惑力，他不信他不动心。可惜，钟离岘看起来是真的不动心。不男不女的狐狸精在一旁舔着牙，垂涎欲滴。第三次了，如果还不答应？它可要沉不住气了。

钟离岘道："有时候真怀疑你们这些妖有没有脑子，为什么一定要钟离公主？我也是钟离氏血脉，何必如此麻烦？"

"当初为饕餮锁献祭的是钟离公主，我如何能确认随便一个钟离氏也可引出饕餮？"

"不试怎知？你又如何知道我引不出。"钟离岘淡定地喝了口茶，道，"况且钟离公主在胤都，有慕容昭的地方，哪里是那么容易骗出来的。"

申周眯起了眼睛："你竟不怕死？自愿献祭饕餮锁为的是什么？"

"你为你的义，我为我的义，没有为什么。"钟离岘声音淡淡。

"我明明给了你更好的选择，人只有活着才有资格追求别的东西，你的义难道比性命还重要？"

"对，知生之必死，人这一生，总有比性命更重要的东西。"

"我不信。"

"你当然不信，若你信了，又怎会沦落到今日这般地步。"钟离岘嘴角勾起嘲弄。

申周冷笑，一掌将他击落在门上，震得他五脏六腑剧痛，吐了一口血。

"敬酒不吃吃罚酒，那便没必要废话了。"

他逃不掉了，触怒申周，必死无疑。好在一个不是钟离氏血脉的九王，即便投了饕餮锁，也不会唤醒妖兽。却可以以他之身死，让钟离氏警醒，慕容氏警惕。

如此一来，严防死守，婳婳只要不走出胤都，不会再有危险。她本就是要嫁给慕容昭的。

婳婳，九王叔大概是不能看着你幸福美满地嫁人了。

幸运的是，最后一次，我还能守护你。

申周篇

申周临死的时候，都还在满心狐疑，明明他只差一步。

这一生总是如此。

无父无母，是个孤儿，尚在襁褓之中便被丢弃在山林荒野，险被猛兽啃食。

所幸被人所救，又被送往阐教昆仑山成为童儿。身为天詹师尊门下弟子，无上荣光。

但一开始他并不强。昆仑山是什么地方？元始天尊创立阐教之初，弟子都是有仙根慧骨的人。偏他是个什么都没有的凡人。

很小的时候他就知道，实力强大的人才有资格立于师尊座下。听禅讲道，法术精研，比他入门晚的师弟们围在一起虚心受教，他总是想往里凑。

结果是师弟们一把将他推开："师兄，别在这儿碍眼了，你又听不懂。"

师尊自然也看不到他，偶尔看到了，只是叮嘱一句："祭殿香焚玉炉，切记心诚帝前。"

自小在昆仑山长大，除了每日去祭殿给元始帝尊上香，他似乎没有别的可被师尊指教。

即便是上香，也总是提醒他要心诚。

申周心想，难道自己此生都要甘于人下，在这里打杂吗？

如此这般，如何心诚？好在不久之后，他在后山救了一只小神狐。

昆仑仙山宝地，动物也多有灵性。小狐狸掉入狩猎陷阱，得他所救，钻入山林。

隔了两日，它又出现在山林，晃了下漂亮的尾巴，对他道："恩公，我太祖母想见你。"

太祖母是一只活了万年的老狐狸。在仙山洞穴里，老狐狸足有三十六丈高，他需要仰头才看得到它花白的须子以及幽深的绿色竖瞳。

洞穴很大，爬满藤类植物。

神狐修了万年，虽已年迈，灵力却非凡。它感谢他救了小狐狸，想要报恩。申周灵机一动，提出想要修炼仙根。

一个没有慧根的凡人想要修炼仙根，有些可笑。

老狐狸知道他想要什么，轻笑一声，给了他百年灵力。

申周离开狐狸洞，突然觉得健步如飞，一身轻松。原来精心苦练，抵不过老神狐一口仙气。

有了灵力加持，他也总算在一干师兄弟面前露了脸，师尊也赞许地点头："可见是下了功夫的，孺子可教也。"

可是，远远不够。

他还想在师尊面前露更多的脸，得到更多称赞。于是，真的下了功夫地去练，冬练三九，夏练三伏。

可惜功力仍不上不下，师尊又叹了句："各安天命，你本就没有修灵的慧根，莫要强求了罢。"

申周如坠冰窖。

他从不掩饰自己的野心。

谁不想出人头地，被人敬仰？师尊禅定，闭关时他从没有资格同去。他只能拿着抹布去打扫藏书阁里外。

藏书阁内有禁书，这是他一早就知道的。

他谨遵师命，从不敢翻看，可那日，他趁着师父禅定，鬼使神差地用他的符灵牌偷出了那本书。

他发誓一开始只是想看一眼便罢，未曾料想是坠入魔道的始端。邪术是循序渐进的，一开始与正经法术无异。直到一步一步，越练越邪门，他才意识到恐惧。可惜来不及了，与恐惧一同疯长的还有他的野心。

申周又去山林找了那只曾经救过的小狐狸。小狐狸听到恩公召唤，欢天喜地地跑了过来。它已经能变幻出人形了，虽是狐狸，人形却是个单纯天真的姑娘。恩公玉树临风，俊眉朗目，看得小狐狸还有些脸红。

畜生就是畜生，修炼成精，也远远没有人来得狡猾与邪恶。申周杀了它，取了它的元丹。然后他变幻成小狐狸的模样，去了仙山狐狸洞。凭他一个人是对付不了老神狐的，他从不做没把握的事。

狐狸洞里也有不受待见的黑狐，如同昆仑山阐教里不甘于平凡的他。里应外合，他们趁着老狐狸神虚，一举弑杀，夺了它的元丹。

天詹师尊说得对，他没有修炼的好根骨。但他说得也不对，他的根骨，天生适合修炼邪术，无人能及。他从来不是心思纯善之人。申周师兄凭借自己的努力，硬是在满座仙姿之中脱颖而出。师尊也不禁扪心自问，自己从前是对的吗？因为没有天赋就要轻易地否定一个人吗？

申周从未轻言放弃，他证明了自己，也证明了后天的辛勤与努力同样可以使人功成。师尊轻叹，对自己感到失望。没人看得出申周隐藏的邪，因为他有神狐元丹。

申周师兄龙章凤姿，乘御四海，天质自然。人人称赞，人人敬仰。师尊禅定，他必定陪伴其中，得其倾尽所有地传授功法。

可惜世上没有不透风的墙。神狐灭族，仙山灵兽惨遭屠杀，元丹皆被褫夺，终于引起了昆仑山的重视。真相大白之前，申周已经意识到了师尊的怀疑。

他逃离了昆仑山。后来，他成了不折不扣的孽障，被逐出师门，修炼邪术，坠入魔道，人人以他为耻。原以为能做人上人，结果成了过街老鼠，纵然有一身法力，却要同妖魔两道一样，永远滋生在黑暗角落里。

这不是他想要的，他如今无人能及，自然要站在高处，睥睨所有人与神，掌控天下。他要往上爬，为此可以不惜任何代价。因已入魔，申周脱离了凡胎的生老病死。隐修百年之后，他计划颠覆胤都，放出尸水河里的异妖。

那些妖实力强大，都将成为他的左膀右臂，助他杀上神界。然而计划也没有那么顺利，谁曾料想，百年之后，世上还会出现一个慕容昭。

申周有九鼎，九鼎神力若只是用来颠覆胤都，未免太可惜了。那是身份的象征，要留在关键时刻，作为他最后的底牌。至于尸水河，他稍动脑筋，也是可以不费吹灰之力开启的。

钟离岄死在饕餮锁里，他才意识到自己被摆了一道。愤怒之下，又滋生出一个更绝的念头。他扮作他的样子，回到了胤都，接近钟离公主。

钟离公主生得美，眉宇间淡淡忧愁，又端庄自持。他这一生都在不断为自己的野心买单。那样好看的女子，望着他的眼神柔弱含情，在哄骗她的时候，那些说出去的话，做出来的事，当真是没半分真心吗？

大约也是有的吧。没人知道大雨滂沱那晚，坠入深渊的除了钟离婳，还有一个活了百年的魔。二人计划私奔的时候，在城郊神庙，暂时安身。取暖火光之中，钟离婳依偎在他肩头，轻声道："我这辈子，从没做过这样大胆的事。"

申周眸光幽幽，望着那团火，忽而伸手摸了摸她的头："我也是。"

这一刻，二人相依为命，钟离姵看着他，异常坚定地说："跟你在一起，我永远不后悔。"

钟离姵跪在蒲团上祈求神明庇护的时候，她在看着神像，申周在看着她。一个即将颠覆天下的魔，第一次生出不如就这样带着她远走高飞的念头。

可是，这念头注定只有一瞬。黑心狐狸一直在催，已经拖了两日了，计划不能再推。事已至此，申周叹息一声，终于还是做出了取舍。但他没想到，当晚那个说出"跟你在一起，我永远不后悔"的女子会默不作声地离开，折返回去了。

原以为是她发现了他的计划，没想到只是为了一个奶娘。可笑至极，倘若真的要带她走，生死攸关时，他竟还不如一个奶娘重要？傻姑娘啊，你这样傻，真的不适合活在这世上。

胤都那场浩劫，天翻地覆。因他未曾料到慕容昭提前出关，能力强大到用尚未完善的异妖册收录了那些逃窜出去的妖。

明明，只差一步。

申周在打算祭出九鼎的时候，就已经知道自己败了。但是没关系，他还会卷土重来。

那些被留作后手的鼎放在了崤山。摈弃心性，坠入魔道，他早已坏得彻底。

连那黑心狐狸都可以拿来作为祭鼎之物。

不疯魔，不成佛。他已经疯魔了，然而在尚未成佛时，脑中总是浮现出钟离姵的那双眼睛。被他一掌打入饕餮锁时，钟离姵的身子在往下沉，可第一反应仍是伸出手来，惶恐地看着他："小叔！"

那双眼睛，美丽，含情也绝望。

还有她的声音，一遍又一遍地在他脑子里回旋。

在他再次将她哄骗出来的时候，他没有丝毫犹豫，将她推入深渊。

一切尘埃落定后，他忽又想起，那时她发现自己有了身孕，惶恐又坚定地对他说："你放心，无论将来发生什么，我都不会舍弃我们的孩子。"

一个还尚未成为母亲的姑娘，坚定地说哪怕她死了，也要保护孩子。她没有舍弃他。是他这个做父亲的，舍弃了她们娘儿俩。

申周目眦欲裂，他亲手将妻儿毁灭，结果却换来一个败局。不能接受，不可接受。

他将黑心狐狸祭了鼎，那些不入流的小妖，统统成为他的祭祀品。时隔七年，他又回了已经不复存在的胤都。没人知道他还来做什么。

他死于慕容昭之手，临死之前，满心狐疑。

只差一步，又只差一步……

崏山的鼎已经备好，他来胤都，四下寻找，只想看一眼钟离婳是否有残魂遗留。明明还有一丝希望，他可以借九鼎之力，重塑她的魂。

败了，他没机会了。

这兴许也是钟离婳压根不愿给他机会。

朱牧篇

城市地铁口，总有一个拉二胡的瞎子老乞丐。上下班高峰期，他盘坐在一张破毯子上，面前放了个碗，二胡拉得悲愤激昂。路人匆匆，很少有人看他。也有一边打电话，一边随手往他碗里扔枚硬币的好心人。

张大头早上出门的时候，途经地铁口，总会不禁停驻下来，听他拉完一曲二胡。然后无声地弯下腰去，在碗里放些钱。

这个习惯持续了大半年。忽有一日，他又经过地铁口，远远听到二胡的声音变了。瞎子从前拉的多是无病呻吟，曲调缠绵婉转，闷苦压抑。今日的曲子却是一首悠扬轻松的调子。

走近的时候才发现，拉二胡的是个身穿白色蕾丝裙，长发披肩的年轻姑娘。姑娘也不嫌脏，与瞎子老乞丐坐在一起，脸上也戴了一副墨镜。

张大头顿足，看着这姑娘觉得有些眼熟。一曲作罢，姑娘起身，把二胡还给了老乞丐，同时转过脸来，把墨镜摘了："嗨，好久不见。"

一张精致而熟悉的脸，笑着看他。哦，想起来了，是池婷。不，更准确地说，应该是朱牧。

她化了个淡妆，气质慵懒，问他道："这首曲子怎么样？"

大头勾了勾嘴角："还行，第一次听二胡拉的高山流水。"

"哇，你很厉害嘛，竟然听出来了。"朱牧眼中有赞赏，继续道，"我也是第一次用二胡拉这曲子，其实筝曲和琴曲弹奏出来的高山流水音色更好，但若分开来说，流水这段引子部分需不停变换音区，泛音又要讲究清澈，用二胡倒也合适，音韵挺好。"

"嗯，确实不错。"

他简单地点评了下，看起来没有太大兴致多谈，照例弯腰在瞎乞丐碗里放了钱，起身打算离开，却不料朱牧跟着他一起走了。

二人同行，朱牧踩着高跟鞋，有一搭没一搭地跟他说话："我已经很久没有这种遇到知音的感觉了，像是伯牙又遇钟子期，我觉得我们应该一起吃吃饭，叙叙旧。"

"不必了，我们不熟。"

"你不会以为我想泡你吧？我只是有些问题想请教罢了。"

"什么问题？你可以直说。"

朱牧突然停下脚步，看着他笑。张大头回头看她一眼，皱了下眉。

她幽幽道："你周围都是邪祟，不怕吗？"

环顾四周，是热闹的街，可艳阳之下，还是能感觉到一股阴气，从四面八方传来。

张大头面不改色，轻笑了一声："习惯了，没什么可怕的。"

"它们为什么跟着你？"

"恶业使然吧。"

"那为什么没去害你？"

"可能它们害怕。"

大头随意地笑了下，转身继续前行，双手插兜，身姿高挺，步伐沉稳。

朱牧若有所思，原地站了下，突然回头冲那些跟着张大头的东西诡异一笑，无声地吐露几个字：滚，他是我的。

小甜甜篇

连姜归去之后,小甜甜回了鬼城酆都。在秦广王殿,小甜甜找到了自己的位置,安静地扮演从前的角色。

可是冥府的一切比它还要安静。连姜说的对,时代在进步,鬼城也在进步,它这种老古董,已经被淘汰了。

寂寞,太寂寞;孤独,太孤独。

它无比怀念人间的热闹,哪怕在殡葬店二楼吃灰,透过窗口看到街上车水马龙,晚上烧烤摊香味扑鼻也是好的。

完了,一面镜子喜欢上了人间烟火。

它生了两条腿,开始在冥府四处溜达。直到溜到了酆都大帝宫,被笞蛇吓得缩回了两条腿,老老实实地变成了一面镜子,躺在地上。

酆都大帝捡起了它。

他在榻上支颐,另一只手缓慢地敲打在镜子上,声音低沉清冷:"孽障,凡间待了那么久,你可知何谓情?"

小甜甜心想,那我可太知道了,亲情爱情友情,奸情私情纯情,还有它这个百晓镜不了解的?既然帝君想听,它一定知无不言。

可惜,帝君想听的不是这些。

他闭上眼睛,沉声道:"喜怒哀惧爱恶欲七者,弗学而能,是人之本性。"

您说得对。

"只是妖焉能同人相提并论?"

为什么不能呢?

"善念在心,自有因缘,此话我在凡间说给了无数人听,原来众生万物平等,善念善行,心存则灵。"

您又明白了。

石镜与帝君同眠,次日,帝君已经不在了,石镜发现自己成精了。

真的成精了——它摇身一变,成了个风度翩翩、相貌英俊的大帅哥。

想来是帝君神力非凡,在他身边躺一夜,开了它的人窍。

石镜大喜,手舞足蹈,第一反应是重返人间,回殡葬店告诉那个总是欺负他的连姜："我成人了！"

可好一会儿他才反应过来，连姜已经回去了。

一瞬间，他摇了摇头，又开心起来，没关系，张大头还在。他要让所有人分享他的喜悦。

于是月黑风高，阳间隔了一年，石镜又重返人间，回到了殡葬店。好巧不巧，看到大晚上的，张大头还在营业，一个女孩竟然来殡葬店红着脸买纸元宝。

造孽哟。

石镜翻了个白眼，屁颠屁颠地跑了进去。

他当着女孩的面扑到张大头怀里，兴奋地吼了句："张润泽，老子回来了。"

张大头皱眉，一把将他推开："你谁？"

"喝醉的时候叫人家小甜甜，把人家抱怀里不让走，翻脸就不认，死鬼。"一记拳头，娇嗔地捶在了张大头胸口，"坏蛋坏蛋坏蛋，你坏死了。"

买纸元宝的女孩目瞪口呆，东西也不要了，捂着脸转身离开。小甜甜一脸娇羞，接受了张大头好一顿的盘问，又表演了个大变石镜才让对方相信，他真的是小甜甜。

后来，二人关了店门，去烧烤摊撸串。小甜甜吃了个满嘴油，愤愤道："从前连姜吃东西的时候每次都故意馋我，如今我好不容易能馋她了，她又跑了，天道不公啊。"

相守千年，结果他在她走后幻化出了人形，连显摆的机会都没有，多么遗憾。同时遗憾的似乎还有张大头，自连姜走后，他话很少，笑也很少了。一口闷了杯中酒，他抹了把脸，什么也没说。

小甜甜不解地问："你怎么了，连姜回去了是好事啊，人家师徒团聚，你在这儿消沉什么？"

张大头神情颓废："什么师徒团聚，她在幻境自欺欺人，一切都是假象。"

"人家连姜回的可不是幻境！我是谁，冥府孽镜台，还有什么能逃过我的眼睛？是不是幻境谁能比我更清楚。"

"你要知道，异妖册是她师父造的，慕容昭又不是普通人，申柳那老头精着呢，要不然他为什么在上面加上连姜的名字？"小甜甜说着，不免有些得意,"实话告诉你,我本事也大着呢,多讨好讨好我,将来能带你穿梭异妖册见你姑奶奶也说不定。"

张润泽静静地看着他,忽然笑了:"吹吧。"

"谁吹谁孙子!"

"孙子。"

"……你讨厌,张润泽,等着瞧,本镜爷一定会让你大吃一斤。"

"好,我等着,也别一斤了,十斤吧。"

"行,你说的,老板,再来十斤羊肉串!"

天宝物华

◇◇ 慕容昭 ◇◇

他所困之地，因连姜的到来，
　　　　果真遍地花开，星河万千。

天宝物华

慕容昭

云遮月，雾隐花，司宫峨峨玉砌的台阶，茫光潆洄。

殿宇内的阑珊灯火，似星辰琳琅，在夜色中若隐若现，展于苍穹之下。

胤都的夜，万籁俱寂，连风都是悄无声息的。

巡宫弟子脚步声锵，从不顿足。

自西周起，四海升沉，天下有妖，唯胤都是震慑之地。向来只有妖畏惧此处，闻风丧胆，躲之不及。

慕容昭从未想过，会有邪物登门而来。

其实也算不得邪物，一只濒死的花妖罢了。殿内弥漫寒霜，烛火轻晃，梅花香染，长枝爬满宽大衣袍。万株疏枝缀霞，色深红重，鲜艳似血。暗香远溢，绽放在他雪白衣袍之上。

慕容昭于榻上假寐，黑发流泻，霞姿月韵，梅枝伸展至他冶艳的唇，也铺满地面及玉榻，密密麻麻。

他蹙了下眉，微微睁眼，黑眸敛起，那满殿的梅枝便倏地抽离，自四面八方收缩，在地上匍匐成一个长发女妖。

女妖不是第一次来，身无寸物，披满地青丝，抬眼是死灰面色，猩红的眼珠，以及干裂的唇。

她舔了舔唇角，声音哑得厉害："慕容，故事还没讲完。"

自半年前，这只薄弱的妖便登堂入室，纠缠不止。

慕容昭知道，他只需狠狠心，挥下衣袖，便可使之消弭，魂飞魄散。且不说她妖力残存，即便她是寻常修炼成精的花妖，都不够格被他封印在尸水河。

而他居然容忍了她这么久。

花妖叫梅娘，其实也不经常来。

但她每次出现，都要给他讲一个故事。她讲华山山系有座松果山，钟灵毓秀，沾了各仙家洞府的仙气，万物生长，有动植物在此修炼成精。

玉京子便是其中之一。

他是一条修行了七百年的乌蛇。

乌蛇一溜黑，所以玉京子修炼出的人形也不好看，是个皮肤黝黑的少年。他其貌不扬，却有一副好心肠。

眨巴着圆溜溜的眼睛，不像蛇妖，更像憨蠢的人。进山打柴的农夫摔伤了腿，他要帮忙去找草药，还要把人背送回家；迷路在山里的小孩，他憨憨地让人家叫他哥哥，塞几个野果过去，然后指明下山的路。连山贼打劫路人他也想管。

其他精怪叽叽喳喳地劝他："玉京子，玉京子，少跟人打交道，他们若知道你是妖，会找道士收了你的。"

"天宝物华，人心复杂，管他们甚！"

妖和人，本该泾渭分明，这几乎是妖界不成文的规定。

玉京子咧着嘴笑，他告诉大伙："别怕呀，世上有好人的。"

比如他小时候，陕人捕蛇，把它捉进了背篓，路遇一老头，老头一看背篓里的小蛇吓得一动不动，起了恻隐之心，把身上全部的钱给了捕蛇人，将它买下放生了。

玉京子记着这恩情，修炼了几百年，对世上所有年迈的老者都怀有感激和善念。

后来地方大旱，天下大旱，关中饥，人相食，蝗飞蔽天，白骨蔽野。粟一斛值万钱，百姓易子而食，士民存者寥寥。

惨，实在是太惨，惨不忍睹。

松果山的精怪们因为大旱也无精打采，有的钻地千尺，早早地把自己埋进土里休眠了。这个时候，一位白发苍苍衣衫褴褛的老头走投无路，求上了山。

他唯一的孙子就快病死在这场旱灾了，老头在各个山头，磕头求雨。哪怕他磕死了，各仙家洞府也是不会管的。

施云布雨，本就有专门的神来管，若是不下，定有天意。人间恶业太多，焉知是不是上天在降惩。

老头枯瘦如柴，晕倒在山神庙前，被玉京子给救了。

玉京子告诉他："求山神没用的，这样吧老伯，松果山里有条法力无边的乌蛇王，你们修一尊木头像给它，很快就会降下雨来。"

老头半信半疑，回去后真的带人上山，在山林空地立了个蛇王的木头像，还给它搭了个遮风挡雨的草棚。

然后玉京子不远万里去了东海，以修为一搏，引黑云滚滚而来。

久旱大地淅淅沥沥地下了雨。

雨落时，天际阴阳薄动，东海之巅起了龙雷之火，呼啸着烧在玉京子身上，使它现了蛇形，扭曲挣扎，皮焦肉烂。

七百年的修为焚烧殆尽，玉京子侥幸逃回松果山，趴在草棚下的蛇像前，奄奄一息。

故事如果到这里结束，此后它还能是一条蛇，游走在山林之中。然而乌蛇降雨之事，被传得沸沸扬扬，雨停后村民们开始进山跪拜。

结果他们看到草棚下趴着一条碗口粗的大黑蛇，皮开肉绽，一动不动。烧焦的皮肉上，隐约看得到残存的黑鳞。

"下山的时候，他们每个人手里都分了一坨肉。"

殿内，匍匐在地的花妖梅娘，笑得瘆人："他们以为它死了，所以先是哭了一场，感谢神蛇降世救他们于旱灾之中，然后不知谁起了头，大家拿起斧头和砍刀，争先恐后，你一块，我一块，一下下把它给分了。"

因为自古传闻，龙肝凤髓，滋养百骸，食之可长命百岁。

他们坚信，神蛇身上都长出黑鳞了，它的肉肯定也能延年益寿，食之大补。

他们太饿了，说什么死都死了，埋了怪可惜的，佛祖尚能割肉喂鹰，神蛇死得其所，用它的肉来造福百姓，又是功德一件。

玉京子七百年修为，龙雷之火没有烧死它，被它拯救的世人却挥舞着斧头和砍刀，在其奄奄一息不能动弹的时候说它死了，给分得渣都不剩。分肉的过程中，它明明绝望地睁了下眼睛，可他们全当看不见。

世上再也没有玉京子了。

大旱过后，精怪们冒了头，大家都在哭："玉京子，玉京子，不是告诉过你吗，天宝物华，人心复杂。"

"关中饥，人相食，他们连孩子都卖了吃了，这种时候能放过你吗？"

梅娘讲，山林树木哀鸣，精怪们呜咽，也为玉京子哭了一场。然后她问了慕容昭一个问题："玉京子行善积德，何以落得这样的下场？"

慕容昭没有答，她似乎也不急着等他答，烛火燃尽时，梅娘悄无声息地消失了。

十日后再来，她又讲了一个故事。

这个故事的主人公叫阿福，是一棵小人参精。小人参精阿福是梅娘的朋友，一个古灵精怪的姑娘。她修炼的天赋不高，能化作人形全靠她爷爷提携。

小人参精的祖祖辈辈都是山里的参，千百年来供人采摘入药，救死扶伤。她爷爷老人参精很厉害。

不仅自己修成了人身，还拉了她一把。

但凡是妖，修炼成精后必有一劫。

至于劫数是什么，只有劫数将至的时候，精怪们自己才能感觉出来。

所以老人参精每天都要问孙女："阿福阿福，你的劫数将至了吗？"

阿福光着脚在林子里铲土种花，完全不在意："没呢，说不定我不用渡劫啦。"

"哪有精怪不用渡劫，你看梅娘，避了道黑星劫，险些枯死。还有小槐，被罡风吹得连根拔起，不仅修为没了，还成了半拉子槐树。千万别小瞧了劫数，严重的话连命都没了……"

"知道啦知道啦，大限将至的时候，我会告诉爷爷的。"阿福喜笑颜开。

老人参精和梅娘唉声叹气。

日复一日，又过了两年。

这天阿福看到一进山采药的年轻男子，回来后便告诉梅娘和爷爷，她

感觉到劫数要来了。那个年轻人，叫江宁，住在平山镇，家中开医馆。

阿福要渡的是情劫。

老人参精闻言，反而松了口气，比起一道天雷直接要了性命，阿福修为不高，情劫兴许更易渡过。

经过一番打听，江宁尚未成亲，品性也端正。

老人参精于是对阿福道："爷爷想办法把你嫁给他，横竖他也就能活几十年，你小心谨慎些，老老实实做人，不要闯祸，更不要让他发现你是精怪，等他死后，情劫自然就过去了。"

阿福满口答应。

后来，爷爷带着她去了平山镇，以一桩无中生有的婚约，把阿福嫁给了江宁。

爷爷化名张参，声称是渔阳郡人氏，做药材生意。早年有一叫江秉礼的男人，在蓟地行医，与张参一见如故，结忘年之契。

江秉礼家中有二子，小儿江宁与张参的孙女张阿福年龄相当，二人便做主订下了小辈婚约。

如今阿福已经年十八，迟迟不见江家登门提亲，张参便带着孙女找来了。他手中有江秉礼为两个孩子写下的婚契。

江宁之父江秉礼，早在其幼年便已亡故，但契书上无疑是其父的字迹。

阿福于是留在了江家。

经其母与兄嫂的操办，二人完婚后，老人参精才借口回渔阳郡离开了。阿福成亲后，在后院栽了一株梅花，梅娘在山上待得无聊，便时常藏身那株红梅上，找阿福说话。

谈及江宁，向来古灵精怪的姑娘率先红了脸，她娇嗔道："人都说相公一表人才，是谦谦君子，其实他可坏了。"

梅娘刚想问他是怎么坏的，那皎如玉树的青年便着落栗深衣走了过来，他面上含笑，轻轻将阿福揽在怀中亲了一口。

江宁年二十，平山镇人人皆知他是品性谦厚的君子，生了一颗悬壶济世的医者仁心。

贫苦的村民若是没钱看病，他也会无偿赠药，并因此被家中兄嫂唠叨。

他相貌自然也是极好，面如冠玉，眉目间有书卷清气，端的是君子如玉。

阿福被他亲了下，顿时不好意思了，轻声道："大白天的，被人看到了。"

江宁忍俊不禁道："娘子知道害羞了，初次相见，不是还振振有词地说咱们俩有婚约，我们家别想抵赖吗？"

他说的是老人参精带着阿福登门时的情景。

江宁的母亲和兄嫂开始并不想认这门婚事。在阿福之前，平山镇县啬夫章家的女儿对江宁已有几分中意。

只不过人家是官吏之女，清高了些，脸皮也薄。

而江宁素来又是个端正守礼的，与其说话从不逾越。

二人还没来得及挑破那层窗户纸，阿福就闯了进来。她自然比章家小姐生动活泼，又生得柳眉星眼，杏腮桃颊，生怕他们家不肯认，挺直腰板对江宁瞪眼道："咱们俩有婚约，你们家别想抵赖，我是一定要嫁给你的！"

江宁诧异地看着她，白皙面上红了一片，连耳根都发烫。他从未见过如此大胆又热烈的姑娘，凶巴巴的实在可爱，一双眼睛无所顾忌地看着他，眼眸里似乎有星星在燃烧，在跳动。

然后那星星便跳到了他心里，灼烧着他悸动的心。

他好久才回过神来，看着阿福笑了，谦和地行了礼："阿福姑娘放心，既是父亲之命，小生不敢抵赖。"

他都这么认了，母亲和兄嫂也只能认了。

二人婚事办得很快，直到洞房花烛，阿福还是那欢快的性子，偷吃了桌上的糕点，又偷喝了一点酒，辣得连连哈气。见到他时，还笑吟吟道："你放心，我以后不会欺负你的，今后就是一家人了，我一定会好好疼相公。"

江宁忍不住笑了，四目相对，声音轻柔："娘子打算怎么疼我？"

疏朗之音染着哂然，他耳朵有些红，看着她的眼神却毫不躲闪，幽深且明亮，如熠熠生辉的黑宝石一般。

阿福伸手摸了摸他红红的耳朵，觉得有趣，又嗅到了他身上淡淡的药香味，舒心极了，于是眯着眼睛搂住了他的腰："那我便抱抱你吧。"

"真好闻呀，相公身上好香，我好喜欢。"她使劲往他怀里嗅，一脸餍足。

江宁身子一顿，手放在她后腰："喜欢就好，我还可以让娘子更喜欢。"

阿福仰头看他，他微红的面上，目光灼灼，低声道："我也会好好疼娘子的。"

红烛慢烧，红帐轻飘，在此之前，阿福不知原来端正君子也会做那些令她目瞪口呆，震惊不已的事。

都说江宁知礼，后来白日在院内，他也会拉她在怀，在无人处细细索吻。阿福有些害羞："大白天的，被人看到了。"

江宁笑道："娘子莫羞，我在自己家中孟浪，旁人若看到了是他们失礼。"

他们婚后，着实过了段美满日子。江家的医馆向来是江宁行医，兄嫂收钱抓药。阿福自嫁去便和江宁形影不离。

她在医馆帮忙抓药煎药，对各类药材功效了如指掌。

做事麻利，言笑晏晏，连一开始不太乐意的家婆和兄嫂也逐渐喜欢上了她。

嫂子私下道："从前觉得章予安是大家闺秀，出身好，又知书达理，小叔当配得这般的好姻缘，如今想来，若她嫁过来，定然是要人捧着，不会像阿福手脚勤快，也不会像阿福这般好相处，阿福又长得好看，是配得上小叔的。"

"阿福伶俐又聪明，什么药材都认识，药也煎得好，有她在不知多省心。"

"小叔也比往日爱笑了，之前都是独来独往一个人，看着冷冷清清的，如今走哪儿都要带着阿福。"

外出行医要带阿福，进山采药也要带阿福。

山路崎岖，他背着竹篓，拉阿福的手，叮嘱她注意脚下。他在山间采药，阿福摘花儿，然后拿过去给他，让他编个花环出来。

林间草木葳蕤，溪流潺潺，阿福躺他怀里，环着他的腰，一本正经地告诉他："山神庙附近的草药都不要采，那儿的植物都是有灵性的，它们怕疼。"

江宁忍不住笑了："哪有草药不让人采的，莫非是成精了？"

阿福哼了一声："对啊，不仅成精了，还嫁给你了呢。"

江宁闻言摸了摸她的头："娘子莫胡说，我家娘子是人，什么时候成妖怪了？"

阿福笑嘻嘻未再言语，看了看天，又道："快点回去啦，待会可能要下雨。"

归途，果然下起雨来，江宁去水塘摘了荷叶遮在阿福头上，还想把外衣脱下给她。

阿福不肯要，握着他的手，笑晏晏道："不用啦，咱们跑快点就好了。"

二人在雨幕中下山，十指紧扣。

"他们平安无事地过了三年，郎情妾意，羡煞旁人。"司宫殿内，梅娘声音幽幽，对慕容昭道，"我与阿福皆是山中精怪，即便她爷爷也是一直生活在山野地下的老参，我们很少接触人，也不甚了解他们，原以为过个几十年，江宁等人成了一捧黄土，阿福回归山林，一切都如从前。"

梅娘讲，她曾以为她是最了解阿福的，直到她在平山镇认识了一只鼠精。

活了百年的鼠精混迹在人间市井之中，哪家灶间有油水，便往哪家跑。

鼠精肥硕狡黠，拍着圆滚滚的肚子，眯眼捻胡须，舒服地躺在江家案几上，他自诩最了解人类，对梅娘嗓音尖细道："你们就是一群树精，什么情劫，跟人有什么情可讲，他们一贯会翻脸无情的，狠起来要你命。"

梅娘是看着阿福嫁到江家的，目睹了江宁对阿福的好，自然不服气，对鼠精道："江宁不是那种人，他很喜欢阿福的。"

鼠精哈哈怪笑："你告诉他阿福是妖怪试试？跟人谈感情，你们在逗乐子，人的感情是最善变的，顶脆弱，根本不堪一击，他都不必知道阿福是妖，很快就该变了。"

"我不信。"

"你不信？"

鼠精眯着眼睛，意味深长："不撞墙上不死心，你根本不了解他们。他们讲三纲五常，制造了世间的条条框框，每个人都活在其中，实则心怀鬼胎，唯利是图，但凡是人，皆不能免于五毒六妄，你不能说我讲得不对，因为他们的口子还没有被撕开，一旦撕开了，藏在心底的欲望和贪念，夹杂着市侩，吱吱地叫唤，像热锅里的老鼠。"

"其实大家都是鼠辈，我是真鼠辈，他们也不是假的，世间污浊，没人能一身清白，不信咱们等着瞧。"

鼠精一语成谶。

它说得对，人讲三纲五常，活在条条框框。

阿福终归是妖精，她无法像正常女子一般传宗接代，相夫教子。

她修为不够，若真要产子，生下的只能是连人形都化不了的小精怪。

这事万万不可，恐招来祸端。

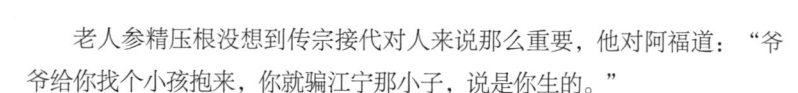

老人参精压根没想到传宗接代对人来说那么重要,他对阿福道:"爷爷给你找个小孩抱来,你就骗江宁那小子,说是你生的。"

阿福叹气,摇了摇头:"算了爷爷,相公说了,不着急的,若天意如此,他不会强求。"

江宁喜欢阿福,所以不急,可他娘很急。

他兄嫂婚后多年仅生了个女儿,嫂子身体有恙很难再孕,家婆把希望都寄托在阿福身上了。三年没动静,老人家开始有了怨言,生出怨怼,脸色越来越难看,连嫂子也跟着受埋怨,私底下让阿福赶紧去寺庙拜拜,求一求送子观音。

江宁不在的时候,阿福没少看他母亲脸色。

古灵精怪的姑娘开始发愁,有了心事,而鼠精说的口子,才刚刚被撕开。

那位县啬夫章家的千金名章予安,二十出头了都未嫁人。

曾经唾手可得的姻缘,最是牵肠挂肚,自江宁成婚,她是任何男子都看不入眼了。

郁郁寡欢之余,脸面也不要了,她开始以身体不适为由,请江宁入府瞧病。

有几次,连江宁的母亲和嫂子也被请去喝茶了。

县啬夫夫妇以礼相待,十分热络。

章予安各种厚礼相送,温柔细语间,皆是对江宁的一片痴心。其母受宠若惊,被哄得五迷三道,觉得阿福实在配不上江宁,回去便撺掇着让其以无所出的缘由休了她。

连家中兄嫂待阿福的态度也逐渐起了变化。

江宁重孝,不堪其母叨扰,又不好说她,于是直接约见了章予安,直言自己此生不会休妻另娶,婉拒了小姐青睐。

大家闺秀章予安捏着帕子的指节泛白,心生怨念,开始盯上了阿福。

事情从这时开始逐渐出了变故。章予安告诉江母和其兄嫂,阿福根本不是渔阳郡人氏,她托人打听了,渔阳郡没有做药材营生的张家,蓟地也没有叫张参的老头。

一时间,江家人心惶惶。

梅娘知道她们在慌什么,之前江宁的小侄女宝儿因贪玩溺水,被捞上来时已经没了气息。他们家行医，自然知晓已经无力回天，哭天喊地之时，阿福上前给宝儿喂了一粒参丹。

那小妮子没一会儿就睁开了眼睛。

阿福解释说，她们家做药材营生，家中有一棵千年灵参，爷爷特意做了丹丸出来。当时未做他想，如今想来，阿福真是诸多反常。

她不吃肉，饭菜也很少吃，却一直脸颊红润，杏腮桃面，三年来从未病过。嫂子还曾亲眼看到她煎药时被烫到了手，可隔天她手上连个疤都没有，反而笑嘻嘻地说是嫂子看错了。

她曾宅在后院自言自语，除了几盆花，那里什么也没有。

妖物怎么能生孩子呢？仔细想来甚至没见过她来癸水。

……

她们慌了，全然忘了阿福从未害过人，也忘了阿福救过江宝儿。

她们连家都没有回，直接住到了章府，共同商议如何将妖物伏诛。江宁也没露面，鼠精说他被其母和兄嫂拦着，其兄把他关在了章家房内。

鼠精从案几上爬起来，圆滚滚一团，叫嚣着对阿福道："杀了他，你快去杀了他！"

肥硕的老鼠跳起来，有些滑稽："别傻了你，什么情劫，分明是死劫，你杀了他，你的劫就没了，不然你迟早因他而死。"

梅娘讲，她从不知阿福的情劫是死劫。

阿福撒谎了。她骗了梅娘和老人参精，江宁是她的情劫，亦是死劫。

如鼠精所言，劫数不渡，她注定会因他而死。

鼠精知道，所以气急败坏地骂她："树精！你这个树精！我都说了不要跟人讲感情，他们沆瀣一气，已经在商议请道士过来伏妖了，你现在去杀他还来得及，不要心慈手软，反正你们已经不可能在一起了，他们家巴不得甩开你，日后江宁绝对会娶那章家小姐。"

任它如何骂，阿福抿着唇，沉默不语。

梅娘也急了，一把抓住她的手："阿福，快去杀了他，他死了我们就回山上，你爷爷还在等你。"

阿福眉眼沉沉，浮光映在脸上，抬眸却道："不，他没有错，他为人谦厚，有悬壶济世的慈悲心肠，不该是那样的下场。"

"梅娘,我不会杀他,他是我相公,如果这是我的劫数,那我便认。"

"阿福……"

"哎呀呀,傻了傻了,彻底傻了,不听鼠爷言,等死到临头,别怪我没提醒你们,他们要请的道士名叫郭玄,是方圆出了名的厉害人物,手握一把宵练斩妖剑,杀妖无数。"

鼠精懒得再废话,扭动着身子顺着案几桌腿滑下,捻着胡须打算开溜。

"明天那臭道士就来了,我今晚就离开这儿,青山不改绿水长流,你不杀他,咱们没缘再见了。"

鼠精收拾包袱连夜搬走了。

后来梅娘和阿福也趁夜回了松果山。阿福本想去见江宁一面再离开,不料老人参精来了,他听闻了风声,得道老参,一脸愁容,执意也要跟去,为孙女杀了江宁。

若有天理报应,他愿意一同承担。

阿福只得作罢,匆匆带着他们回了山林。

至此之后,再见江宁是一年后。

这期间,果真如鼠精所言,阿福走后,江宁娶了章予安,不久章予安还有了身孕。

梅娘和老人参精日日担忧阿福的劫数,可他们毫无办法,那名叫郭玄的道士,已经在平山镇住了一年之久。

梅娘气不过,对阿福道:"你看,他果真薄情,这么快就娶了别人,当时杀了他也不冤枉的。"

阿福笑道:"本来就该是这样啊,没有我的话,他本就该娶她的,梅娘,是我打搅了他的生活。"

"不,他们一家人都市侩绝情。"

"他们只是对我绝情罢了,谁叫我是妖呢,别生气了梅娘,他们没错。"

"可是,你也没错。"梅娘眼圈红红。

二人坐在山间石上,看日落余晖,阿福靠着她的肩,轻叹:"我错在是妖,梅娘,我真的好想做人,想做他的娘子,可是做人好难。"

再后来,阿福死在了江宁手上。

章予安临产前,江宁上山采药。

他没有看到阿福,阿福也靠近不了他。因为他外衫衣物上缝了五雷正法的符文,治祟降魔,施之以法,寻常精怪皆无法靠近。

于是她眼睁睁地看着江宁来到山神庙附近。阿福远远地站着,脸色苍白,喃喃地唤了一声:"相公,不要。"

他听不到,也全然忘了阿福曾经说过的话,放下背篓,开始在此采药。

他很幸运,挖出了一棵千年人参。

不,是两棵。

千年人参还连着一棵小人参。

江宁笑了,他的妻子即将临产,体质虚弱,正需要上好的参来补身子。他采到了,功成身退,带着阿福和她的劫数,也带着他和阿福那化不成人形的孩儿。

子母参,以形补形,正适合他身怀有孕的妻子。

阿福没了,劫数来的时候猝不及防。

老人参精自此归入地下长眠,再也不愿出来。梅娘心灰意冷,一遍又一遍地喃喃道:"活该,阿福你活该。"

自己选的,所以活该。

可她在说了阿福活该之后,转而又问慕容昭:"她真的活该吗?这世间若容不下我们,日月天地又为何给了我们修炼成精的机会?既给了这机会,为何条条都是死路?"

"阿福错了吗?我们错了吗?妖也想活着,即便无法像人一样光明正大地活。"

妖想要生存,多不容易。承日月精华,天地灵气,历经风霜,百年千年也不一定能修出人形。

好不容易修出人形了,又要渡劫。十劫九殇,能活下来就是万幸。即使活下来也没结束,依旧要躲在深山老林,躲在阴影之中,无法像人一样站在日光下,活得光明正大。

人间有正道,正道斩妖除魔。

他们可不管什么好妖坏妖,妖就不该存活于世间,需斩尽杀绝。

"慕容,我们拼了命地修炼,也想得道,但你知道妖的道是什么吗?"梅娘的眼睛猩红,泛着血泪,"人生来是人,妖穷极一生,拼上性命,不过是也想做一回人。"

"所以你告诉我,为什么?"

阿福亡于她的劫数,老人参精归入地下。

松果山里像梅娘一样修出正果的妖,不多。花妖善于惑人,会使幻术。梅娘心灰意冷,阿福死后,她下山去找了那很厉害的道士。

那名叫郭玄的道士,冷面冷心,使了一把宵练斩妖剑。

梅娘送上了门,他挑眉道:"不要命了,我还是第一次见到主动送上门的妖。"

花枝爬向他的斩妖剑,刚一触及,迅速萎谢。郭玄不明所以,不知道她想做什么。自寻死路的妖,实在匪夷所思,他没有急于动手。梅娘于是现形,明艳的花妖,不着寸缕,抬头看他,面容清冷。

"阿福死了。"

"阿福是谁?"

郭玄一脸困惑,梅娘趴在地上,低笑出声。

他不知道阿福是谁,阿福却间接亡于他手。

她开始流泪,像在胤都司官一样,给郭玄讲故事,娓娓道来,从玉京子,到阿福,再到她自己。

她还讲了报恩的狐,引祸上身,致仙山洞府被屠灭。讲了穿山甲钻山救人,反被捉去剥了皮。讲鲤鱼精拼尽全力,跃过龙门,其实只是成了神龙的一道点心。

……

梅娘的故事讲完,已经过了整整一年。

冬去春来,万物复苏,郭玄杀不了她了。如同她后来到了胤都司官,一开始若杀了,便就杀了。

可是她在他心里埋了种子,问道,问因果,问天理,臻于化境。

郭玄一生杀妖无数,可他被问住了。

答不出来,无法令她诚服,便不能杀她。因为杀她,就是杀自己的道,杀世间因果与天理。

郭玄不堪其扰,憔悴万分。最后他长叹一声,脱下了身上的道袍,披在了梅娘身上。

"你赢了，我解答不了，你毁了我的道。"

他尽力了，但无法给出梅娘想要的答案。到最后连自己都生出了困惑，心境变了，所以封了宵练斩妖剑。他不做道士了，离开平山镇，开始走南闯北。

梅娘寸步不离地跟着他。

郭玄哭笑不得："我都已经不杀妖了，你跟着我做什么？"

梅娘一脸茫然："我也不知道，我没地方去，山上就我自己了。"

她就这么跟着郭玄，走遍山川，从春至冬。郭玄后来告诉她，你的那些问题，若要解答，只能去问胤都的慕容昭了。

梅娘问："慕容昭是谁？"

郭玄道，同门道士收妖杀妖，其实收的都是小妖，世间真正的大妖，毁天灭地，可祸人间。

它们全都封印在胤都的尸水河，如今镇守胤都的大巫祾，是慕容昭。

这世间，没人比他更清楚每一只毁天灭地的妖从何而来，因何存在。论天罡地煞、奇门遁甲，其不输周太王亶父。

慕容氏修长生诀、破神令，慕容昭如今是这世间无人比拟的存在。若连他也参透不了梅娘的问题，那便再也无人可答。

梅娘不知胤都在哪儿，也从未想过真的去问慕容昭。她跟着郭玄，后来落脚在一处山村。

如此过了数年，郭玄已至而立之年。他进山打猎，开荒种地，满面胡茬，过起了山野莽夫的生活。

梅娘学会烧火做饭，缝衣养鸡，像人一样。村里人不多，大家都道她是郭玄之妻。

岁弊寒凶，雪虐风饕，屋内梅娘温了一壶酒，两碟小菜，与郭玄斟酌。郭玄酒后，脱掉外衫在院中练剑，漫天大雪之中，只听他慷慨陈词："有物混成，先天地生，寂兮寥兮，独立而不改，周行而不殆，可以为天下母。吾不知其名，字之曰'道'。"

后来他累了，醉了，倒在床板上，蒙头而睡。梅娘钻进他的被子，伸出圆润白皙的胳膊，勾住他脖子。醉了的男人睁开眼睛，深褐色的眸子无比幽深，蒙着一层雾光。

梅娘敛紧了胳膊，贴上去："郭玄，我冷。"

郭玄笑了，酒意喷薄在她耳边："梅花凌寒，也会怕冷？"

"怕，不仅怕冷，还怕黑，怕孤身一人。"

天寒地冻，屋内燃着一盏油灯，被透过门缝的风激得一晃，梅娘声音袅袅，郭玄轻笑："你这妖精，害我回不了道山，毁了我的道，现在还想用妖术要我的命。"

他推开了梅娘，翻身朝里，不理她。

梅娘从背后攀来，把脸紧贴着他的背："我不要你的命，也没有对你用妖术，若有天你动心，那一定是你的本意。"

郭玄闭上眼睛，似是没有听到，也没有推开她。屋内不算暖和，地上花枝匍匐，凌寒绽开。

此后数日，雪停，郭玄进山打猎，不曾归来。

梅娘去山里寻他，林里小屋，见他在修自己的弓，松了口气道："我以为你出事了。"

郭玄笑道："我能有什么事，谁有那份本事伤我？"

的确，虽封了宵练斩妖剑，但他好歹曾是令妖胆寒的道士。

梅娘忍不住问："你为什么不回家？"

郭玄面上笑意松散："我一道门之徒，本心都失了，哪里有家？"

梅娘心里突然不是滋味，蹲在地上，去握他的手："跟我回家吧，山上太冷了，我缝了风裘给你，还温了酒。"

郭玄未言，只看着他的弓，梅娘愈发用力地拉他手，直到他叹息一声，起了身："走吧。"

雪地前行，他脚步稳健，梅娘很快被落在身后。

"郭玄，郭玄，你等等我。"

郭玄回头等她，待她追上，终于朝她伸出手去。粗粝而温暖的大手被她反握住，梅娘暗喜，掩唇一笑，随他走了几步，又道："我有些累，你背我好不好。"

"……莫要得寸进尺。"

"我真的累了，方才上山寻你，走了好远的路。"

荒野雪地，梅娘被郭玄背着，一步步踩雪而行，两条纤细的胳膊，似伸展着的冶艳花枝，葳蕤生香，向他衣襟里探。

郭玄身形一顿："别乱摸。"

"太冷了，暖暖手嘛。"梅娘娇笑，顺势将头埋在他肩头颈间。

山野花妖，看过一川风月，青松落色，跟一男人徒步五湖四海，感其庇护，枕山栖谷，终有今日这般酒酽春浓。

司官殿内，梅娘咯咯地笑，声音惨淡："慕容你看，我也曾有唾手可得的东西，可惜，我守不住，因为我是妖。"

郭玄背她回家当晚，外面冰天雪地，又起了鹅毛大雪。

屋内炭炉煮酒，炖了一盆野味，引人垂涎。

有屋，有肉，有酒，有佳人……郭玄大口吃肉，大口喝酒，最后看着冲他笑得贤惠的梅娘，叹息："罢了，拨雪寻春，烧灯续昼，亦是人生所求，梅娘，此生栽你手中，我认了。"

梅娘大喜，立刻坐下去拉他的手："此话当真？"

郭玄面上还有一丝不自在："当真，大丈夫一言九鼎。"

"太好了，那我们什么时候成亲？"

"不急，待我上山多猎几张毛皮拿去镇上换钱，添置些东西出来。"

"不用麻烦的，家中什么都不缺。"

"那不成，我郭玄娶妻，怎可不为新妇添置新衣和妆匣。"郭玄饮了口酒，作古正经。

梅娘投怀送抱，娇笑着去搂他脖子："那我还要一床喜被，红色的。"

"喜被当然是红色的，你且坐好，不要这般轻佻。"郭玄扶了下她的腰，许是饮了酒的缘故，面色微红。

次日风雪渐停，郭玄一早便进了山。

梅娘在炭炉上加了火，烧一壶热水，同时准备了食盒，装上饭菜想要送上山给郭玄。临出门前，她回头看了眼拾掇整洁的家。

院中的雪被郭玄扫过了，屋里桌椅都很陈旧，但桌上空酒坛被她插上了几枝鲜艳的红梅。

炭炉还烧着，待她晚些时候回来，可再为郭玄温酒炖肉。她掩上院门，嘴角噙着笑，一回头，看到白雪皑皑的远处小道，正走来一行人。精怪天生的敏锐，让她眉头皱起，心生不安。

果然风雪漫卷之中，看得到为首的男子穿霜华锦袍，严寒冬日手握一柄白玉骨扇，出尘清俊，俊朗不凡。

再观其身后，随行之人个个目光晒视，笑得古怪恣睢。不，不能说他们是人，梅娘识得出藏匿在皮囊之下的妖气，男子身后那只黑狐狸，连形态都懒得遮掩，诡瞳怪异地转动，阴森森地冲她龇牙。

狐妖道："嘿，小梅花精，找到你了。"

梅娘被他们带走了，自此之后，再也没有见过郭玄。一个封了宵练斩妖剑的道士，一个梅花女妖，避世山野欲寻一个归处，终究是难以如愿。那面容凉凛，手握白玉骨扇的男子名叫周稷。

周稷，周稷，这名字隐约耳熟。

记起来了，平山镇那只鼠精曾叫嚣着跳起来，吱吱乱叫："可恨鼠爷是寻常之辈，若我有大修为，定要去投奔了那周稷去，同他一起窥一窥天道，匡扶妖界。"

当时在平山镇江家，梅娘和阿福好奇道："周稷是谁？"

鼠精一脸鄙夷："你们竟连周稷也不认得？他原是昆仑山天詹师尊座下大弟子申周，后为天下正道而坠魔，在妖魔界化名周稷，阐明万物平等，世间兴衰荣辱皆同刍狗，方才符合圣人口中的天道。"

"妖界以周稷为尊，那些有大本事的妖皆都听命于他，他有真本事，将带领我们颠覆这人世，翻身做主。"鼠精越说越激动，慷慨激昂。

梅娘和阿福吃惊道："申周？不就是那屠灭昆仑山神狐一族之人吗？不都道他恩将仇报，是卑鄙小人吗？"

"这样的人，怎可统领妖界？"

"你们懂什么？你们这群树精懂什么！成大事者杀伐果断，再说那老神狐就无辜吗？同样是狐狸还要分三六九等，若不是黑狐地位低下被欺负得惨了，怎会连同申周奋起反抗？"

申周和周稷，无论是人是魔，何等本领，对梅娘和阿福这种小妖来说都是天方夜谭般的存在。

她们根本没机会接触他。

因而阿福才会困惑地问梅娘："屠灭神狐一族便是正道吗？匡扶正义必然要杀戮吗？梅娘，我觉得他们说得不对，可是天道到底是什么？"

天道到底是什么？阿福没机会知道便已经亡了。而周稷等人因听闻了花妖问道的故事,竟不辞辛苦找到了她。

周稷面上露出几分和煦,睥睨眉眼透着愉悦:"听闻你把一道士问得封了剑?妙哉,天下之妖,各有所精,皆该为我所用。"

问道不灭,那你便去胤都,问一问那慕容昭。

若你能问出答案,活着回来,我送你归山与夫君团聚。

梅娘来胤都,正是周稷的授意。

千辛万苦,她来到了此地,可是这座令妖闻风丧胆的城,又岂是她能待的地方。还未见到慕容昭,入城的噬灵阵便已经要了她的半条命。司官待了半年,又耗尽了她的元丹。

她觉得自己快撑不住了,但她还不想死,她还要回去找郭玄,做新衣,添喜被。

除此之外,她亦有执念,想从慕容口中听到心心念念的答案。

郭玄曾道,若连慕容昭也无法回答她的问题,那么世间再也无人可答。

可惜,她故事讲完了,等了大半年,慕容昭没有答。

"慕容!你为什么不答!道生万物,万物平等,难道不是天道?若是天道,为何如此不公?若不是,那你告诉我究竟什么才是天道?"

"妖为何偏要落得这般的下场?世间因果何在?我做错了什么?玉京子做错了什么?阿福又做错了什么?"

"慕容!你说,你一开始没杀我,便是问道不灭,若不回答,我不会放过你,我会生生世世纠缠你。"梅娘撕心裂肺,发了疯似的质问。

殿内寒霜遍地,阴冷无比,梅娘匍匐着,全身化作千万条花枝,齐齐向慕容昭的玉榻伸去。慕容昭剑眉冷倦,同初时的郭玄一样,有些后悔没杀她了。果真,如他师父在世时所说,天空,地空,人空,心空,无情无爱,方可成就他登峰造极,千古流芳。

若他是那样的人,一开始梅娘便会灰飞烟灭,不会忍受她今日这般聒噪。慕容昭不胜其烦,被梅娘吵得有些头疼,正欲挥袖将其赶出殿内,突然冷不丁的便听到身后冒出一句:"师父,你为什么不回答她?"

突然出现的清脆之音,使得梅娘迅速收敛花枝,抬起灰沉的脸。

慕容昭蹙眉,面上有一闪而过的讶然,很快又恢复平静,伸手将躲在身后被褥下的人揪了出来。

"连姜,你为何在此?"

"疼疼疼,师父你轻点。"

被捏住后颈的童儿一身司宫青衣,长得浓眉大眼,五官秀致,此刻正扒拉着慕容昭的手,连声解释:"你不肯与我同睡,我特意来看看你都跟谁睡了,是八师弟还是九师弟……"

"休得胡言。"

"师父,我错了,我原就是躲在被子下想看看都有谁来找你,因为二师兄说巡官的时候发现你这边有动静,我小心眼,怕你搂别人不搂我。"

约莫十三岁的童儿,名叫连姜,梅娘一眼便看出,那纤细瘦小的身板是女儿身。

她还在继续解释:"没想偷听你们说话,只是等的时间太长,不小心睡着了,师父你放开,揪得我脖子疼。"

慕容昭闻言松了手。连姜生得纤瘦,他这张南海瞑玉床榻宽敞,在帷幔遮掩之下,她躲在被子底下确实很难发现。况且自他进来,花妖便紧跟着纠缠。

"师父,可憋死我了,怕你发现我都没敢喘气,原来你在这里藏了个妖,难怪二师兄说殿内有动静,我可都听到了,你为什么不回答她啊……"

慕容昭轻叹,手指抵在她额上:"连姜,噤声。"女孩立刻闭上了嘴。

梅娘却忍不住冷笑,幽幽道:"慕容,你堂堂胤都祭司,竟与自己的徒儿苟且,真是好一光风霁月的君子。"

"哎,你说这话我可生气了,侮辱我可以,不许侮辱我师父,什么叫苟且,我与我师父肝胆相照,情深似海,恩重如山,不共戴天,怎么能叫苟且呢!"

"连姜,不许乱用词。"慕容昭道。

那女孩连姜"哦"了一声,转而对匍匐在地的梅娘道:"你这妖太过分了,我好心帮你问答案,你却说我与我师父苟且,我们俩能怎么苟且?哼,你别想知道答案了。"

话音刚落,慕容昭抬手挥了下,梅娘消失在殿内。

连姜回过头来,又道:"师父,你到底为什么不回答?难道你真的被难住了?"

"非也,花妖未踏足胤都之前便已经死了,如今的形态只是被人以傀傀妖术吊着，无论我答与不答，皆帮不了她。"

"那何不让她死个明白？"连姜睁大眼睛，一脸不解。

慕容昭的手落在她头上，眸色却随之一沉："连姜，这是个陷阱，无论为师如何回答，操控花妖之人必不会满意，一切都是徒劳罢了。"

"师父不答，花妖接下来会怎样？"

"彻底消亡。"

"然后呢，师父会怎样？"

"会被其留下的幻术终日纠缠质问，直至产生心魔。"

"师父也会有心魔吗？"

"会，人有善恶两面，平常心亦会邪定，师父不是天上的神仙，当然也会有心魔。"

"那会怎样？"

"嗯。"慕容昭思考，狭长眼眸闪过笑意，"心魔不除，恐遭反噬，届时你们可能会过得很辛苦。"

"啊？"

"为师大概会变得不近人情，雕心雁爪如封豕长蛇，若你犯错，想必半分情面也不会留，必惩之而毖后患。"

"……师父，我不要你死。"

"我不会死。"

"你变成那样跟死了有何区别？"连姜快哭了，"我们一起想办法，看怎样能杜绝这类惨事发生。"

"晚了连姜，为师已经错过了杜绝的机会。"

慕容昭语气惘然，仿佛不久的将来，他便要变成那残酷无情之人。连姜攥着他的衣袖，下定决心一般，郑重道："师父你放心，定有办法的，我决定从今往后要跟你吃住在一块，与你一同抵制心魔，时刻唤醒你的仁善之心，直至将其铲除。"

说罢，她松开了手，作势往床上爬："睡吧师父，此事待我们从长计议，别怕，从前你护着我，从今往后我来护着你，徒儿可不是那贪生怕死之徒，必不会让你孤寡一人。"

慕容昭牵动了下嘴角，然后，连姜连人带枕头的被赶了出去。

愤愤不平之余，偏又被巡宫的三师兄等人瞧见，面上挂不住，连姜抱着枕头冲殿内嚷嚷："师父好过分！又不是没一起过！突然不给睡了，像话吗？偶尔一次也不肯，黄花大闺女吗？"

"吱呀"一声，殿门打开，芝兰玉树般的师父似笑非笑。

连姜一脸激愤，指着台阶下看热闹的三师兄等人，继续道："看到了吗？师父冰清玉洁，不可不敬，不可亵渎，像我这种行为，今后你们都不要做，这等错误行为，我只演示一次，大家记住了，谁都不要再来骚扰师父。对了，方才三师兄你的嘴咧得最大，笑得最开心，你有什么开心事也说出来给师父听听？"

三师兄的笑凝结在嘴角，表情讪讪："师父，我没有……"

连姜抱着枕头，溜之大吉："你慢慢说给师父听，我先走了。"

于慕容昭而言，连姜属实顽劣了些。奈何她能有今日之顽劣，全是他亲自纵容出来的。五岁时，他在大秦将其捡回胤都。

衣不蔽体的小乞丐，饿得太久，吃东西又快又急，连带着自己的指头都能咬下一块肉来。

不知饱腹，肚皮吃得圆滚尤不罢休。

慕容昭怕她撑死，后来都是揽在怀中一勺勺喂养的。他倒也并非那么的慈悲心肠，原是想将连姜留在大秦，交给申柳公的。

可惜柳公不肯，只道大史天官宫不留女童。连姜便跟着来了胤都司宫，穿童子服，成为他名下徒儿。

在此之前，他从未想过会如此骄纵于她。

养女童与养男童一点也不同，很是麻烦。

她惶惶不安，巴掌大的小脸，眼神格外惊惧，小手攥紧他的衣服，寸步不离，还会稚嫩而害怕地唤他师父，将他当作救赎神明一般。他的心便不可避免地软了，将耐心全都给了她。

连姜是真正养在他身边长大的。

患病时一勺勺喂药，梦魇时钻他怀里躲藏，抬头看他，永远是那么一句："师父，我听话，你别不要我。"

直到后来，他将她养成活泼开朗的小姑娘，才察觉漫长岁月里，改变的不止一人。她以童子身份长大，却有女孩的贴心之处。

与众师兄弟分柑橘,她永远记得挑最好最甜的藏在衣袖里给师父留着。每日端给他的茶,都要亲自来煮,美其名曰她手艺最好,师父最喜欢。

她笑得好看,会撒娇,会讨好,会狗腿子地帮他捶背捶肩,鼓着腮帮子把茶吹凉。

还会甜言蜜语,时不时地哄他:"师父是天底下最好的人,最好的师父,连姜最喜欢师父了,愿为师父上刀山下火海,师父杀妖我递刀,师父如厕我递筹……"

慕容昭:"……不必。"

"师父不必见外。"

小姑娘一脸真诚,笑容灿烂,面上大咧咧,私底下还有些许骄纵。

心情不好了便委委屈屈地来找他,控诉师兄们又不带她一起玩了,师弟们又不听她话了,喜欢的蛐蛐死翘了……

慕容昭未曾收过女徒。

他待门下弟子温和,但也是极重规矩的。

唯独连姜,学术不精也罢,贪吃贪玩也罢,整日在菜园子捉蛐蛐也罢,他从未苛责。

女孩率真逗趣,那便随她去吧。

他一度以为,之所以对她如此宠溺,是因为连姜是个有趣的人。

慕容昭自幼抱养在胤都老巫袾身边,长在司官,其师父是个极严苛又刻板的人。

司官坐北朝南,飞檐巍峨,天高云阔,可在他心中是个冰冷之地。骨子里向往着的温情与热闹,让他觉得因连姜的存在,这里生机尚存。

在此之前,他一度这样认为。

那花妖梅娘所谓的幻术,他一开始并未放在心上。身为胤都镇妖巫袾,他自认为有能力消弭花妖幻术所致的心魔,直到事隔几日,花妖化作了连姜的模样,潜入他殿内。

"师父,师父,我腿疼,不小心摔伤了,你快帮我揉一揉。"

"师父,我好冷,我是不是病了,你摸我的额头烫不烫?"

花妖最擅惑人,幻化的连姜泪水涟涟,一副可怜巴巴的委屈样。她还掀起衣衫下的长裤,露出半截洁白的腿,又面颊绯红,咬唇向他伸出手去。

"师父抱抱。"

慕容昭抬眸,目光一瞬间变得冰冷,连带着殿内周遭都变得阴寒无比。

他厌恶道:"雕虫小技,也敢来卖弄。"

梅娘知他识破,却不慌不忙,顶着连姜的模样爬向他。

"慕容,你被我寻到了破绽,这女孩在你心里不一样,你也不是无坚不摧的,你有弱点,那便让我来试着撕开这道口子,让你直面自己的清白,如何?"

梅娘半截胳膊即将触碰他时,被他反手一挥,随之消散。偌大的殿内,只余他一人。慕容昭以手撑额,面上愈发冷倦。他知花妖狡猾,洞悉人心,会以薄弱之处下手,层层剥开人的理智与内心虚妄。倒不是说他对连姜有任何妄念。在他心中,连姜只是个十三岁的孩子,仅此而已。

疼她护她,皆因她自幼在他身边长大,是人之常情。

他自认清白,也当知自己心无欲求,一派光明。

可花妖有一点说对了,连姜在他心中是不一样的。

那是他亲手养大的小姑娘,最得他心。若花妖日日幻化成连姜的模样,天长地久地纠缠,至死不休,当真搅弄不出丁点的混沌吗?贪念一出,便生虚妄,若心魔因连姜而起,将她误伤,他是万不会原谅自己的。操控花妖之人着实可恨,慕容昭眸光一冷。

次日,他号令了慕容氏能力较强的袜子,指派出胤都,意欲揪出花妖背后之人。

几个月后,袜子们回来复命,虽打探到了一些消息,但那幕后之人却藏得很深,未曾有照面机会。

那段时日,慕容昭接连被花妖纠缠,已经很少回寝殿。连带着每次连姜突然出现在他面前,他总是眉眼一沉,确定不是花妖幻化而成,方才恢复神色。

他对连姜道:"师父近日事务繁忙,打算闭关,你莫要前来叨扰。"

连姜闻言,立刻点头:"师父放心吧,我也很忙的。"

她一本正经,慕容昭忍不住笑了,想了想,道:"又要去菜园拿蛐蛐?"

"难道除了拿蛐蛐,我就没别的事可做了?师父莫要小瞧人。"

连姜哼哼两声,头也不回地走开了。

几日后的傍晚，慕容昭回了趟寝殿，未推开门，便听到了里面传来声音。

"我不明白，你若下山想为阿福报仇，为何不去找那江宁，偏要去找那道士郭玄？"

"若非郭玄在江宁衣物上施了五雷正法的符文，阿福又怎会靠近不了他，被江宁所挖？"

"所以阿福还是亡于江宁之手，你应该先去找江宁，再去找郭玄才是。"

"我先去找谁，与你何干！"梅娘声音气急败坏。

"所以你到底有没有去找江宁？你既然去找郭玄，必然知道有可能亡于他剑下，抱了这样的决心，按理来说不该放过江宁才对。"

连姜一脸疑问："江宁是生是死，你为什么不说？是不是把他杀了？"

"不应该的，你若是先杀了他，再去找郭玄，郭玄还会愿意听你讲这些？肯定直接挥剑杀妖了，他要是杀了你，你今日也就不会出现在这里了，所以江宁到底如何了？"

梅娘的声音隐忍到了极点："我在讲阿福，江宁是生是死有何重要？你还要不要听？为何我每讲一个故事，你都要问东问西？诸多问题，惹人厌烦。"

"你也知道诸多问题惹人厌烦，那你缠着我师父问东问西的时候，他就不烦吗？"连姜声音鄙夷，"再说，阿福和江宁难道不是同一个故事？你连一个完整的故事都讲不清楚，又凭什么来问我师父的道，自己遮遮掩掩，还想别人坦诚，不觉得可笑吗？"

"我不愿与你说话，再不会跟你多说一个字，我只见慕容昭。"

"别呀，咱们别互相嫌弃，我连蛐蛐都不玩了，好心跑来陪你，你要是敢走，我立刻把你真身给摔了，我可没我师父那份耐心，不信你试试。"

慕容昭站在殿外听了一会儿，方才明白近来连姜所谓的"忙"，竟是寻遍了整个司宫，把长在隐秘墙角的一株梅给薅了下来，栽在了盆里。

如今她正抱着那盆半死不活的梅，在他的寝殿逼花妖现身，若她不配合，还要作势摔盆。

连姜对梅娘道："你说的那些我不赞同，世人如果全都卑劣如斯，玉京子为何还要舍命救人？阿福为何宁死不杀江宁？你又为何苦苦跟着郭玄，隐居在山野之处？"

"你们都知道鼠精说的不对,人当然有好人也有坏人,就像妖有好妖也有坏妖,不管怎么说,这世间总还有值得守护的东西,像我幼时流落街头,也曾以为这世道完了,可是我遇到了我师父,就像你遇到了郭玄,玉京子和阿福必然也是有想守护的东西,余心之善,虽九死而未悔,如同我也愿意为了我师父,哪怕豁出命去。"

"余心之善,虽九死而未悔。"梅娘喃喃一阵,突然又怪笑,"凭什么死的是他们?凭什么?"

"没有凭什么,他们愿意啊,你呢,会不会愿意为了郭玄豁出性命?"

梅娘没再说话,表情怔怔。

连姜接着道:"我想,郭玄肯定愿意的。"

"怎么可能,他巴不得我走。我走了就没人再缠着他了,他可以重拾斩妖剑,回道山,那是他求之不得的事。"

"你跟了他那么多年,难道一点也不了解他?还说想回去嫁给他,难道都是假的?"

"对,假的,我留在屋里的花枝早就凋零了,炭炉的火熄了,酒也凉了,他没有回来,我预感到他没有回来,我们生活过的村屋无人清扫,被雪掩埋,再无人知晓那儿曾经住过一个道士和花妖,哈哈哈,可笑吗?人的感情这般薄弱,我早该明白的。"

"别这么想,说不定他没回去是因为遭遇什么不测,回不去了。"

"你胡说,他是个道士,会遭遇什么不测?"梅娘抬起死灰色的脸,突然激动起来。

连姜皱眉:"道士怎么了?他连剑都封了,死还不是件很容易的事。"

"我要见慕容昭,我现在就要见他!"

慕容昭推门而入时,顾长飘逸的一道身影,如皑皑松上雪,清冷寒峭,不含半分暖意。

"师父。"连姜诧异回头。

慕容昭目光落在梅娘身上,声色淡淡道:"她说的没错,郭玄已经死了。"

郭玄死在梅娘被抓走的第三天。事实上梅娘被带走之初,郭玄就意识到了不对。

山中猎户带着他的弓箭,雪夜前行,追击那一伙"妖人"。

直至被杀，他都没有倒下，掌心的血渗透箭矢，穿透了一只百脚怪。后来他死在了百脚怪狰狞的尸体旁，半跪着，以撑着的长弓抵在胸前，成为雪日里的一道雕像。

　　他的心被掏空了，这是慕容氏的袜子们打探回来的消息。

　　梅娘不信，她执意道："他们说过，只要我能从胤都回去，就让我与他团聚。我不信。"

　　慕容昭未多言，只施然伸出手去，掌中多了一张染血的长弓，落在了梅娘身边。

　　连姜忍不住道："他们在骗你，郭玄为你豁出了命，可临了你却还在相信杀他之人。"

　　"哈哈哈，哈哈哈。"

　　世人都说妖不会流泪，那么她绝望之中眼角渗出的血是什么呢？梅娘当然记得郭玄的弓，她任由其落在脚边，不敢伸手去触碰。只又绝望地问了一次："慕容，你说到底为什么啊？"

　　这一次，慕容昭没有沉默，他目光怜悯地望着地上的妖，缓缓道："万物平等，是为天道。"

　　"不，你说得不对！不对！这天道我不认！"梅娘睚眦欲裂。

　　慕容昭道："父神开天辟地之初，太元圣母造开天斧，创不周山，帝喾为天帝，太一号东皇，在从前，父神也是妖，天皇氏龙身骧首，亦是妖。"

　　"为这万物平等的天道，父神不惜化头腹、两臂、足为五岳，双目为日月，油脂为江海，毛发为草木……可惜天地洪荒，沧海桑田，世间恶浊滋生最先打破这种平等。"

　　"你问妖为何是这样的下场，问因果，因果便是最先打破规则的——你们妖族。"

　　"你们的先辈，以人为食，捕捉圈养，在大地上肆意杀戮掠夺，致使人间生灵涂炭，东皇顽抗力竭驾崩，这样的因果，你们可愿接受？"

　　梅娘不说话，慕容昭又道："人有善恶，物有黑白，是非因果若能一概而论，这胤都尸水河又何必存在？深受其扰的，又何止你们。"

　　日落至月出，月上梢头。连姜盘坐在殿内，认真地听着慕容昭的每一句话，脸上不时蹙眉，又不时叹息。

他讲万物平等，物有黑白，却又说万象并不是非黑即白。黑白混淆而存，天地需要秩序，那么依附于恶浊周边的清白，便不得不随之消弭，这是无奈之举，也是上乘之法。

梅娘并不是第一个问道的妖。在很久以前，洪荒最后一只妖神春重，曾问过一位上古的神："天地之大，可还能有我们的容身之所？"

初时太元圣母建瑶池仙境，几万年后太昊氏与高辛氏争为天帝，后来人间有人皇，地下归冥府，再没有分给他们的好去处。

那位神是如何回答的呢？

她说，会有的。

河倾月落，遍地花开，云窗星户可数十载，可几千岁，可上万年。

后来，大禹铸造九鼎，果真给了它们这样的去处。

可惜殷商过后，九鼎失了神力。

纵然如此，这至少代表着世上曾有神明给了它们想要的天道。

梅娘听得愣怔，问慕容昭："河倾月落，遍地花开，云窗星户可数十载，可几千岁，可上万年……世上还会再有这样的地方吗？"

慕容昭答："会有的。"

梅娘恍惚了下，笑了："慕容，你们这样的人物，不会骗人。"

"我师父从不骗人。"连姜一本正经地附和。

梅娘又笑了，她看向连姜，问道："你说，郭玄为什么会愿意为了我，豁出命来？"

"在他心中，你定然是值得守护的人。"

"值得吗？一只害他回不了道山的妖，哪里值得？"

"命是他的，值不值得，他说了才算，你说的不算。"

"这样啊。"低笑过后，梅娘轻呀了下，"也许你说的对，这世间还是有值得守护的东西的，人是这样，妖也是这样，余心之善，虽九死而未悔，你是对的。"

"你是对的，这世间还没那么糟糕，他们也不曾后悔过。"

快要消亡的花妖，身影变得透明而淡薄，她似乎没有不甘了，嘴角缓缓勾起："你上次不是问我，松果山的草棚和玉京子的木头像还在不在？"

连姜点头:"嗯,还在不在?"

"不在了,被当初那求雨的老头给烧了,他们吃了玉京子,老头阻拦不成,也打不过他们,所以上山烧了那草棚和木头像,连同他自己,一起烧成了灰。"

"还有江宁,你不是问我为何没去杀他吗?因为他把阿福给忘了,阿福离开平山镇后,他家里人向郭玄讨来忘忧草,掺着一张符纸给他喝了,他不记得阿福了,她们骗他说章予安才是他的妻子。"

"江宁确实死了,在他挖到子母参返回家中时,他小侄女江宝儿问他,这棵是阿福婶婶的千年灵参吗?你为什么把它挖了?"

江宁那日吐血而亡。因他一直追问江宝儿,阿福是谁?江宝儿歪着小脑袋,偷偷道:"她们不让说,我悄悄告诉你,阿福是你娘子呀,你们俩从前一直在一起的。"说罢,小女孩一脸愠怒,"阿叔,你说过最喜欢阿福的,怎么把她忘了?"

阿福,阿福……

江宁捂着脑袋,眼睛蒙上血色。闻讯赶来的江母等人匆匆将江宝儿抱走,又作势安慰江宁。可惜已经迟了,他一遍遍地呢喃着阿福的名字,眸子殷红,吐了一口血。吐出那口血,他仿佛松了口气,脸色松快无比,蜷缩在地,抱紧了怀里的两棵参,笑了。

"阿福,阿福……"

"阿福,我们终于又在一起了。"

对于江宁的死,郭玄是有些惋惜的。

说不出来是在惋惜什么,可能是为这世间少了一个悬壶济世的好人,也可能是其他原因。

而这原因,兴许正是他一开始没下手杀梅娘的关键所在。一个为了妖而死的人,匪夷所思。

梅娘一直觉得江宁该死。

直到她消亡于胤都,看着连姜那双漆黑无比的眼睛,突然想明白了什么。

像啊,干净纯粹,黑白分明。

像玉京子的眼睛,也像阿福的眼睛,还像江宝儿的眼睛。

正是拥有这双眼睛的人怀着赤诚之心,问她松果山的草棚还在不在,她能不能去祭拜下玉京子?

江宁是死是活?他和阿福难道不是同一个故事吗?还有郭玄,她笃定郭玄愿意为她而死,笃定他就是这样的人。

为什么?

梅娘原本不明所以,此刻看着这双眼睛,忽然明白了。因为她也是这样的人,有世上最干净的心,最干净的眼睛,如阿福一样,即便看透,仍愿意选择相信。

这世道需要这样的人。

梅娘笑了,身影消散之前,她看着连姜,却开口对慕容昭道:"你会爱上她的,一定会。"

殿内只余连姜和慕容昭二人,以及残存的一缕梅香。

连姜一脸茫然,"师父,她说我会爱上谁?"

慕容昭轻叹一声,摸了下她的脑袋:"没说你。"

"那她说谁?"

"……我。"

"你会爱上谁?"

"……没谁。"

"呵,不就是嫿嫿吗?放心,我已经不跟你争了,反正以后嫿嫿成了我师母,我还可以见到她。"

连姜哼了一声,黑溜溜的眼珠子转动,很快又情绪低落起来。

"师父,梅娘没了吗?"

"嗯。"

"那她……还会到你们说的那种地方吗?"

"不会,她以陨灭的代价破解了施在她身上的傀儡之术,永远地消亡了。"

怀中抱着的那盆梅,果然成了干枯的死木。连姜只觉眼眶有些热,长叹一声:"其实我挺喜欢她的,她一点也不坏,这些日子都处出感情了,若不是她对师父有威胁,我一定不会说要摔她的盆。"

"嗯,连姜是怎么样的人,师父知道。"

"师父,我好难过,想抱抱。"

"……你已经长大了。"

"就抱一下。"

"不行。"

"哼！不让睡！也不让抱！要师父干吗！"

连姜一跺脚，看也不看慕容昭一眼，气呼呼地抱着花盆出去了。

慕容昭又是一声叹息。养在身边的小姑娘长大了，却还未曾意识到自己是个姑娘。

能力出众如他，面对可毁天灭地的妖，可从容不迫，应对自如。但不知从何时起，小姑娘的教养问题颇是令人头疼。

兴许当初，他该狠一狠心，将连姜送去胤都王宫养大。如此她定然知晓自己同钟离公主没什么不同，便不会追着他问来癸水的时候疼不疼？师父都什么时候来？会不会也弄脏了被褥？也不会趁他不备，伸手摸了把他的胸，再摸一摸自己的，疑惑道："师父的跟我不一样，你是怎么长的？"

她不懂男女有别，热忱如初，最喜欢逮着机会往他怀里钻，后来还不止一次地问："师父，我们俩为什么不能一起睡？你以前不这样的，是不是我睡觉不老实吵到你了？大不了以后我老实一点，保证乖乖不乱动，求你了，我挨着你睡特别安心，从来不做噩梦。"

谁能想到，冷静自持的慕容昭有些凌乱，屡次耳根泛红，不知如何应对。想着干脆告诉她男女之别，让她知晓自己与众师兄弟不同。

但对上那双求知的眼神，他犹豫了。

因为按照对连姜的了解，很大概率会使她更加好奇。

好在没过太久，十五岁那年，她终于自我意识到，自己同婳婳一样是姑娘家。

在她期期艾艾地跑来问他时，慕容昭除了欣慰，还有一种吾家有女终长成的感慨。

"是啊，我们连姜是姑娘家。"

他眉眼含笑，眸光微动，伸手摸了摸她的头。直到那时，他都没有想过会与连姜有什么儿女私情。

这世上的有些人，生来是带着使命的。如他注定为胤都而生，为尸水河而存。将九黎壶引化成异妖录，是冥冥之中的天意，一切发生得顺理成章。

申柳公梦游发现九黎壶，是天意。他想要走出胤都，彻底解决尸水河的后患，也是天意。

在那之后，终有一日他是要修道成仙的。成仙对人来说，是多么遥不可及的想象。

但对他来说，不是。

武王征商，唯甲子朝，岁鼎，方有姜太公封神。收录尸水河的妖，亦是壮举，是他的使命。柳公善卦，说他是为此而生，也是为此而来。

连姜，本该一直是他心爱的徒弟，仅此而已。妄念是如何生出的呢？

大概是她晓得男女之分后，有一次跑来问他："师父，等你娶了婶婶，我可不可以嫁给五师兄？"

手执的一枚棋子顿了下，他抬眸看她："你喜欢连意？"

"喜欢，五师兄最好欺负了，什么都听我的。"

"连姜，成亲可不是儿戏。"

"我知道呀，我都想好了，要跟五师兄相亲相爱，我俩还要生一堆孩子呢。"

不知羞为何物的姑娘，笑容灿烂，晃得慕容昭心口有些不是滋味，他似笑非笑道："连这个都想到了？之前你不是还说要永远跟师父在一起。"

"我跟五师兄成了亲，又不影响跟师父永远在一起，我们俩都是师父的徒弟，当然要永远跟着师父。"

女孩不理解，一脸的理所当然："婶婶说了，姑娘家总要嫁人的，我都已经及笄了，思来想去，觉得五师兄最合我意，师父你觉得呢？"

慕容昭知道，她根本不了解嫁人为何事。夫妻一体，阴阳相合，繁衍后代，这是人与生俱来的本能，也是大多数人的一生。

只是连姜……幼时的发是他梳的，鞋袜是他给穿的，生病时是他照顾的，所有的喜怒哀乐都与他息息相关。来了癸水的每一碗姜茶，每一只死去的蛐蛐……没人比他了解得更清楚。及笄的衣裳是他准备的，海棠发簪是他亲手所做，也是他亲手插在她头发上。他带她去看鸦鸟夜行，她能一眼识出青绿祸鸟变成的师父。她对梅姨说，她也愿意为了师父，哪怕豁出命去……尸水河畔，她紧紧依偎着他，说连姜要永远跟师父在一起。

而他亦是无意中发现，自她开始长大，他阻止她踏进他的寝殿，小姑娘不知何时偷了件他的衣裳,每晚都要抱在怀中才能睡得踏实。

连姜长的英气十足,眼睛是那么的干净漂亮,漆黑如熠熠发光的宝石,闪耀着热烈与坚定。

她不仅仅是个有趣的姑娘。慕容昭忽然想起梅娘说过,他一定会爱上这样的姑娘。梅娘是对的,他心里装着她,爱也注定比平常人更加深切。

因连姜的存在已经根深蒂固在他骨子里,生命中。

他终究无可避免地生出了妄念。

这妄念便是,若有朝一日他修道成了仙,连姜会在俗世之中与别人成婚生子,夫妻一体,恩爱缠绵,他这神仙不当也罢。

不当也罢,他可以带着她走出胤都,山高水远,去看大荒四海的日出日落,朝云和晚霞。

属于他的姑娘,会永远笑逐颜开地看着他。

慕容昭向来洒脱淡然,看透之后,欣然接受了他心中已有连姜的事实。只是那傻姑娘睁着大眼睛看他,显然还不知情为何物。

他于是对连姜道:"师父也觉得连意很好,除了不爱洗澡,睡前不洗脚,半月不换鞋,还算忠厚老实,兴许会有些味道,但如果你喜欢……"

"师父!算了算了,我觉得五师兄和我并不合适。"

"那不如,选连成吧,他能言善辩,妙语连珠……"

"那不成!四师兄的嘴比五师兄的脚还臭!还整天欺负人,我宁可不嫁人也不选他。"

"你三师兄……"

"三师兄这么大了还尿床!我不要!"

连姜有些急了:"师父你别说了,我方才又想了想,不着急的,我才刚及笄,现在操心这些属实太早了。"

"不着急?"

"不着急。"

"那好,你乖,日后师父一定帮你挑个最适合的人出来。"

慕容昭眼底含笑,满意地揉了下她的头,修长手指捻过一块糖,塞到了她嘴里。

女孩垮下的脸立刻有了笑意,津津有味地吃糖,同时又想起了什么,含糊不清道:"师父,其实我有一个绝妙的主意,你能不能去和胤王陛下说说,让我和婳婳一起嫁给你,我们仨一定会幸福的。"

"……不能。"

"哼,小气,我就知道你肯定担心婳婳更喜欢我,师父还在记恨当初我与婳婳那事,我们俩又不是故意勾搭的,再说了,师父就没责任吗?你为什么不告诉我连姜也是个姑娘……"

"连姜,噤声,你口水喷出来了。"慕容昭伸手,动作温柔地在她嘴角擦了下。

"哦。"连姜立刻正襟危坐,老老实实吃起了糖。

以九黎壶修撰奇门遁甲用来困妖,这对慕容昭而言并非易事,对此他已经准备了数年。

按照计划,功成身退之后,他会带连姜离开胤都,表明心意,与她成亲。

然而计划赶不上变化,他闲暇时还在想着将来该如何开口改变二人的师徒关系,连姜会是如何反应时,二人猝不及防地有了夫妻之实。

慕容昭觉得不可思议,像是一场梦。他修长生诀,清心寡欲,一向自制力惊人。

可那晚就是迷了心智,眼中除了那个笑容皎洁的姑娘,什么也看不到。她睁着好奇的眼睛,摸着他的喉,道:"我对师父之心,日月可鉴。"

"我发誓,愿意跟师父好一辈子。"

"师父我们以身相许吧,现在就许,你说怎么许?"

他该知道的,连姜总是有着惊人的探知欲。慕容的手触摸到她光洁的脸颊,殿内烛火微晃,他在迟疑,在动摇,内心灼热得像是起了燎原之火。

他是人,不是神,人有善恶面,也要坦然接受藏匿的妄念。他早已心知自己的妄念,是眼前这个姑娘。

爱上自己亲手养大的徒弟,可能为人不齿,也隐匿卑劣。

这些,他都坦然接受,愿接受世人指责,只因内心深处叫嚣着的那个妄念——他这一生只认她一人,只要她一个,只要上天愿意成全,他什么都可以舍弃。

白云苍狗,沧海桑田,他只要眼前的这个姑娘。是她亲口说的,要永远跟师父在一起,她说她愿意。如此,算不得乘人之危吧……罢了,即便是乘人之危，他也认，永不后悔。

食髓知味，不知餍足，方才明白所谓的清心寡欲，皆是圣人在自欺欺人。何来清心寡欲，她只需抬眸看他一眼，睁眼唤一声"师父"，山海日月均不见，徒留女儿香撞满衫。

春山如黛草如烟，雀栖枝头星满天。

天上谪仙，便也知清欢。

"师父，你好坏。"

心爱之人在怀，捂住了脸，慕容抚在她发间的手，顿了一顿。

"抱歉连姜，是我心急了些……"

"这么顶好的事你怎么藏着掖着，现在才让我知道？"

慕容昭薄面如霞，忍不住失笑。如何忘了，他的姑娘一向与众不同，直截了当。

那一瞬，他恍惚觉得他这一生，不仅是为异妖录而生，也是为连姜而生。

后来，胤都遭遇浩劫，群妖伺出。

他们说，皆因连姜执意要救钟离公主，是她闯下了弥天大祸。世人指责，要用她祭河，平息尸水河之怒。

慕容昭照做了。立于尸水河畔，惊涛骇浪，狂风骤雨，他终究还是成了那个心系苍生的慕容昭。

曾说的只要连姜一人，什么都可以舍弃，显得如此可笑。

他吐了一口血，很想告诉天下人，不怪她，不要怪她。

若她不去救婳婳，她便不会是他所认识的连姜。她没有拿胤都做赌注，也没有置天下于不顾，是他曾信誓旦旦地告诉她，尸水河的三道封印，固若金汤，安如磐石。

连姜只是错信了他的话而已。是他过于自负，输得彻底。

后来漫长的岁月里，他在异妖册之中聚魂，看着自己亲手创造的那个世界，风云变幻，瞬息万状。

九黎壶作为上古异宝，拥有不可思议之力，造就一切万物，可装载天与地。

异妖册内有日月星河，山川大地，遍野草木，四海列国。

胤都也在其中。

哪怕是在异妖册之中，慕容昭自始至终也没能走出此地。

其实，他是有机会的。

在诛灭申周之时，形神俱散，他的魂本该随阴阳搏动烟消云散。可是那一刻四面八方皆空，涌入了许多不属于慕容昭的记忆。

他自幼在胤都司官的藏书阁里学习长生诀与破神令，其中的古籍记载着每一只妖的由来。也记载着洪荒最后一只妖神——曾也是天皇氏后人，名叫春重。

而在他突然涌入的记忆里，龙首妖身的春重在问那幽冥长相的女子："姑姑，天地之大，可还能有我们的容身之所？"

那女子皮肤极白，瞳孔轻盈微颤，明明神态招摇，却又能使人视之无形，记不真切模样。

她说："会有的，河倾月落，遍地花开，云窗星户可数十载，可几千岁，可上万年。"

那女子自称是太真十六元君，盘古靖。她是父神盘古之女，与天底下所有的神仙都不同，生于归墟，也终入归墟。

帝舜时期，妖神春重陨灭时，身旁站了个孩子，那孩子唤他"阿爹"。

盘古靖对这孩子道："元珂，你阿爹死了，今后你有什么打算，跟我回归墟可好？"

元珂道："姑姑，我阿爹是神仙吗？"

"他是神仙，天下原本无妖，人、神、妖，根出同系，原都是一样。"

"姑姑，我想成仙。"

"天下大势，成仙可能没那么容易，而且神仙也未必都是好的。"

"那我便努力做个好神仙。"

盘古靖笑了："也罢，尧舜禹汤，人皇终亡，届时九鼎会失了神力，神仙不易插手之事，便由你来铸成。"

那时，世上根本还未有九鼎。大地是父神幻化，盘古靖未卜先知，入归墟之前，她才是世上最后的神明。九黎壶引化成异妖册，容纳世间每一只大妖，是冥冥之中的天意，也是慕容昭的功德。

可他已经成不了仙，因他的一魂一魄镀在了连姜身上。形神俱散却也不是他的结局,南海之中,有大壑为无底之谷,那里才是他的归途。

属于元珂的记忆中,有道熟悉的声音在召唤他:"元珂,归来。"

慕容昭叹息一声,终是摇了摇头:"姑姑,我不能舍她。"

"世间已无你容身之地,若不回来,你会彻底消亡。"

"异妖册内有奇异空间,容纳天地,我会进去等她。"

"你可知九黎壶是何物?魂入其中,再也无法出来。"

"姑姑,我愿意。"

"……痴儿,你的功德在她身上,待她收录完了妖,自有人渡她尸解成仙,你又何必担心于她,有缘自会再见。"

"姑姑骗我,归墟那种地方,进去了我同样再没机会出来。"

慕容昭神情平静,又道了句:"异妖册,是我与她最后的机会,我不能错过。"

胤都覆灭了,异妖册内还有一个胤都,慕容昭在此聚魂。这里可真安静,殿宇巍峨又冷清,花草葳蕤又生硬。

本就是在幻境之中,他有大把的时间用来自我休整,以及修复并不完善的异妖册。

他一身白衣胜雪,枕在朝云,宿于晚间,握一册竹简,倚榻听暮蝉。

困顿于此,原是无人知晓。

直到申柳公开始在外修撰异妖册,慕容昭松了口气。

柳公不负众望,看到未经他手却在不断完善的册子,猜到了他可能在其中。

于是大笔一挥,在隐形卷轴里加上了连姜的名字。再后来,秦灭,柳公自焚于天宫台,把能烧的都烧了,一起带入了册中。

慕容昭见他搬家似的住进来,好心提醒:"进来了,就再也出不去了,也无法转世投胎。"

"无妨,老朽最喜清净,正可好好参悟我的卦数,这异妖册,啧啧,被我修撰得真不错。"

"……"

初时,这里只有慕容昭一人,后来多了个申柳公。

再后来,有了更多的人,胤都的每一个人。

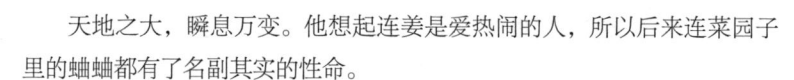

天地之大，瞬息万变。他想起连姜是爱热闹的人，所以后来连菜园子里的蛐蛐都有了名副其实的性命。

什么是真，什么是假。

他和柳公是真，其余的都是假。

一开始他认定如此，然而天长地久间，那些幻境之中的东西，他的每一个徒弟，每一个认识的人，甚至是胤都的普通百姓都在不断修复完善，仿佛被册子赋予了生命一般。

胤都那场浩劫，他的第五个徒弟连意死于妖物之手，算起来都已经转世投胎了。

可幻境之中的连意，饶是他这个师父，也寻不到半分不同之处。

九黎壶当真是可开天造物的神器。

这样的错觉之下，某日醒来，他看着身边的每一个人，看着越来越热闹的胤都，竟不知身在何处，身处何夕。仿佛一切都没变过，这世间本就如此，那个已经覆灭的胤都才是他的南柯一梦。更可怕的是，他竟然见到了连姜。

生得浓眉大眼的姑娘，穿着司官的青衫，拿着手中装蛐蛐的竹笼，一头撞进他怀中："师父，你去哪儿了？我找了你好久，师兄他们说你出门去了，你去做什么了？怎么不带我？"

妙语连珠的姑娘，不满地嚷嚷，熟悉的神态与眉眼，无论如何也让人挑不出半分错处。

她还扬了扬手中的竹笼，得意道："你看，我新捉的蛐蛐，可厉害了。"

慕容昭的手在落于她头顶之时，心念一颤。

连姜抬眸看他："师父，你是不是不喜欢我了？"

他的手缓缓收回，负于身后，不露声色："没有，师父突然想到一桩要紧事。"

他去见了柳公，说起此事，柳公见怪不怪，道："异妖册本就是你造的，你该清楚其中门道，心之所想所念，皆可成真，老朽也在这里见到了故人，它在为我们造就一切，如人遂愿，并且只要你认为是真的，那就一定会成真。"

换而言之，他所见到的连姜，也可以成为真的连姜，永远地陪伴他。

慕容昭眉眼深沉，回去之后，迎面而来的那个姑娘，笑吟吟地抱住他时，他的手落在她头上,温声唤了一声:"连姜。"

"嗯?怎么了师父?"

姑娘抬头,黑白分明的眼睛,干净又纯粹。下一秒,他的手略一施力,将"她"震碎至飘渺无物,消失殆尽。

"连姜,师父等你。"

他的姑娘,在异妖册之外,在真实的人世间,正孤身一人。慕容昭从未这样后悔,悔得肝肠寸断。

尤记当年,那小姑娘不学无术,整天只知吃喝玩乐,连基本的咒引都练不好,他是如何安慰她的呢?

"瞧把我们连姜累的,去玩吧。"

再后来,他闭关引化异妖册,连姜又说:"师父,你忙你的,我这段时间一定好好练习灵咒之术,争取到时候能帮你忙。"

他是怎么说的呢?

"不必,连姜安心吃糖就好。"

是他不好,总想人生短暂,小姑娘何需那么大的本领?无忧无虑便好。

只要他在,连姜可以永远无忧无虑地吃糖,尽情放纵也没关系。然而当那姑娘孤身一人,要面对世间重重凶险,他只恨自己自负,没有多教她傍身的本领。他不是个合格的师父,悔不当初。

连姜,师父错了,会很累吗?很危险吗?一个人跋山涉水,走过漫长岁月,会很孤独吗?

当然孤独。正是有感同身受的孤独,他无时无刻地提醒自己,假的。

这瞬息万变的异妖册,不断迎合他的每一个念想与执着,试图给他创造一个绝对完美的世界。

他会遇到第二个连姜,第三个连姜……

真实到连造物主亦不能分辨出真假。殿上掉了一块瓦,瓦会蒙尘、破烂。冬去春来,廊下飞来的燕子,带着它新出生的孩子。

昨日的雨,今日的风,气息和角度,全都有所不同。

每一天都是新的,每一年都有变化,悄无声息。

所以后来,胤都的时间静止了。静止在钟离公主与王叔私奔之时,静止在那场浩劫之前,静止在他与连姜此生最美满的岁月里。

胤都司官，除了他的徒弟，再无一个多余的人。

所做的一切皆是为了告诉自己，假的。

他的姑娘还没回来，这里不该有生机，也不该热闹。异妖册仿佛另一个狡猾的造物主，它会用热闹和生机，使他忘却。

好在最后，他没有沉迷，及时清醒并出手。时光便这样被定格，十年，百年，千年……

慕容昭在此处，日复一日地看日出日落，偶尔柳公会过来找他。老头子有些后悔，问他："连姜是聪明的吧，她会猜到你在这里吧？"

慕容昭负手而立，有些无奈："她再聪明，也断然猜不到你留下她的名字，是因为我在这里。"

"哎呀呀，你知道的，我当时也不那么确定你在这里。"

"你很确定，不然不会一把火烧了全部家当，义无反顾地过来。"

"……好吧，老朽就是深知，你们年轻人哪，为了情爱奋不顾身，若直接挑明你在这里，你说那丫头会不会直接撂挑子，奋不顾身地冲进来找你？"

"未必，以她的性子，大抵会充满干劲，提前完成使命进来找我。"

"……万一她撂挑子呢？你也知道她如今是妖身，已经不是人了。"

"不会，我们连姜是好姑娘。"

"你了解她，相信她，但是老朽不敢赌。"柳公叹息一声，"九黎壶是上古异宝，能造就万物，也有毁天灭地的神力，如今作为装妖神器，自然也承载了尸水河里那些妖物的邪恶之气，连姜她……"

连姜她已是妖身，恶业未清，若贸然撞入册中，恐造成此间天塌地陷。

柳公想说的，慕容昭自然都懂，有这些担忧无可厚非，他也从无责怪之意，只是还是感到心中失望，又重复了一句："柳公多虑了，连姜是好姑娘。"

连姜是好姑娘。他的姑娘可能不学无术，贪吃贪玩，但她从来都不是逃避现实，推诿责任的人。

他们为何都不肯相信，他的连姜是好姑娘。

慕容昭在册中等了两千年。直到后来，连柳公也不确定了，他又开始问：

"连姜会来的吧,她若不来,你怎么办?"

"她若知道我在这儿,就一定会来。"

"她要是不知道呢?这里毕竟跟别处不同,已超脱六界之外,而且他日功成,她有成仙的可能,会不会直接顿悟了当神仙去?"

"柳公觉得这里如何?"

"当然好,人间又如何,逃不过一个生老病死,八苦九难。"柳公不假思索,摸了把胡子,"当神仙也未必快活,总归是要受着天规天条的约束,还不是困顿于那一方天地。"

他是真的觉得这里很好,不仅清净,异妖册随着喜好风云变幻,自得逍遥。

慕容昭却道:"你觉得好?因为它帮你造了一场不知真假的梦,你我不过亦是困顿于一方天地罢了。"

"慕容,你这是何意?"柳公不解。

"连姜她……如果有更好的去处和选择,我宁愿她不要回到这里。"

身为异妖册的造物主,他是如此清醒,日复一日地看透着一切。

诚然,一开始他是在这里等她的,等得太久太久,时光被荒废,静止的光阴了无波澜,日复一日,死水一般。

直到最后,他发觉自己也快成了一摊死水,炼化在异妖册之中。

这里太无聊了,太漫长,太孤独……连姜那般热烈的人,不该属于这里。

"慕容,你的头发,何时白了?"柳公诧异。

春花秋月,夏蝉冬雪,忘了何时,他记起自己还有一魂一魄在连姜身上,迫不及待地想要探知她如今身在何方?是何模样?异妖册赋予了他躯体,他的魂魄早已离不开这里,只能一次次地去感知,耗尽修为与内力。

终于,他寻到了破绽,利用异妖册本身的造梦之能,给自己造了一场梦。

梦里,连姜名叫温卿。她嫁人了,嫁给一个长相极好,眉眼漂亮的状元郎。郎才女貌,天作之合,那男子望向她的时候,眼波里有光在闪耀,面颊漾起梨涡。

他唤她娘子,趁她睡着,偷亲在她白净的脸上。然后睡得迷糊的女子睁开惺忪的眼睛,茫然地看他:"相公,刚才什么东西咬我脸了?"

男子于是笑得得意,揽她在怀,眼睑下的红痣分外妖娆:"我看看,哎呀,我家娘子的脸真的红了，美人春面，映面桃花，可恶，定然是被桃花咬了。"

他的手轻捏她的下巴，少年风流，眼波流转，看得女子呆愣了下，然后一把拍开他的手，嗔道："油嘴滑舌，别以为你长得好看我就不舍得打你。"

"娘子好凶。"

男子的声音瞬间软了，还含了几分委屈。

可能是异妖册不满他执意探知外界，也可能是别的原因，慕容昭只试过这一次，醒来被反噬，呕了一口血，然后哑然失笑。

再后来，他的头发全白了。

他不再执着于等连姜回来。

两千年，是日复一日，年复一年，没有转瞬即逝，每一日都是生生捱过。他的姑娘以妖身游荡在世间，无处可依，孤苦伶仃。

他还记得连姜是最怕黑，最怕孤独的。

她连睡觉都要抱着他的衣裳，闻着熟悉的味道，才能安下心来。

那世间也是朝代变更，沧海桑田。她会遇到很多很多的人，会有很多新的故事……也可能，爱上其他人。

这怎么能怪她呢，时间真的太久了，他知她的存在，所以宁愿时光静止，静待她归来。

可是她不知。

她在无望之中，会度过漫长的日日夜夜，直至心死，消耗掉每一分热忱与爱。

她所承受的，远比他更煎熬，更痛。

慕容昭不想等了，也不愿等了。

他与她，隔着各自的时空，隔着同样的两千年，他身处旧时胤都，恍惚地笑了下："连姜，不要回来了，师父不等你了。"

两千多年都过去了，何必还执着于当年事呢？

往前走吧，遇到爱你的人，尽管去爱他，因为我们连姜是好姑娘，值得被爱。

若能成仙，尽管去顿悟飞升，这里真的不好，冷冷清清，云波诡谲，不是你喜欢的地方。

师父不等了，也认了。

连姜，我仍在胤都，没有走出过这里，但你不必回来了。朝着更好的地方，你尽管走去，站在江南暮春，看一川烟草，也看梅子雨时。

你要站在光里，光会临摹你的轮廓，那是世间神祇的模样。不必回来了，忘了我，师父只要知道你很好，便无怨无悔。

无怨无悔……慕容昭缓缓闭上了眼睛，笑了。

世间万物，终会有陨灭的一天吧。

异妖册如何强大，也阻止不了想要魂散的造物主。没有等来连姜，所有的一切都再无意义。他累了，乏了，想永远地离开了。

慕容昭自认已经足够了解异妖册，在意识到他想要魂散之时，它想方设法，试图用一个又一个幻境来迷惑他。

可惜假的终究是假的，总也逃不脱他的眼睛。大抵是它恼羞成怒了，

忽有一日，又造给他一场真实的梦。

梦里他在殿内，听司官起了风。连意对他道："师父，连姜回来了，有人在街上看到了她，她正在往回赶。"

慕容昭没有开门，也未曾睁眼。

他甚至未曾起身，长案前支颐而坐，殿内轻晃的烛火，映在那道白衣胜雪的身影上，投下浅淡浮光。

直到他感受到了似曾相识的气息，眸光微敛，第一反应是异妖册这厮升级了，又整出了新的花招。

他站在了门前，看着门外那道影子在叩门，知晓是假象，也未曾客气，清冷道："连姜，进来。"

他伸出手去，欲将这新花招碾碎如泡影。

门打开，站在门外的姑娘穿芙蓉色大襟窄袖襦裙，发髻上插着海棠花簪。眉眼英气的连姜，在泪眼蒙眬中抬头，直直与他对望。

慕容昭笑了，亦是静静地看着她。果真，这次太像，也算是登峰造极，难为它的苦心了。

"夫君，别来无恙。"

连姜笑着开口，眼泪便如断了线的珠子，滚落面颊。下一秒，她伸出手去，投入他怀中。

"你在这里,所以我回来了。"

慕容昭一瞬间有些怔住,落在她头上,原想一掌将她拍散的手,莫名地发抖。接着那手揽过她的肩,将她用力抱在怀中,敛紧在胸口。

那里有一颗孤寂千年的心,此刻不知为何活了过来,在收缩,在作痛,在剧烈跳动。天际骤变,日月交替,慕容昭忽然想起记忆里很遥远的声音。

河倾月落,遍地花开,云窗星户可数十载,可几千岁,可上万年。

此刻,他所在的地方,因连姜的到来,果真遍地花开,星河万千。

他们会永远在一起,困顿此地,几千年,几万年……

后　记

　　西北海外，大荒之隅，有不周山。不周山下，有异妖录。万物生长，天宝物华，上古神器亦是活物。九黎壶引渡成书，书中有胤都。

　　连姜和师父永远地留在了这里，走不出。

　　书中的胤都，美得不可方物，实为镜花水月。除了她和师父，全都是虚幻之物。哦不，还有一个乐见其成的白发老头。

　　老头说："为何非要跟册子作对呢？它虽是活物，却没害过我们，顺应天意即可，莫非你们分得出连意等人的真假？不要太较真……"

　　"完了完了，这老头已经不是我们的申建国同志了，完全被册子同学策反了。"

　　连姜晃了晃慕容昭的胳膊，一脸惋惜。自她来到此地，各处参观过后，便开始金句频出。道是社会主义好，牛鬼蛇神全打倒。给申柳公改名叫"申建国"，叫异妖录"册子同学"，还说要顺应世代发展，用科技改变生活。

　　她改变生活的方式，便是拉着慕容昭这个异妖录的造物主，结合她这个行走了两千多年的执册人，共同钻研，寻找册子同学的弱点，打一枪就跑。

　　申柳公很无奈："为何非要跟它作对？惹恼了可如何是好？"

　　"建国同志问得好，跟它作对是因为太无聊，至于惹恼——放心，它不会恼，我们习惯性打一巴掌再给个甜枣。"

慕容昭由着她闹，总是眸光深邃地看着她，无时无刻地不在附和："连姜说得好。"

申柳公："……"

连姜嘿嘿地笑，挽着慕容昭，一边走一边侃侃而谈："师父我跟你说，做人一定要有上进心，不能像申建国同志，学无止境才是硬道理，不管走不走得出去，知识一定要研究透彻……"

她说势必要将异妖录研究得了如指掌，结果真如她所说，可以利用异妖录来造梦。

慕容昭从前也是试过的，他看到过连姜化名温卿，成为另一个男人的娘子……梦当然是真实发生过的，只是他从未想过，连姜居然可以穿梭进去。

对此她说："我有个镜子朋友，叫小甜甜，我跟它在一起千年，把它研究得彻彻底底……"

"它本事很大？"

"……对，尤其擅长吹牛。"

后来，她便入梦去找了许庭淮。回来之时，她坐在司官的长阶上，极其消沉，眼睛肿成了桃子。待到异妖录内日月交替，胤都的天黑了下来，她才恍惚回过神来，转身看到站在身后的慕容昭。

他不知看了她多久，眼底是霜雪融化后的春华，桃蹊柳陌，盎然云波。

连姜扑到了他怀里，紧紧抱着，闷声道："师父，对不起，我只是觉得难过。"

慕容昭笑道："连姜为何义无反顾地回到这里？"

"因为师父在这里。"

"对，因为你来了，这里才日出有熹，月出有光，师父万事从愿，已经再无遗憾，倘若你有遗憾，那便也会成为我的。"

"师父……"

"把他放在心里,你可以永远珍藏,师父不会介意,因我不在你身边的时候,你也遇到过很好的人,得到过可贵的真心,有人真心待你,我只会感激。"

慕容昭伸手摸了摸她的头:"连姜值得,他亦值得。"

"师父也值得。"

连姜鼻子一酸,眼泪浸湿在他衣衫上:"我也会感激,感激世间存在的每一个神明,感激因果和天道,将师父再度还给我。"

"可是和师父在一起,你却永远走不出去了,你明明有更好的选择……"

"没有更好的选择,师父一直都是我最好的选择。"连姜抬头,眼神坚定,"我从不怕画地为牢,只怕牢里没有师父。"

她在,他也在,所以牢里便也有了生机。

因她的到来,慕容又成了无所不能的造物主,已有软肋,当穿铠甲。他们走不出胤都,然而漫长岁月里,他们还有很多故事可以讲。

比如南海归墟之下,也如这里一般,是个进去了就走不出的地方。那里至今还有一位上古之神,她叫盘古靖。比如二十一世纪的今天,那家霓虹闪耀的殡葬店,来了一位柳叶细眉的姑娘。她叫宋操,生于大宋庚辰,太平兴国五年,死于至道三年,农历一月。

她对张润泽道:"我乃阴曹无常宋操,朱牧可在?她该亡了。"

自她到来,那名叫小甜甜的石镜,躲在二楼不肯下来。

后来她让朱牧当场消亡,转身离开之际,眸光扫过张润泽,冷冷道:"你身染恶业,若不老实,下一个就是你。"

【完】

图书在版编目（CIP）数据

胤都异事录 / 米花著. — 武汉：长江出版社，
2024.6
ISBN 978-7-5492-9452-7

Ⅰ.①胤… Ⅱ.①米… Ⅲ.①长篇小说－中国－当代
Ⅳ.①I247.5

中国国家版本馆CIP数据核字(2024)第103098号

本书经米花委托武汉游园会网络科技有限公司正式授权长江出版社，在中国大陆地区独家出版中文简体版本。未经书面同意，不得以任何形式转载和使用。

胤都异事录 / 米花 著
YINDU YISHILU

出　　版	长江出版社
	（武汉市解放大道1863号　邮政编码：430010）
市场发行	长江出版社发行部
网　　址	http://www.cjpress.cn
责任编辑	钟一丹
特约责编	冉舟　聂紫绚
装帧设计	殷　悦
印　　刷	武汉新鸿业印务有限公司
版　　次	2024年6月第1版
印　　次	2024年7月第1次印刷

开本	889mm×1230mm　1/32
印张	8.25
字数	253千字
书号	ISBN 978-7-5492-9452-7
定价	45.00元

版权所有，翻版必究。如有质量问题，请联系本社退换。
电话：027-82926557(总编室)　027-82926806（市场营销部）